Frau Friese und das Bunkergrab

Martha Bull

Frau Friese und das Bunkergrab

Bremen-Krimi

EDITION TEMMEN

1

Rums! Krach!

Was für ein Höllenlärm! Seit zwei Monaten geht das nun schon. Die reißen nebenan diesen alten Bunker ab. Sollen schicke Neubauten hin. Nicht für Leute wie mich natürlich. Da reicht meine Rente man höchstens für einmal zum Angucken.

Huch, jetzt wackelt wieder alles. Ich komme mir manchmal vor wie auf einem Schiff. Ob das nun gut ist für meine Wohnung? Da war ich so stolz, dass ich vor ein paar Monaten ins Erdgeschoss ziehen konnte, endlich raus aus dem dritten Stock, wo ich doch nicht mehr so gut Treppen laufen kann. Bin eben eine alte Frau, nützt nichts zu jammern, es ist, wie es ist. Und jetzt dieses ständige Rumpeln und Zittern. Ich schlafe schon schlecht, habe immer Angst, mir fällt das ganze Haus auf den Kopf. Kann ja nicht, weil nachts arbeiten sie ja nicht. Aber komisch ist das schon, da kommen irgendwelche Ängste hoch, kenne ich gar nicht von mir.

Wieso reißen sie den überhaupt ab? Was ist, wenn es wieder Krieg gibt? Wohin gehen wir dann? Also, nicht, dass ich da wirklich mit rechne, möge der Himmel verhüten, dass ich das noch mal erleben muss. Nur, wer weiß so etwas denn? Wenn ich so alt werde wie Frau Tietjen, also, die ist zweiundneunzig, habe ich noch fast zwanzig Jahre. Wer weiß, was da noch passieren kann. Wieso also reißen die die Bunker ab? Weil es dann sowieso nichts mehr zu retten gibt?

Ach, Waltraud, was denkst du an so einem schönen Sonnentag!

Aber es kommt mir doch hoch, bleibt ja nicht aus, wenn man so einen Bunker nebenan hat.

Habe ich früher nie drüber nachgedacht, der war einfach da. Mit all dem Efeu sah man eigentlich gar nicht mehr, was das mal war. In den Blättern haben immer so viele Vögel gewohnt, war ja ganz zugewachsen, und im Herbst sah es richtig schön aus, goldgelb und rot. Ich dachte, das ist wie eine Vogelgroßstadt. Und nun ist die einfach weg. Muss für die Vögel sein wie für uns ein Erdbeben oder so was. Wo sind die jetzt nur alle hin? Aber wer denkt schon an Vögel, wenn es ums Geldverdienen geht? Gehört nicht mehr in unsere Zeit. Gehöre ich auch nicht mehr, denke ich manchmal.

Und wenn ich im Frühjahr im Garten einen Nistkasten aufhänge? Großstadt wäre das ja nun nicht, eher Vogel-Bungalow, aber Kleinvieh macht auch Mist.

Ich nicke energisch. Das mache ich.

Ich gebe zu, dieser Bunker war ein riesiger Klotz, und wenn die neuen Häuser schön werden, mag sein, es sieht besser aus. Vielleicht ziehen ja nette Leute ein, kann auch, Waltraud.

Die Kellners von gegenüber sind für ein paar Wochen in Urlaub gefahren. Nur, wer kann das für mehrere Monate? Die Petersens sagen, ihnen macht das alles nichts, aber die gehen um kurz vor acht aus dem Haus und kommen abends spät wieder, da kriegen die von dem Lärm nichts mit. Der Dreck scheint sie nicht zu stören. Lisa von weiter links die Straße runter klagte letztens: »Hugo schläft mittags so schlecht ein bei diesem Krach, dabei braucht er doch noch seine Mittagsruhe, der kleine Windelpupser.«

Mittagspause machen Handwerker ja schon seit ewig nicht mehr. Als Kinder durften wir zwischen eins und drei nicht mal laut rufen, aber heute kennen die nix, da wird gerumpelt und gedröhnt, in einem durch.

Nette Leute, die Lisa und ihr Mann. Rabenschwarz ist der, kommt aus Uganda oder so, ist ein richtig schöner Mann, muss ich schon sagen. Guck ich manchmal heimlich rüber, wenn der auf der Treppe sitzt.

Also Waltraud!

Wieso? Bin ja nicht am Spionieren oder so.

Ah, wieder kracht es. Meine Nerven!

Dabei hatte ich mich so auf den Sommer in meinem Gärtchen gefreut. Also, »Gärtchen« ist übertrieben, sind nur ein paar Meter, und Sonne ist da nur im Hochsommer, die Häuser drum rum sind ja zu hoch, ist aber trotzdem ein kleiner Flecken hinterm Haus zum Dasitzen und In-den-Himmel-Gucken, da habe ich mich schon gefreut, wo ich immer im Dritten gewohnt habe ohne Balkon. Vorne raus ist Hochparterre, da könnte ich auf der winzigen Terrasse vor dem Fenster sitzen. Nur, laut ist es genauso, und außerdem ist es mir zu öffentlich, kann mir ja jeder zugucken beim Ausruhen. Nein, das mag ich nicht.

Zum Glück kann ich Frau Tietjen besuchen, die wohnt ein Stück die Braunschweiger Straße runter, da hört man es nicht so sehr, und mit ihrem Gottfried muss ich Gassi gehen. Ich wollte immer einen Hund, und jetzt teile ich mir Gottfried mit Frau Tietjen, weil die nicht mehr so gut zu Fuß ist. Da gehe ich eben raus mit ihm. Ist ja ein lieber Hund, er freut sich immer so, wenn ich komme. Aber manchmal will ich doch einfach nur zu Hause sein.

Manchmal glaube ich, ich bin zu alt für diese Welt, dabei bin ich erst vierundsiebzig.

Grete Tietjen sagte gestern noch: »Nehmen Sie es nicht so tragisch, Frau Friese. Auch die schönen Altbauten hier in der Straße waren einmal neu, und dafür ist etwas anderes abgerissen worden. Immer verschwindet Gewohntes für etwas Neues. Das ist ein natürlicher Kreislauf.«

So kann man das auch sehen, aber sie wohnt nicht gleich nebenan.

2

»Gottfried, komm sofort her!«
So was, jetzt ist er mir ausgebüxt. Reißt mir einfach die Leine aus der Hand!

»Kommst du wohl sofort her!«

Nein! Jetzt rennt er auch noch auf die Baustelle! Wie ist er denn nur da reingekommen, dick, wie er ist? Sind doch überall Zäune drum herum, jetzt nach Feierabend. Hoffentlich bleibt er nicht mit der Leine hängen. Nee, nee aber auch, dieser Hund!

»Gottfried!«

Ach, nützt alles Rufen nichts, der hört heute einfach nicht. Was hat der nur, ist doch sonst so gut erzogen.

Ich gucke durch die Lücke im Bauzaun. Da scharrt er wie verrückt in einem Erdhaufen rum. Lass das doch, Hund, nachher fällt dir ein Stein auf den Kopf, und was sage ich dann Frau Tietjen? Wenn dem was passiert! Da ist doch diese tiefe Grube, wenn er da reinfällt, kommt er ja alleine nicht wieder raus.

»Gottfried, komm schon, eine Baustelle ist doch nichts für dich. Mit dem Zeug überall. Nun komm endlich. Muss ich erst böse werden?«

Spar dir den Atem, Waltraud, der will nicht, den musst du schon holen. Nur wie? Ich ruckele an dem Bauzaun. Muss ja irgendwie aufgehen, die Bauarbeiter klettern schließlich auch nicht drüber weg. Ist sicherlich verboten, aber wenn ich aufpasse, wo ich hintrete, passiert schon nichts. Ich muss doch den Hund holen. Mit Mühe hebe ich den Zaun ein Stück an, jetzt kann ich ihn aufschieben. Reicht ein Spalt, ich bin ja dünn. Mager nennt Frau Groote das, ich soll mehr essen, aber … Waltraud, der Hund.

Vorsichtig zwänge ich mich durch die Lücke, nur nicht hängen bleiben, sonst zerreiße ich mir den schönen Rock. Dazu kommt es noch, wegen dem ungehorsamen Köter.

»Gottfried!«, schimpfe ich. Er hebt die erdverschmierte Schnauze und lächelt, ich wette es, er lacht mich aus.

»Unverschämter Hund, willst du ...!«

Was hat der denn da? Was hat der denn da ausgebuddelt, was Weißes, Langes! Das sieht aus wie, nein, das glaube ich nicht, das sieht ja aus wie ein Knochen! Ein großer Knochen!

Entsetzt greife ich mir an den Hals, damit ich nicht schreie. Jetzt schnappt er mit seinen scharfen Zähnen nach dem Ding und schleift es zu mir her.

»Gottfried!«, wimmere ich. »Mein Gott! Was hast du denn da?«

Ich wage es kaum, hinzusehen, aber Gottfried wirft mir dieses Etwas vor die Füße und wedelt heftig mit dem Schwanz. Er bellt vor Begeisterung, springt hin und her, will eine Belohnung. Aber das geht doch nicht, Gottfried, eine Belohnung für dieses ...

»Gottfried«, flüstere ich, »ist der von einem Menschen?«

Mir zittern die Knie, fall bloß nicht um, Waltraud.

Ich presse die Hände vor den Mund. Da liegt er vor mir, weiß und fast blank, nur ein paar Erdkrumen hier und da.

Ist nicht wirklich eklig, so für sich genommen. Der muss zu jemandem gehören, der da in dieser Grube liegt.

Furchtbar! Da ist einer verscharrt! Der kann doch da nicht bleiben.

Hilflos schaue ich mich um.

So kommt doch her! Wo seid ihr denn alle?

Ist denn hier niemand? Sonst stehen hier dauernd Leute rum, um zuzugucken.

Aber da, das ist Frau Petersen am offenen Fenster. Heftig winke ich, nun kann ich mich nicht mehr beherrschen:

»Kommen Sie!«, schreie ich und wedele wild mit den Armen. »Hier liegt einer unter dem Sand!«

Ein Toter! Ich flüstere es nur, das kann ich nicht laut aussprechen, das ist zu entsetzlich. Sicher ist der schon lange tot, aber trotzdem, geht doch nicht. In einer Baugrube! Wieso hat man den nicht begraben? Unwillkürlich tut er mir leid. Wie schrecklich, so verscharrt zu werden. Möchte ich ja nicht, dass mir das passiert.

Wenn er tot war, hat er es nicht mehr gemerkt, Waltraud, nun werde mal nicht weinerlich. Ich muss mich zusammenreißen, die Nerven, die Nerven.

Endlich werden die Nachbarn aufmerksam, wie wir da auf der verbotenen Seite vom Zaun stehen, Gottfried bellt wie verrückt, und ich winke immer noch mit beiden Händen, als wollte ich ein Flugzeug dirigieren.

Als ob das jetzt noch eilig wäre, Waltraud. Irritiert lasse ich die Arme sinken.

Plötzlich wimmelt es von Leuten, sie haben den Bauzaun weit aufgeschoben, ein paar Bauarbeiter sind nun da und bemühen sich, uns auf die Straße zurückzudrängen. Frau Groote greift nach Gottfrieds Leine und versucht, ihn mitzuzerren. Der will den Knochen mitnehmen. Oh, wie böse knurrt er, als ihm das nicht gelingt. Aber geht doch nicht, Hund. Erklär ihm das mal einer.

Ich sehe das alles wie in einem Film, als ob mich das Ganze nichts anginge. Nur meine Zähne klappern aufeinander, ich kann es nicht lassen. Erst als Frau Petersen mich leicht bei den Schultern fasst und zum Haus schiebt, komme ich zurück in die Wirklichkeit. Frau Petersen, ich kenne sie kaum, nur von gegenüber, aber jetzt bin ich froh, dass sie da ist. Sie murmelt irgendwas, ich verstehe es nicht, aber macht nichts, es beruhigt mich.

Ich sitze müde in meinem Sessel am Fenster und wickele mich in eine warme Decke. Dabei ist es nicht kalt, aber mich fröstelt. Immer muss ich an den armen Toten denken, der da über so viele Jahre unbestattet gelegen hat.

Die Polizei kommt sogar. Aber was kann ich denen schon sagen?

»Machen Sie sich keine Sorgen, Frau Friese«, sagt dieser kleine Dicke. »Dieser Mensch ist seit mindestens siebzig Jahren tot, vielleicht länger. Genau wissen wir das noch nicht. Er muss schon vor dem Bau des Bunkers da gelegen haben. Wann der errichtet wurde, müssen wir erst prüfen.« Er lächelt entschuldigend. »Niemand weiß zurzeit, ob er nicht eines natürlichen Todes gestorben ist. Er oder sie, wir wissen nicht einmal, welchen Geschlechts die Leiche ist.«

»Aber warum hat man ihn dann nicht beerdigt?«

Der Polizist zuckt die Achseln. »Es war Krieg«, versucht er eine Erklärung. Dann lächelt er mich an.

»Es ist schon verständlich, Frau Friese, dass Sie sich erschreckt haben. Aber niemand wird Sie behelligen. Selbst wenn es eine Straftat gewesen sein sollte, der oder die Täter sind garantiert schon lange gestorben.«

»Haben Sie denn mehr gefunden als nur diesen einen Oberschenkelknochen?«, fragt Frau Groote neugierig. Die geht da ungerührt mit um, ist sie ja gewohnt als Ärztin. Auch Frau Petersen tut nur besorgt, merke ich, die findet das richtig spannend.

Was beunruhigt mich denn eigentlich, frage ich mich, die haben doch recht. Was geht mich eine Leiche aus den Dreißigerjahren an, da war ich nicht einmal geboren. Trotzdem fürchte ich mich. Da kommt noch was nach, denke ich dauernd. Das ist noch nicht zu Ende. Der will was von uns.

Waltraud, Waltraud, wo ist dein Verstand geblieben? Glaubst du seit Neuestem an Gespenster?

Ich zwinge die gruseligen Gedanken zurück und höre wieder zu.

»Wir sind erst am Anfang mit unseren Untersuchungen, aber wir haben in der Grube Teile des Skeletts gefunden, unsere Leute graben noch weiter. Ob die Zerstörung der Leiche durch den Bagger verursacht wurde, prüfen wir noch. Die Arbeiter haben nichts gesehen, aber sie haben diesen Erdhaufen mit dem einzelnen Knochen erst kurz vor Feierabend aufgehäuft, vermutlich wären sie morgen früh auf das Skelett gestoßen. Wir untersuchen die Grube sehr genau nach weiteren Überresten. Es scheint aber, dass die Leiche eher neben dem Bunker gelegen hat. Schließlich ist die Bodenplatte noch weitestgehend intakt.«

Dass der so viel erzählt, ich dachte immer, Polizisten dürfen über solche Sachen gar nicht reden. Aber vielleicht, wenn es eine alte Leiche ist …

»Müssen Sie da denn auch ermitteln?« Frau Petersen hechelt etwas atemlos. Sie glüht geradezu. Und das in meiner Wohnung, ist mir richtig peinlich.

»Zu ermitteln wird es nicht viel geben. Wir versuchen selbstverständlich zu klären, woran dieser Mensch gestorben ist, aber viel können wir wahrscheinlich nicht finden. Wie gesagt, es wird wohl keine Strafverfolgung mehr geben können, selbst wenn eine Straftat vorgelegen haben sollte.«

Freundlich tätschelt er Gottfrieds breiten gelben Kopf. »Da hast du was angerichtet, mein Lieber.«

Gottfried schnauft nur und sieht mich unverwandt an. »Gebt ihr mir nun meinen Knochen wieder?«, fragt sein Blick.

»Der Hund muss zurück zu Frau Tietjen«, beschließe ich, wieder etwas resoluter geworden. Das ist etwas Reelles, das lenkt mich ab von alten Toten. Gottfried springt sofort auf und schlägt mit dem Schwanz. Frau Groote lächelt mich an.

»Ich sehe, Sie haben sich gefasst. Schließlich haben Sie schon ganz andere Sachen überstanden als eine alte Leiche, Frau Friese. Aber halten Sie Gottfried schön fest, wer weiß, was er uns noch alles aus dem Baggerloch holt.«

Da lachen alle herzlich, aber mir will es nicht gelingen, mitzulachen. Ich nicke nur, damit sie mich nicht für einen Pflegefall halten und gehen. Ich will meine Ruhe haben.

Da fällt mir plötzlich etwas ein.

»Suchen Sie da morgen auch noch?«

»Bestimmt, es ist ja bald dunkel, da werden wir morgen zumindest vormittags noch tätig sein. Wieso?«

»Weil das heißt, dass wir morgen einmal ausschlafen können. Da rumpelt der Bagger nicht wieder in aller Herrgottsfrühe los.«

3

An der Baustelle ist nun viel los, ein Pulk Neugieriger hat sich gesammelt, beobachtet aufgeregt die Arbeit der Polizisten, die immer noch im Schutt graben. Automatisch blicke auch ich zu ihnen hinüber. Pfui Teufel, sind das die Knochen, die da auf einer Plane liegen? Schnell schaue ich weg, das will ich lieber nicht sehen. Gottfried zieht an der Leine, will da wieder hin. Aber ich zerre ihn kräftig zurück.

»Lass das, Gottfried, du machst mir nur Scherereien heute«, schimpfe ich. »Grete wartet, die macht sich bestimmt schon Sorgen, komm jetzt endlich.«

Ein dicker Mann blockiert den schmalen Fußweg. Der sieht mich nicht, hat nur Augen für die Polizei.

»Kann ich mal bitte durch?«, frage ich den Mann bemüht höflich, dabei würde ich lieber brüllen. Die Nerven, die Nerven.

Keine Reaktion.

Wie der gafft! Dem steht ja der Schweiß auf der Stirn. Sieht aus, als wäre er gerade aus dem Bett gefallen, und das am frühen Abend. Sein Gesicht ist irgendwie verknautscht, alles an ihm wirkt ein bisschen ungepflegt, gammeliges T-Shirt und schmuddelige Jeans. Ist doch schon ein älterer Mann, bestimmt schon jenseits der vierzig, schätze ich. Ein unangenehmer Mensch. Wohnt der hier irgendwo?

Waltraud, du sollst den nicht heiraten, du willst nur vorbei.

»Kann ich mal durch?« Ich schreie fast, das muss er doch hören.

Er reagiert immer noch nicht.

Da tippe ich ihn auf den Arm.

Erschrocken fährt er zusammen, reißt eine geballte Faust hoch. Glotzt mich an, als wäre ich ein Gespenst. He, will der mich schlagen? Gottfried knurrt.

Da kommt er wieder zu sich, senkt die Hand, schaut unsicher auf den Hund.

»Kann ich mal bitte durch?« Ich zwinge mich, genauso freundlich zu fragen wie eben.

»Ja, ja«, brummt er, will sich schon zur Seite drehen, da hält er mich plötzlich am Arm fest.

»Aua, Sie tun mir weh«, beschwere ich mich. »Lassen Sie mich los!«

Aber er lockert den Griff nicht. Was will der von mir?

»Was ist das für'n Toter da drüben? Haben *Sie* den nicht gefunden?«

Sein Atem geht schnell, puh, Mundwasser benutzt der nicht, seine Augen flackern unsicher, aber wie betrunken wirkt er nicht. Was ist los mit dem Kerl? Hat der etwa Angst?

»Ich weiß nichts«, antworte ich knapp, will nur weg von dem.

»He, Lady, stellen Sie sich nicht so an«, schnauzt er. Unsicher sieht er sich um, als ob niemand ihn hören soll, denn nun flüstert er: »Ist das denn, also, äh ... ist das ne frische Leiche oder ne alte von früher, also, äh, aus dem Krieg?«

»Die Polizei sagt, die ist alt«, erkläre ich nun doch.

»Puh«, schnauft er, wirkt erleichtert. Er lässt meinen Arm endlich los. Stiert wieder rüber zu den Arbeitern.

Ich dränge mich an ihm vorbei, so schnell ich kann, sehe mich dann noch mal nach ihm um. Merkwürdig, dieser Kerl. Als ob er mit einem frischen Toten gerechnet hätte.

»Frisch«, igitt, wie redet der denn! Wir sind doch nicht beim Schlachter!

Aber eindeutig hat er erwartet, dass da einer liegt, der kürzlich erst gestorben ist. Ist er deswegen so angespannt?

Das wäre dann kriminell, Waltraud.

Kriminell? Nenn es beim Namen, das wäre Mord. Der Mensch hat mit einem Ermordeten gerechnet!

Mir stockt der Atem. Wieder drehe ich mich um, aber ich sehe ihn nicht mehr. Dem möchte ich nicht gerne wiederbegegnen.

Ob *er* etwa …

Nein, Waltraud, denk nach. Der vermisst wahrscheinlich jemanden.

Abrupt bleibe ich wieder stehen.

Das ist ja schrecklich!

Jetzt tut er mir geradezu leid. Muss doch furchtbar sein, wenn wer verschwunden ist und man rechnet damit, den nur noch als Leiche wiederzutreffen. Gruselig ist das.

Trotzdem komisch, warum geht er denn nicht zur Polizei? Laufen genug Polizisten rum, die er fragen könnte.

Gottfried zerrt an der Leine, der will nach Hause. Oh ja, wir sind wirklich spät. Ich schüttele alle bösen Gedanken ab, geht mich ja auch nichts an, und eile im Schnellschritt zu Frau Tietjen.

4

Heute habe ich mir Brötchen zum Frühstück geholt, manchmal muss ich mich verwöhnen. Mmh, lecker! So, was sagt der *Kurier*? Wahlkampf, ach ja, ist bald Wahl. Da blättere ich drüber weg, die lügen sich doch alle einen in die Tasche. He, das ist die Braunschweiger Straße da auf dem Foto und unsere Baustelle!

»Rätselhaftes Schicksal nach 72 Jahren aufgeklärt«, steht da.

Ah, endlich etwas zu dem Toten. Ich dachte schon, die wollten das nicht berichten, weil es zu gruselig ist. Ist ja alles wieder ein paar Tage her. Nein, wie die Zeit rast, man glaubt es nicht. Eben war noch Frühling, und jetzt …

Der Tote, Waltraud.

Sie wissen sogar, wer das ist? Schon erstaunlich, was die so hinkriegen heutzutage. Mal lesen. Hoffentlich lassen sie mich außen vor.

»Die Untersuchung der gefundenen Knochen hat ergeben, dass es sich um ein männliches Skelett handelt. Man schätzt das Alter des Toten auf fünfzehn bis achtzehn Jahre. Der Tod muss Anfang 1941 eingetreten sein, erklären die Experten. Gestützt wird dieser Befund von der Tatsache, dass die Arbeiten am Bunker im März 1941 begonnen wurden.«

Ich lasse die Zeitung sinken. Ach nein, wie traurig, fast noch ein Kind. Wie konnte das denn passieren? Aber es war Krieg, wer weiß?

Rate nicht, lies weiter.

»Todesursache war vermutlich ein Schlag auf den Kopf, auch wenn nicht mit letzter Sicherheit ausgeschlossen werden kann, dass Bauarbeiten schuld an den Schädelverletzungen sind.

Polizeihauptkommissar Andresen: ›Wir gehen von einem Verbrechen aus.‹ Recherchen unserer Zeitung ergaben, dass der Sohn des hohen NS-Parteimitglieds N., der damals sechzehnjährige Hermann N., zeitgleich als vermisst gemeldet wurde. Das hatte für viel Aufsehen gesorgt, denn N. war in Bremen als eloquenter Redner eine wichtige Stütze der Partei gewesen. Schon damals war ein Verbrechen vermutet worden. Andere Stimmen hatten behauptet, der als fanatisch geltende Junge habe sich mit falschen Papieren an die Front gemeldet. Das Schicksal von Hermann N. konnte nie aufgeklärt werden.«

Mir tropft die Marmelade vom Brötchen auf die Hand. Gedankenverloren lecke ich sie ab. Sechzehn Jahre, armes Kind. Wer schlägt denn einem Kind den Schädel ein?

Ach, Waltraud, bitte, so was passiert doch jeden Tag und damals sowieso.

Wenn der so fanatisch war, dass er freiwillig an die Front wollte, hat er sich sicherlich Feinde gemacht.

Trotzdem, Waltraud, mit sechzehn. War doch noch ein halbes Kind. Ich denke an den Jungen, der gegenüber von Frau Tietjen wohnt, der ist so etwa in dem Alter. Ich versuche, mir den vorzustellen mit einer Uniform und Waffen und allem, und der schießt auf andere, die auch nicht viel älter sind als er. Was für ein Wahnsinn.

So habe ich mir das gemütliche Frühstück nicht gedacht, mir vergeht der Appetit.

Mach mal halblang, Waltraud, das ist zweiundsiebzig Jahre her. Da war ich knapp zwei Jahre alt, im Frühjahr, bin ja im Sommer geboren. Wieder greife ich nach dem Artikel. Da gibt es ein kleines Foto von dem Jungen, mürrisch sieht der aus, voll in Uniform. Klar, so liefen die eben damals rum.

Aber so jung!

Versonnen schaue ich auf das Papier.

Huch, da steht ja mein Name! Haben sie mich doch erwähnt. Da, unter einem anderen Foto:

»H. Friese«!

H? Kann ich nicht sein, das ist ein Mann, guck doch hin, Waltraud. Wer ist das nun wieder? Ich lese aufgeregt weiter.

»Unter dringenden Tatverdacht geriet ein notorischer Querulant, Hubert Friese aus der Braunschweiger Straße, der sich nach Zeugenaussagen immer wieder mit dem Jugendlichen angelegt hatte.«

Nicht du, Waltraud. Aber Querulant könnte passen, kichere ich hinter vorgehaltener Hand.

Lies weiter.

»Er bestritt, mit dem Verschwinden des Jugendlichen etwas zu tun zu haben. Frieses Spur verliert sich in den Wirren des Krieges.«

Einen Hubert Friese kenne ich nicht, ist wohl nicht verwandt mit mir, Frieses gibt es viele in Bremen und umzu. Hans-Georg hieß ja auch Friese, das war ja so eine verrückte Geschichte, ist ja mein Mädchen- *und* Ehename, der Standesbeamte wollte es erst nicht glauben.

»Wie angenehm für Sie. Da müssen Sie sich gar nicht umstellen, Frau Friese«, sagte der damals, weiß ich noch wie heute.

Aus Hans-Georgs Familie kam dieser Hubert sicherlich nicht, Hans-Georg und Querulanten? Ich muss lachen, betrachte noch einmal das Foto.

Der Mann sieht mir nicht ähnlich, aber das Bild ist schlecht, im Grunde erkennt man nur einen älteren Mann mit Kappe.

Nachdenklich spiele ich mit dem Kaffeelöffel. Mutti hätte mir nie etwas über einen »notorischen Querulanten« in der Familie erzählt, vor allem wenn er sich mit den Nazis angelegt hat. Wäre ihr peinlich gewesen und natürlich ein schlechtes Vorbild. Und Vati sprach nie über die alten Zeiten, egal um was es ging, als wäre er 1945 vom Himmel gefallen. Aber selbst wenn Hubert ein Verwandter war, was hat das heute mit mir zu tun?

Wer weiß, Waltraud, vielleicht hast du noch irgendwo Basen oder Vettern.

Na und? Wenn ich sie bisher nicht vermisst habe, brauche ich sie heute auch nicht mehr.

Waltraud, der Familienmensch, spotte ich.

Neugierig lese ich die letzten Zeilen des Artikels. Noch mehr Frieses?

»Anhand weiterer gefundener Gegenstände wie einer Gürtelschnalle, Abzeichen sowie Stoffresten konnten die Fachleute rekonstruieren, dass der Tote eine Uniform der Hitlerjugend getragen haben muss. Alles deutet darauf hin, dass heute, nach mehr als siebzig Jahren, das Schicksal des Hermann N. geklärt werden konnte. Polizeihauptkommissar Andresen weiter: ›Es ist allerdings aussichtslos, einen Tathergang zu rekonstruieren, geschweige denn, einen Täter zu ermitteln.‹«

Ich lege die Zeitung weg, habe genug zum Grübeln für einen Tag.

Wie gerne würde ich mit Frau Tietjen darüber reden, aber ausgerechnet jetzt ist sie verreist, wo sie doch sonst nie weg ist. Besucht irgendwelche Enkelkinder, nein, anders, sie ist Ururoma geworden und ist nun für ein paar Tage in Oldenburg. Ist ja nicht die Welt, aber weg ist weg.

5

Was für eine Nacht, dauernd werde ich wach, wälze mich hin und her. Die Paprika, Waltraud, die hättest du nicht essen sollen, das weißt du eigentlich. Kommt mir immer wieder hoch.

Ich bin doch keine Kuh, die wiederkäut, murre ich, quäle mich aus dem Bett und tappe in die Küche. Vielleicht hilft eine Tasse heiße Milch mit Honig. Einen Moment sehe ich in die dunkle Nacht, kein Licht weit und breit, ist auch erst halb vier. Aber ich brauche Licht, warum auch nicht, wen soll das stören?

Das Haus ist ziemlich still, nun, wo zwei von vier Wohnungen leer stehen, seit Bergers ausgezogen sind aus dem Zweiten. Soll aber wieder vergeben sein. Die im Dritten gehört immer noch mir. Den Verkauf habe ich an Alf vom Immobilienbüro Richter gegeben, ich will das nicht entscheiden, wer da einziehen soll, kann ich nicht gut. Ich will schon wissen, mit wem ich zusammen im Haus wohne, aber wenn Leute kommen und freundlich tun, nur weil sie die Wohnung haben wollen, gehe ich denen doch auf den Leim. Aber wenn wieder eine alte Frau einziehen will, dann sage ich der, tu es nicht, du schaffst das auf Dauer nicht mit den Treppen. Hätte mir früher jemand sagen sollen. Hat Helga mir gesagt damals, wollte ich nur nicht hören. Stimmt schon. Ja, ja, man glaubt, alt sind immer nur die anderen.

Ich habe lange überlegt, ob ich zu einem anderen Makler gehen soll. Weil Alfs Großvater, also, der Rainer, der der Mann ist, nein, *war*, ist ja gestorben inzwischen, von meiner ehemaligen Freundin Helga, also, der Rainer, er hat mich damals so über den Tisch gezogen, als ich diese Wohnung im Dritten gekauft habe. Aber Alf ist da anders, ein ganz adretter junger Mann, der war ganz geschäftsmäßig, nichts mit Schmeicheln und Schöne-Augen-Machen und so.

He, Waltraud, aus dem Alter bist du aber auch raus, dass dir einer schöne Augen macht. Außerdem ist der vierzig Jahre jünger, woran du aber auch denkst. Hihi.

Ach ja, der Rainer. War schon ein Charmeur.

Träum nicht, Waltraud. Milch warm machen, befehle ich mir und stelle den Topf auf den Herd.

Ich öffne die Tür zum Garten, lasse die kühle Nachtluft herein. Ich atme ein paarmal tief durch. Ah, das tut gut.

Auf einmal scheppert es draußen. Kommt von der Baustelle, scheint mir.

Nanu? Da arbeitet doch jetzt niemand. Ich denke an das Skelett von dem Jungen. Ein bisschen gruselt es mich wieder. Obwohl, ich gebe zu, spannend war es schon, *hinterher*.

Vielleicht eine Katze.

Huch, schon wieder! Klingt irgendwie nach Metall. Nein, hört sich nicht nach Katze an. Sind da Stimmen?

Nun bin ich ganz wach, trete einen Schritt hinaus auf den Hof und schaue Richtung Baustelle. Sehen kann ich von hier nichts, ist ein Stück weg und der Bauzaun ist drum. Aber jetzt höre ich schnelle Schritte auf der Straße. Jemand rennt weg. Jemand mit schweren Schuhen. Was ist da denn los?

Plötzlich zischt es hinter mir, es stinkt angebrannt.

Die Milch! Oje, die habe ich ganz vergessen.

Ich haste in die Küche zurück, reiße den Topf von der Platte.

Aua, heiß. Nimm doch Topflappen!

Zu spät. Die übergelaufene Milch brennt einen braunen Ring in die Kochplatte. Ich stampfe mit dem Fuß auf vor Wut. Bin ich mitten in der Nacht aufgestanden, um den Herd zu putzen? Den Topf muss ich auch scheuern. Und jetzt habe ich mir noch dazu die Finger verbrannt. Und warum? Weil ich mich um Sachen kümmere, die mich nichts angehen. Soll doch auf der blöden Baustelle scheppern, was will.

Frustriert schaue ich auf die heiße Milch, die langsam eine Haut bekommt.

Na prima, Waltraud. Genau so liebst du deine Milch. War sowieso eine Schnapsidee, heiße Milch mit Honig. Gestern waren einunddreißig Grad. Im Schatten.

In den Ausguss damit!

Das ist Sünde, macht man nicht!

Ich tue, was ich will, fauche ich und schütte das Zeug weg.

Mein Ärger verraucht etwas. Ich sollte öfter sündigen, grummele ich halb besänftigt. Schlaf kann ich für diese Nacht vergessen, so viel ist klar.

Dann setz dich aufs Sofa, Waltraud, und lies ein bisschen.

Aber meine Gedanken gehen eigene Wege.

Was da wohl los war auf der Baustelle? Diebe? Was gibt es denn da zu klauen? Komisch.

Hätten sie man den Bagger mitgenommen, dann wäre wenigstens mal für einen Tag Ruhe, brummele ich.

He, vielleicht waren das genervte Nachbarn, die haben da irgendwas kaputt gemacht. Ich grinse breit. Das würde mir gefallen.

Waltraud, ich wusste gar nicht, dass du das Zeug zur Chaotin hast, tadele ich mich pflichtschuldig. Pass mal auf, morgen wirfst du mit Steinen. Hihi. Meine schlechte Laune ist verflogen.

Jetzt gehe ich mal gucken, beschließe ich.

Wie bitte? Mitten in der Nacht?

Warum nicht? Ich wohne hier, wer will mir verbieten, nachts um vier auf die Straße zu gehen?

Die Vernunft, Waltraud. Hat dir der Knochen nicht gereicht?

Ich will nur gucken, muss ja nichts anfassen.

Ich kenne mich, ich kann mich nicht bremsen, und so stehe ich kurz darauf am Bauzaun und schaue in die bunten Lampen der Absperrung. Natürlich gibt es nichts zu sehen. Was habe ich denn erwartet? Ein Foto von einem Dieb, mit Widmung? Seine Brieftasche? Wie soll ich von hier außen sehen, ob drinnen etwas weg ist? Ich weiß gar nicht, was da hingehört und was nicht.

Fehlt noch, Waltraud, dass du übern Zaun kletterst. Nur mühsam unterdrücke ich ein wildes Kichern.

Kommt das auch von den Paprika? Dieses kindische Verhalten? Scheu gucke ich zu den umliegenden Häusern hoch, nicht dass mich jemand beobachtet, die stecken mich sofort in die Klapse.

Nicht ganz zu Unrecht, Waltraud, so wie du dich hier aufführst.

Ich schüttele den Kopf und wende mich zum Gehen. Da fällt mir ein Stück Stoff ins Auge, so ein Einkaufsbeutel, wie man ihn in jedem Laden kriegt. Wie hell der leuchtet auf den dreckigen Pflastersteinen.

Igitt, Waltraud, der liegt vielleicht schon seit Wochen da, ist doch eklig.

Nein, die Bauarbeiter hätten den aufgehoben, mitten in der Durchfahrt für die Lkw. Außerdem ist der ziemlich sauber, sieht neu aus. Mühsam bücke ich mich, hebe ihn mit ganz spitzen Fingern auf, öffne ihn weit.

Leer. Das Ding ist leer, bis auf ein paar Krümel.

Höhnisch lache ich mich aus. Waltraud, Waltraud!

Ich will den Beutel wieder fallen lassen, da stocke ich mitten in der Bewegung.

Was ist das da auf der Erde? Muss unter dem Beutel versteckt gewesen sein.

Ein Messer! Huch!

Gefährlich sieht das aus, bestimmt zehn, fünfzehn Zentimeter lang, es steckt in einer Scheide aus schwarzem Metall.

Wem gehört das? Wer war hier eben? Ob ich das besser liegen lassen soll?

Mein Verstand ist heute Nacht zu langsam für meinen Körper, schon bücke ich mich wieder und hebe das Messer mithilfe des Beutels auf. Ich traue mich nicht, es anzufassen. Da ist ein Symbol auf dem Griff. Mit einem Schrei lasse ich es fallen, als hätte ich mir wieder die Finger verbrannt.

Das ist ja ein Hakenkreuz! Hilfe! Wo kommt das denn her?

Ich sehe mich erschrocken um.

Ist hier jemand?

Nein, alles dunkel und still wie vor fünf Minuten auch. Nur aus meinem Fenster fällt ein beruhigender Lichtfleck aufs Pflaster. Eine nette, friedliche Straße eben.

Ja, mit einem Nazi-Dolch.

Auf einmal höre ich Schritte, die näher kommen. Harte Schritte. Angst packt mich.

Sind das die, die ihr Messer suchen? Das sind Verbrecher! Die schlagen dich tot. Weg hier, schnell!

Wie ich zu meiner Wohnung gekommen bin, weiß ich nicht. Heftig atmend lehne ich mich gegen die Haustür. Vorsichtig pliere ich hinter dem Türrahmen vor, sehen kann ich niemanden, ist noch der Bauzaun davor. Nur die Schritte knallen gefährlich nah aufs Pflaster. Leise Stimmen.

Bist du verrückt, Waltraud? Mach, dass du ins Haus kommst!

Erst als ich die Wohnzimmertür öffnen will, merke ich, dass sich meine rechte Hand mit dem Beutel um einen Gegenstand krampft.

Das Messer! Oh Gott! Ich habe es mitgenommen!

Was jetzt?

Zu spät.

Was läufst du auch mitten in der Nacht auf der Straße rum. Du lernst es nie, Waltraud.

Als wäre er zerbrechlich, lege ich meinen Fund auf den Tisch und schleiche zum Fenster. Vor mir nur die leere Straße.

Licht aus, Waltraud, schnell, muss niemand wissen, dass du wach bist. Sicher ist sicher.

Erschöpft lasse ich mich aufs Sofa sinken, stiere auf das Messer, als ob es mich gleich beißt.

Vielleicht ist alles ganz anders. Vielleicht haben die Bauarbeiter diese Waffe ausgebuddelt, schließlich ist der Bunker in der Nazizeit gebaut worden, wahrscheinlich hat damals wer das Ding verloren. Sicherlich dieser Hermann, der war bei der HJ. Kann doch gar nicht anders. Wo kriegt man sonst solche Sachen heute her? Ist doch verboten.

Heißt nichts. Es lag nicht im Bauschutt, es lag draußen.

Aber jemand ist da eingedrungen, das hast du gehört, Waltraud.

Nachdenklich betrachte ich den Fund im schwachen Licht der Straßenlaterne. Sieht so ein Messer aus, das siebzig Jahre in der Erde gelegen hat? Verdreckt ist es, die metallene Scheide ist verkratzt. Soll ich es herausziehen? Verrät mir die Klinge vielleicht mehr?

Waltraud, die Messerspezialistin! Lass die Finger davon, sei vernünftig.

Und nun? Gehe ich damit zur Polizei?

Muss ich wohl. Oder?

Ich bin so unsicher. Ich räume den grausigen Fund in eine Schublade, das muss ich mir nicht dauernd ansehen.

Morgen frage ich Frau Groote, die kann mir einen Rat geben, beschließe ich.

6

Am Morgen kommen mir die Ereignisse der Nacht vor wie ein schlechter Traum. Erst mal tue ich gar nichts, beschließe ich. Trotzdem beschleicht mich Misstrauen, als ich auf die Straße gucke, als ob ich erwarte, dass da Kampfhorden mit Hakenkreuzfahnen entlanglaufen würden. Natürlich ist da nichts. Oh, doch. Vor dem Haus stehen Parkverbotsschilder.

»Umzug«, entziffere ich, das holt mich in den Alltag zurück. Sind wohl die neuen Leute für den Zweiten. Solche Schilder sind in der schmalen Straße auch nötig, ich frage mich sowieso, wie hier ein Lkw reinkommen soll, nun, wo das auch noch eine Sackgasse ist. Ich erinnere mich, als Frau Groote in den ersten Stock gezogen ist, habe ich auch am Fenster gestanden und zugeguckt. Wie viel sich seitdem geändert hat! Ich habe neue Menschen kennengelernt, gute und schlechte.

Nachdenklich starre ich aus dem Fenster, aber eigentlich sehe ich nichts. »Der blonde Engel«, so habe ich damals den schrecklichen jungen Mann genannt, der mir solche Angst gemacht hat. Der sitzt jetzt in Oslebshausen.

Gefängnis, denke ich. Unwillkürlich ziehe ich die Schultern hoch. Wie mag das sein?

Frau Groote sagte mal zu mir: »Sie haben sich da oben im Dritten ein bisschen eingeschlossen wie im Gefängnis, Frau Friese. Ich freue mich, dass Sie jetzt wieder aufgesperrt haben.«

Aber das stimmt ja nicht wirklich. Wer in Oslebshausen einsitzt, kann nicht mal eben einen Kaffee im Panini trinken gehen oder mit dem Rad um den Pudding fahren, wenn er Lust dazu hat. Oder sich selbst das kochen, was man gerne mag. Alles wird vorbestimmt von anderen. Schrecklich, wie kann man das ertragen?

Und warum? Aus Gier. Nur aus Gier.

Die kriegen den Hals nicht voll, und wozu?

Die Weser gibt es doch umsonst und die Sonne. Zum Leben haben wir heute längst genug. Ist ja nicht mehr wie im Krieg, wo wir gehungert haben.

Waltraud, sei nicht so naiv. Weser und Sonne. Wem reicht das schon? Auch dir nicht.

Anita aus Walle fällt mir ein, die braucht Pillen, um durchs Leben zu kommen. Die habe ich auch im Frühjahr kennengelernt. Wie Grete Tietjen.

»Grete« nenne ich sie nur in Gedanken, wir siezen uns weiterhin. Ich glaube, Frau Tietjen kann das gar nicht, Leute duzen, die nicht zur Familie gehören. Sie ist eine klassische Hanseatin, wahrscheinlich kann sie ihre Vorfahren bis zum Roland zurückverfolgen. Hihi.

Mit Anita war ich ganz schnell per Du, und was habe ich nun davon? Seit Wochen habe ich nichts mehr von ihr gehört. Geht auch nicht ans Telefon.

Vielleicht ist das gut so. Die dreht zu viele krumme Dinger. Aber ich kann so gut mit ihr lachen. Ich erinnere mich schmunzelnd an unsere Kaffeekränzchen, das war schon schön mit ihr.

Als Mädchen habe ich auch mal geklaut, fand ich aufregend, es ging gar nicht so sehr ums Geld. Obwohl wir sehr arm waren damals nach dem Krieg. Da habe ich Bücher geklaut, weil ich die unbedingt lesen, aber nicht bezahlen wollte. Die lagen ja auch so schön rum, war doch ganz einfach.

Waltraud, Waltraud, wie kommst du jetzt darauf, ist doch mehr als fünfzig Jahre her. Aber ich werde noch immer rot vor Verlegenheit.

Es klingelt. Ich fahre zusammen.

Da steht eine junge Frau vor der Tür.

»Kriminalpolizei«, stellt sie sich vor und hält mir einen Ausweis vor die Nase. Kann ich ohne Brille gar nicht lesen. Polizei? Kommt die wegen der geklauten Bücher?, frage ich mich einen Moment verwirrt.

Waltraud, spinn nicht!

»Frau Friese, ich habe ein paar Fragen, vielleicht können Sie mir helfen. In der letzten Nacht waren Fremde auf der Baustelle nebenan. Haben Sie vielleicht etwas gehört oder gesehen?«

Sofort zittern mir die Hände, der Schreck der Nacht überfällt mich wieder. Ich nicke nur und winke die junge Frau ins Haus.

»Das hier habe ich gefunden«, flüstere ich und ziehe die Schublade auf, zeige auf das Messer.

»Haben Sie das angefasst?«, fragt die Polizistin scharf.

»Nein, nur den Stoffbeutel.«

Jetzt lächelt sie freundlich, entspannt sich merklich.

»Gut so, Frau Friese, jetzt erzählen Sie mal, oder nein, warten Sie, ich rufe eben meinen Kollegen hinzu.«

Ein älterer Mann trifft ein paar Minuten später ein, der musste auch von Haus zu Haus laufen auf der Suche nach Zeugen, verstehe ich.

Ich erzähle.

»Ich weiß nicht, warum ich das mitgenommen habe«, beteuere ich immer wieder. »Ich kann mich nicht einmal daran erinnern, vielleicht weil ich Angst hatte.«

»Und Sie haben niemanden gesehen?«

»Leider nicht.«

»Ach nö, Frau Friese«, mischt sich der Mann nun ein. »Vielleicht ist das besser so, dann sind Sie wahrscheinlich auch von niemand gesehen worden. Mit diesen Burschen ist nicht zu spaßen. Die können gefährlich sein. Und darum bitte: kein Wort zu niemandem, verstehen Sie?«

Inzwischen hat die Polizistin versucht, das Messer aus der Scheide zu ziehen, mit dem Stoffbeutel greift sie um den Griff, aber es scheint festzusitzen.

»Das sollen sich besser unsere Leute vornehmen«, beschließt sie.

Einen Moment schweigen wir und sehen alle nur auf dieses furchtbare Symbol. Meine Nackenhaare stellen sich auf, ich bekomme eine Gänsehaut. Verstört reibe ich über meine Arme.

»Kann es sein, dass das noch von damals ist? Von diesem Hermann? Dass Ihre Leute das übersehen haben?«

Wie hoffe ich auf ein »Ja, natürlich«.

»Eher nicht, Frau Friese, aber das werden unsere Profis genauer herausfinden können.« Die Polizistin wiegt den Kopf, betrachtet das schreckliche Ding auf dem Tisch. »Möglich wäre es«, schiebt sie nach.

Wir nicken, schweigen wieder.

»Liebe Güte, das Foto!«, ruft die Polizistin auf einmal, schlägt sich gegen die Stirn. »Das ist doch die Hauptsache, das habe ich über diesen Fund ganz vergessen.«

Sie reicht mir ein Bild herüber, ein Passfoto von einem Mann, um die dreißig, kurz geschorene, dunkle Haare, Mecki nannten wir das früher, schmales Gesicht, große Nase. Ziemlich hart sieht der aus, finde ich.

»Haben Sie diesen Mann gestern oder heute gesehen?«

Ich schüttele den Kopf.

»Also, gestern Nacht nicht, ich sagte ja schon, da war niemand. Und danach? Heute früh war ich noch nicht draußen. Aber irgendwie, kann sein, den kenne ich vom Sehen.«

Ich zögere. Irre ich mich?

»Wer ist das?«, frage ich.

»Sascha Langer, der Wachmann, der gestern Abend die Baustelle beobachten sollte. Der ging jede Nacht hier seine Runde. Wir wissen, dass jemand versucht hat, in den Bauwagen zu gelangen. Vermutlich ist es das, was Sie gehört haben, Frau Friese. Aber das Schloss ist zu stabil. Selbst wenn Langer zur fraglichen Zeit nicht hier war, so hätte er bei seinem Kontrollgang sicherlich die Einbruchsspuren am Wagen bemerkt, das war nicht zu übersehen. Nur, von dem Wachmann fehlt jede Spur. Dabei hätte er heute früh bei Schichtwechsel Meldung machen müssen.«

Sie zögert, als wolle sie noch etwas hinzufügen, lässt es aber dabei.

»Dann kenne ich den daher, wenn der abends öfters hier war«, nicke ich. »Glauben Sie, der hat das Messer verloren?«

»Möglich, aber nicht sehr wahrscheinlich. Es kann auch sein, dass er die Diebe verfolgt hat und ihm dabei etwas zugestoßen ist.«

Ich sehe sie an. Da ist noch mehr. Ich spüre es. Aber vielleicht ist es besser, ich weiß nicht alles.

Plötzlich knallt und poltert es besonders laut vom Bunker herüber. Wir zucken zusammen.

»Ist das oft so?«, fragt die Frau mitfühlend.

Ich nicke. »Meistens.«

Wie auf Befehl erheben sich die beiden, versichern mir noch einmal, dass sie mich nicht irgendwo öffentlich erwähnen werden, und verabschieden sich. Das Messer nehmen sie mit. Gut, dass das aus dem Haus ist.

Was mir aber auch wieder passiert, denke ich beklommen.

Grübel nicht, Waltraud, tu was.

Außerdem hast du Frau Tietjen versprochen, Brot und Wurst zu kaufen. Den Rest hat ihr der Junge vom Mini-Shop schon gestern gebracht.

Die Sonne scheint, geh einkaufen, damit du rauskommst und unter Menschen.

An der Ecke steht der Briefträger.

»Frau Friese, warten Sie, ich habe Post für Sie!«

Er hält mir einen Brief hin.

»Hoffentlich ist es keine Rechnung«, scherze ich.

Er weist auf den Papiermüll, der am Straßenrand auf die Abholer wartet.

»Dann lassen Sie die einfach hier liegen.« Er zwinkert mir zu.

»Das hilft nur nix, die kommen immer wieder wie die Läuse.«

Komischer Spruch, wo habe ich den denn her?, wundere ich mich. Schon kratzt sich der Mann am Kopf, dabei hat er kaum noch Haare.

Neugierig betrachte ich den Umschlag. Ohne Absender. Ob das Werbung ist? Nanu, eine fremde Briefmarke. Ohne meine Brille kann ich es nicht gut erkennen, aber der Brief kommt aus dem Ausland. Woher wohl?

Rätsel nicht, Waltraud, mach ihn auf. Er wird schon nicht explodieren.

Gleich. Erst einkaufen gehen, sonst gibt es nichts zu essen. Das ist natürlich im Gefängnis einfacher, da muss man nicht einkaufen und kochen und vor allem nicht spülen. Ich hasse es, zu spülen. Kaum ist man fertig, stellt man schon wieder was Dreckiges hin, das nimmt ja nie ein Ende.

Ich beschließe, zum Ziegenmarkt zu gehen, mal gucken, was die Händler anbieten. Nur schade, dass es da keine Bänke gibt. Manchmal wünsche ich mir einen Platz zum Ausruhen. Aber dann verdienen die Cafés natürlich nichts mehr, wenn man einfach dasitzen kann, ohne was zu bestellen. Bänke sind nur, wo es nicht viel zum Gucken gibt. Als ich jung war, gab es überall welche, aber damals habe ich ja noch keine gebraucht.

Der Blumenstand lockt mich, ist ja alles so bunt im Spätsommer. Als wollten sie es noch mal wissen vor dem Winter, die Blumen, meine ich. Jetzt kaufe ich mir ein paar Astern für die Terrasse vorne. Im Keller sind noch Blumenkästen. Oh ja, das mache ich. Bringt etwas Farbe vors Haus.

Auf dem Rückweg vom Markt komme ich an einem der Cafés vorbei. Ein Platz in der Sonne ist noch frei. Spontan setze ich mich hin. Ich bin müde, spüre den fehlenden Nachtschlaf nun doch. Für einen Kaffee wird meine Rente schließlich noch reichen.

Jetzt aber mal sehen, von wem dieser ominöse Brief mit der fremden Marke ist. Wo kommt der her, aus Italien? Ich kenne niemanden in Italien. Mit zitternden Fingern falte ich das handgeschriebene Blatt auseinander.

Ach nein, von Anita ist der! Ist die jetzt nach Italien gezogen? Da ist sie aber schnell verschwunden, hätte ja mal Tschüs sagen können.

Die Sonne ist mir plötzlich zu heiß, der Kaffee zu sauer, die Leute am Nebentisch lachen zu laut. Es wird mir eng in der Kehle, und meine Augen werden feucht. Traurig lasse ich das Papier sinken. Da ist sie einfach weg aus meinem Leben, so schnell, wie sie aufgetaucht ist. Anita, Omi Schu, mit ihren verrückten Ideen und dem herzlichen Lachen.

Nu heul doch nicht, Waltraud, lohnt doch nicht. Wenn sie sich nicht mal verabschiedet, ist sie es nicht wert.

Ich atme tief durch, blinzele in die Sonne. Was habe ich vorhin gedacht, Weser und Sonne reichen doch? Unsinn, Waltraud, um die Menschen geht es. Aber da ist ja noch Grete Tietjen. Die wird nicht nach Italien verschwinden.

Nein, aber vielleicht auf den Friedhof, immerhin ist sie über neunzig. Und dann? Wo ich doch so langsam bin mit neuen Bekanntschaften. Ich bin und bleibe die misstrauische alte Krähe, die keinen Anschluss findet.

Da dachte ich, alles wird besser durch die neue Wohnung, durch Gottfried und die Bekanntschaft mit Grete, aber hat sich wirklich so viel geändert?

Doch, Waltraud, doch! Grübele es nicht kaputt.

Seit du mit dem Hund gehst, kommst du immer wieder in Kontakt mit Leuten. Das geht über so ein Tier viel schneller. Man steht am Deich, guckt den Hunden zu, und schon redet man miteinander. Würde ich mich sonst nicht trauen, einfach wen anzusprechen. Wie Frau Gebhard zum Beispiel, die mit dem kleinen Kläffer, die treffe ich fast täglich, die geht auch meistens am Nachmittag an die Weser. Die Hunde mögen sich, dabei kann Hexe bei Gottfried glatt unterdurch rennen, klein, wie sie ist.

Erst fand ich Frau Gebhard ein bisschen merkwürdig, sie sieht aus, als käme sie aus dem tiefsten Bayern. Nicht dass sie ein Dirndl trägt, also, sie ist in meinem Alter, da geht man eher etwas bedeckter, also, dezenter, aber immer mit Trachtenblusen voller Rüschen und Spitzen und so. Ist ja nicht mein Geschmack. Dazu ein Cape aus dickem Wollstoff, und einen Hut mit Feder hat sie auf, ziemlich unpraktisch bei dem vielen Regen hier. Aber muss sie ja wissen.

»Wie hat es Sie denn nach Bremen verschlagen?«, habe ich sie mal gefragt.

»Wieso verschlagen? Ich komme von Harpstedt weg, ist doch nicht so weit.«

Da sieht man mal, wie der äußere Eindruck täuscht.

Manchmal gehen wir auch ein Stück zusammen, da reden wir schon mal über dies und das, nicht nur über die Hunde. Sie ist Witwe wie ich, auch schon viele Jahre. Mit ihrem Friedrich ist sie aber gut zurechtgekommen, sagt sie. Hört man ja gerne, dass es auch solche Ehen gibt. Jetzt freue ich mich schon, wenn ich sie treffe. Ich glaube, sie passt mich inzwischen auch ab.

Siehst du, Waltraud. So alleine bist du gar nicht mehr.

7

Als ich zurückkomme, rennt der kleine Hugo gerade aus dem Haus. Er zerrt seine Mutter hinter sich her, will unbedingt zum Bauzaun.

»Oma, Oma, Bagga, Bagga!«, aufgeregt zeigt er mit seinem braunen Fingerchen auf das lärmende Monster. Ist ja noch so 'n kleiner Pöks, richtig sprechen kann er noch nicht, aber er sagt immer »Oma« zu mir, wird mir ganz anders bei. Mohrenkinder haben wir die früher genannt, darf man heute nicht mehr, aber ich meine es doch nicht böse. Ich mag den kleinen Stöpsel richtig gerne. Lisa ist eher ein blasser Typ, davon hat Hugo aber nichts abbekommen.

Es poltert gewaltig, als die Greifzange einen riesigen Steinbrocken aus der Bunkerwand reißt. Ich halte mir die Ohren zu. Im Nu stehen wir in einer Staubwolke.

Lisa streicht ihrem Jungen durch die krausen Haare.

»Wenn es nicht so einen Dreck machen würde. Man weiß nicht wirklich, was alles in dem Staub drin ist.« Sie zuckt die Achseln. »Aber den Hugo kriegen hier keine zehn Pferde wieder weg. Das Erlebnis möchte ich ihm nicht nehmen.«

»Aufregend ist es ja«, gebe ich etwas widerwillig zu und beobachte mit einer Mischung aus Faszination und Abwehr diesen riesigen Greifarm.

»Wie ein Saurier sieht der aus«, entfährt es mir.

Hugo starrt mit aufgerissenen Augen und offenem Mund hinüber. Wieder prasseln Steine auf den Boden, es zittert unter unseren Füßen. Da greift er ein bisschen erschrocken nach meiner Hand. Warm liegt sie in meiner.

Wie klein sie ist! Ganz vorsichtig halte ich sie fest.

Etwas von Hugos Begeisterung färbt auf mich ab. Was die heute alles können!

Stumm stehen wir da und schauen.

Was für ein Spektakel, denke ich, sehe auf den kleinen Lockenkopf hinunter und begreife nicht mehr, warum ich vorhin so traurig war.

8

Nanu, was ist das denn für ein Zettel im Briefkasten, der Postbote ist doch schon durch. Noch wegen der Diebe? Nein, Sprengtermine. Der Zettel zittert in meiner Hand.

Sprengen! Mir stockt der Atem. Was kommt denn noch?

Ruhig, Waltraud, erinnere dich, das hat dir die nette Frau von der Celler Straße alles erklärt, vor ein paar Tagen im Garten, da standen wir so am Zaun, das ist auch besser jetzt hier in der neuen Wohnung, komme ich doch mehr mit den Leuten ins Gespräch. Ging ja nicht aus der Dachwohnung, da schreit man ja nicht runter, hört doch das ganze Viertel mit. Nicht dass ich Geheimnisse hätte, aber so was tut man doch nicht.

Da hat sie mir das alles haarklein erklärt:

»Die sprengen den Bunkerboden, aber immer nur ein bisschen, Frau Friese. Sie müssen keine Angst haben, da passiert nichts. Nur laut wird es, das schon.«

»Aber wackelt dann nicht wieder alles?«, habe ich wissen wollen. Weil, auch ein bisschen Sprengen kann nicht *so* harmlos sein, wenn es für den Bunkerboden reichen soll, der ist ja nicht aus Pappe.

»Wenn Ihr Bild nicht richtig an der Wand hängt, kann es schon runterfallen, damit müssen Sie rechnen.«

»Meine Bilder hängen ordentlich«, habe ich geantwortet.

Jetzt ist es also so weit.

Ich kann es nicht ändern, ich muss an die Bomben denken, an den Krieg.

Da war ich noch ein Kind, so alt wie Hugo ungefähr. Mutti sagte immer, unmöglich, dass ich mich an etwas erinnern könnte, dazu wäre ich viel zu klein gewesen. Aber das stimmt nicht. Noch heute spüre ich die Angst von damals, wenn wir in den Bunker gerannt sind. Nicht in diesen hier, ich bin ja ein Stück weiter in Hastedt aufgewachsen. Dabei haben wir noch Glück gehabt, anderen ist es schlimmer ergangen. Trotzdem, ich habe immer Herzklopfen gekriegt später, wenn die Sirenen geheult haben, also bei Probealarm. Machen sie auch schon lange nicht mehr. Und jetzt wollen die sprengen.

Natürlich weiß ich, dass das was anderes ist, dass die nicht meine schöne Wohnung in die Luft sprengen.

Aber die Angst presst mir die Brust zusammen, ich kann es nicht ändern. Was tue ich nur?

Weggehen, Waltraud. Geh mit Gottfried an die Weser. Da setzt du dich in das Café am Stadion und freust dich an der Sonne. Ich bin gerne da. Man guckt die ganze Weser runter, bis zur Fähre. Kann ich stundenlang zusehen, wie die hin- und herfährt, hin und her. Ist eigentlich ein komisches Ding, die Fähre, meine ich, sieht gar nicht aus wie ein Schiff, eher wie ein Schuhkarton mit Vorgarten. Aber früh muss man schon kommen, wenn man einen Platz haben will, es ist immer voll. Da kennen die Leute nix hier im Norden, egal wie kalt es ist, auch im Winter sitzen die da mit Decken und Mänteln, Hauptsache draußen. Na ja, wenn sie rauchen, müssen sie ja jetzt. Sagte ich neulich noch zu Frau Groote: »Die Raucher sind inzwischen die gesündesten Menschen, immer an der frischen Luft.«

Winter, Waltraud, woran denkst du? Es ist heiß, seit Wochen. Richtig Sommer, Sonne und heiß, herrlich. Da sitze ich auch gerne mal nur so auf einer Bank am Ufer, wenn meine alten Knochen etwas Sonne brauchen. Muss schließlich nicht immer mit Kaffee sein. Kostet eben alles.

Gottfried jault schon mal, wenn ich zu lange sitze und aufs Wasser gucke, der braucht seine Bewegung.

Das habe ich mir so schön gedacht mit einem eigenen Hund.

Ja, ja, man muss aufpassen, was man sich wünscht, es könnte in Erfüllung gehen. Weil, Gottfried bringt mich manchmal schon an meine Grenzen, Stöckchen werfen kann ich leider nicht mehr. Bin ich eben zu alt zu.

»Kaufen Sie sich so ein Wurfgerät, Frau Friese«, hat mir Herr Schröder mit dem Schäferhund vorgeschlagen. »Da legt man den Ball in eine Schlinge rein, und schwups, fliegt der fast von alleine weg.« Ganz begeistert ist er, warum hat er selbst dann keines?

»Ob Gottfried das mag?«, überlege ich.

»Soll Hunde geben, die sind zu dumm dafür«, hat Herr Schröder noch angefügt und Gottfried dabei kritisch angesehen.

»Gottfried ist nicht dumm!«, habe ich ihn zurechtgewiesen.

Wenn der seinen dicken gelben Kopf schräg legt und mich so von unten anguckt, also, groß ist er nicht, geht mir gerade mal bis zum Knie, also, wenn der mich so anpliert, ich wette, der versteht eine ganze Menge.

Eigentlich bin ich zu früh für den Hund, aber ich halte es in der Wohnung nicht mehr aus. Jetzt hole ich mir erst noch ein Eis, beschließe ich. Ist doch Sommer.

Ich setze mich auf die Bank vor der Eisdiele, leckt sich besser als im Gehen, kleckere ich nicht auf die guten Sachen. Mmh, Schokolade, mag ich am liebsten. Hier kann man auch gut sitzen, kommt ja Hans und Franz vorbei, gibt es immer wen zu gucken. Manchmal kommt man ins Reden mit den anderen Gästen. Warum habe ich das früher nicht gemacht? Bis vor ein paar Monaten bin ich kaum aus dem Haus gegangen, ich dachte, ich sei alt und unnütz. Dabei ist es so einfach. Nicht dass ich jetzt dauernd Partys feiern würde, natürlich nicht, aber mal mit den Menschen reden, warum nicht? Ich habe doch etwas zu sagen. Was habe ich mir nur angetan? Ich schüttele den Kopf, verstehe die Waltraud von damals nicht mehr.

Aber heute wird wohl nicht viel mit Reden. Außer mir sitzen nur zwei junge Männer auf der Bank, die sprechen leise miteinander, ganz versunken. Mich nehmen die nicht wahr. Nur einmal wird einer von ihnen laut, ein Kleiner, so ein drahtiger, dunkler Mensch.

»Der Langer *hat* uns verraten, sag ich dir. Dieser ...«

Die Straßenbahn zischt vorbei, hört sich fast an wie ein Intercity.

Angeberei, denke ich, bleibt doch ne Straßenbahn.

Der Verkehr ebbt ab. Selbst auf der Baustelle am Bunker ist gerade Pause. In die plötzliche Stille höre ich den Jungen ganz unfreiwillig zu.

»Wir können da nicht hingehen«, sagt der andere, ein großer, stämmiger Kerl. »Er ist nicht zu Hause. Willst du etwa die Tür aufbrechen?«

»Ach komm, Mann«, ereifert sich der Kleinere, »hört doch keiner bei dem Krach, den der Bagger macht. Wir müssen endlich Klarheit haben. Der ist nicht in Urlaub, der ist abgetaucht, glaub mir, Mann!«

Weil er so aufgeregt mit den Händen fuchtelt, fällt ihm das Eis auf die Erde, sieht aus wie Zitrone. Das mag ich nicht, Zitroneneis.

»Scheiße!«, schreit der Junge. Voller Wut fährt er mit seinem Stiefel durch den Brei. Was hat der denn für dicke Stiefel an mitten im Sommer, schwitzt der nicht? Jetzt wirft er noch seine Waffel hinterher! Was macht der denn für eine Schweinerei da? Gehört sich doch nicht! Ich mache schon den Mund auf, um etwas zu sagen, da schaut der mich an mit einem Blick, kalt wie sein Zitroneneis.

Huch, mit dem ist nicht gut Kirschen essen.

»Los, komm, Miros«, blafft er seinen Begleiter an. Als er an mir vorbeigeht, herrscht er mich plötzlich an: »Glotz nicht so, alte Kuh!«

Also, da hört sich doch alles auf! Mir bleibt der Mund offen stehen. Der andere, also, dieser Miros, sieht mich entschuldigend an, zieht kurz die Schultern hoch, aber er sagt nichts, traut sich wohl nicht. Junge, such dir andere Freunde, der taugt nichts, denke ich.

Plötzlich begreife ich, was der da eben angedeutet hat. Die wollen irgendwo einbrechen, habe ich das richtig gehört? Verwirrt drehe ich mich nach ihnen um, aber sie sind schon um die Ecke verschwunden.

Mache ich nun etwas, frage ich mich unsicher, starre auf die Reste der Eiskugel, die langsam zerfließt, sehe die weißen Stiefelabdrücke, wo er reingetreten ist. Wie hat der sich aufgeregt wegen einer Kugel Eis, oder ging es gar nicht darum?

Halt dich raus, Waltraud, das letzte Mal, als du dich eingemischt hast, wärst du beinahe auf dem Friedhof gelandet.

Unwillkürlich ziehe ich meine Jacke zusammen, mir wird kalt. Das ist der gleiche Menschenschlag wie der Junge, der mir im Frühjahr solche Angst gemacht hat. Nee, nee, Waltraud, halt dich raus, und wenn der, den die zwei besuchen wollen, »abgetaucht« ist, wie der das eben formuliert hat, dann ist der von der gleichen Sorte, und da mischen sich alte Frauen besser nicht ein.

Geht mich nichts an, murmele ich, schaue noch einmal missbilligend auf die weiße Stiefelspur und stehe auf. Energisch stopfe ich mir den Rest meiner Waffel in den Mund und gehe los. Jetzt ist es langsam Zeit für Gottfried. Kommt ja nicht auf eine Minute an.

Erst allmählich fällt mir auf, dass ich auf dem Weg zu Frau Tietjen der weißen Spur aus Zitroneneis folge, die immer dünner wird. Kurz vor dem kleinen Häuschen meiner alten Freundin hört die Fährte auf. Unwillkürlich sehe ich zum Haus hoch. Ein sehr gepflegter Nachkriegsbau. Wohnen die hier? Vielleicht hat er aber auch das Eis abgelaufen, denke ich.

Geht mich nichts an, beschließe ich erneut.

Schon von hier aus höre ich Gottfrieds fröhliches Gebell. Der geht mich etwas an, denke ich. Nur der.

9

Habe ich eben »alte Freundin« gedacht? Ja, das ist sie geworden, die Grete, seit dem Frühjahr.
Wir haben eine Abmachung, Grete Tietjen und ich. Ich habe ihren Hausschlüssel, damit sie nicht zur Tür humpeln muss, aber wenn ich komme, klingele ich erst, ehe ich aufschließe. Ich will sie ja nicht überfallen bei irgendwas Privatem. Nötig wäre das nicht, weil Gottfried mich schon ankündigt, da bin ich noch gar nicht am Vorgarten.

Die alte Frau sitzt müde in ihrem Sessel am Fenster. Sie ist ein bisschen blass um die Nase.

»Geht es Ihnen nicht gut?«, frage ich besorgt, während ich Gottfried den Kopf knuffele. »Ist Ihnen das Wochenende in Oldenburg nicht bekommen?«

»Nur ein bisschen erkältet«, murmelt sie, »nichts Besorgniserregendes, wirklich nicht.«

Ich zögere. Kann ich sie jetzt alleine lassen? Gottfried rennt schon zur Haustür, der will los, aber ich stehe unschlüssig neben Grete. »Gehen Sie nur, es ist nicht schlimm, ich habe mir einen Tee gebraut, das ist noch ein Rezept meiner Großmutter, wissen Sie? Das hilft mir schnell wieder auf die Beine. Gehen Sie nur, Frau Friese.«

Sie wedelt mit der Hand, aber es ist eine sehr schlaffe Bewegung. Ich bleibe nicht lange weg, beschließe ich. Sie hat ein Handy, wenn es ihr ganz schlecht geht, kann sie den Arzt anrufen. Nur halb beruhigt marschiere ich mit Gottfried zur Weser runter. Hoffentlich kommen Frau Gebhard und Hexe auch, da kann der Hund sich müde toben und kommt freiwillig früher mit zurück.

Am Abend geht es Grete schlechter, ich lasse mich nicht wegschicken. Ich rufe ihren Hausarzt an.

Der kommt tatsächlich zu einem Hausbesuch vorbei, ist ja selten geworden heutzutage, aber der Arzt meint, es sei nur ein einfacher Infekt und ein paar Tage Ruhe würden schon helfen.

»Aber wenn das Fieber weiter steigt, rufen Sie mich wieder an«, wendet er sich an mich. »Sie, Frau Friese. Diese sture alte Dame ruft mich nur an, wenn ich den Totenschein ausstellen soll.«

Dabei zwinkert er ihr zu. Grete schnaubt etwas, aber ich glaube, das tut sie nur, um ihr Gesicht zu wahren.

Vorsichtshalber habe ich mir eben von zu Hause ein paar Sachen geholt, damit ich hier übernachten kann, wenn es sein muss.

»Frau Tietjen, das macht mir doch nichts«, beschwichtige ich sie. »Sie wissen ja, dass ich schlecht schlafe, ich bin sowieso die halbe Nacht wach.«

Das stimmt zwar nicht, in letzter Zeit schlafe ich viel besser, wenn ich nicht gerade Paprika gegessen habe, aber das muss ich ihr nicht gerade jetzt unter die Nase reiben.

Merkwürdig eigentlich, das mit dem Schlafen, ob es an der Wohnung liegt oder daran, dass ich mehr unterwegs bin? Ermüdet auch mehr, als wenn man immer nur aus dem Fenster guckt. Hm, habe ich noch gar nicht drüber nachgedacht.

Erst grummelt Grete etwas, aber ich glaube, sie ist ganz froh, dass sie nicht alleine ist.

Das kenne ich auch von mir. Kommt zum Glück nicht oft vor, dass ich krank bin, aber dann fürchte ich mich richtig vor den Nächten. Kann ein einfacher Schnupfen sein, doch wenn ich nachts alleine im Bett liege, denke ich immer das Schlimmste. Morgens lache ich dann über mich, weil ich ja weiß, dass alles ganz harmlos ist. Aber was würde ich dann geben um jemanden, in so einer Nacht. Hans-Georg war mir da keine Hilfe, muss ich sagen. Der konnte das nicht gut ab, wenn ich krank war, wer machte ihm denn dann sein Essen? Junge, der wäre glatt neben dem vollen Kühlschrank verhungert. Männer, nee, nee, unpraktische Menschen sind das. Oder war das nur mein Hans-Georg?

»War Ihr Mann auch so ein unselbstständiger Mensch?«, frage ich Frau Tietjen, während ich ihr eine leichte Suppe koche. Die sieht mich überrascht an. Sie weiß ja nicht, was mir gerade durch den Kopf gegangen ist, begreife ich. Muss ich eben erklären.

»Gottfried war noch von der alten Schule«, erklärt sie. »Der hat sich nicht um den Haushalt gekümmert, das war damals für einen Mann eine niedrige Beschäftigung. Ich glaube, wenn ihn jemand mit einer Küchenschürze gesehen hätte, hätte er sich aufgehängt.«

Sie lacht kopfschüttelnd. »Aber seine Geschäfte hat er hervorragend geführt, das waren zwei Welten für ihn. Wissen Sie, wenn ich heute Männer sehe, die ihre Babys herumtragen, das rührt mich immer tief, weil das in meiner Generation völlig unmöglich gewesen wäre. Wir sind durch diesen Krieg vollkommen verroht, glauben Sie mir. Auch darum bin ich sehr froh, dass man den Bunker abreißt. Diese Symbole der Brutalität müssen aus unserem Alltag verschwinden.«

So habe ich das noch nie gesehen, muss ich zugeben.

Ich habe Grete nichts von dem Messer erzählt, obwohl ich nicht glaube, dass mir das schaden würde. Eher weil sie so schwach ist, da muss ich sie nicht noch mit meinem Kram belasten. Auch über den Jungen, den Hermann, sprechen wir besser später mal.

Wir schweigen eine Weile, während die Suppe leise blubbert.

Wir haben schon über Gott und die Welt geredet, aber noch nie richtig über diese schreckliche Kriegszeit. Wie alt war sie da? Anfang zwanzig. Ich sehe sie nachdenklich an, versuche, sie mir als Mädchen vorzustellen, eine schlanke, mittelgroße Frau mit scharfen Gesichtszügen, bestimmt nicht so hager wie heute. Nicht schön, wie Männer das mögen. Aber dass sie einen eigenen Kopf hat, wird man ihr damals schon angesehen haben, da bin ich sicher. Vielleicht war sie frisch verliebt. Gehört in dem Alter doch dazu. Was hat das mit den politischen Umständen zu tun? Ob ich sie fragen kann?

»Ich muss dauernd an früher denken«, fange ich zögernd an. »Ich verstehe es nicht. Das kenne ich gar nicht von mir, immer fällt mir dieser Krieg ein, dabei kam ich gerade mal zur Schule, als er zu Ende war. War das für Sie nicht eine schreckliche Zeit?«

»Ja und nein, Frau Friese, wissen Sie, wenn man jung ist, nimmt man vieles nicht so tragisch. Natürlich, als unsere schöne Stadt bombardiert wurde, das war entsetzlich. Ich bin ja in diesen Bunker geflohen.« Sie nickt mit dem Kopf in Richtung Baustelle. »Tage habe ich da drinnen verbracht. Vielleicht möchte ich deswegen, dass er abgerissen wird. Nur wird diese Zeit deshalb aus meinem Kopf nicht verschwinden. Ich verstehe gut, dass Sie gerade jetzt darüber nachdenken, Frau Friese. Sehen Sie, diese Baustelle ruft alles wieder hervor, nicht wahr?«

»Meinen Sie? Das ist wegen dem Bunker?« Ich bin verblüfft.

»Ich bin sicher, Frau Friese. Sie können gar nicht jung genug gewesen sein. Man weiß heute, dass auch kleine Kinder gelitten haben.«

Nachdenklich löffeln wir unsere Suppe.

»Und immer noch leiden, Frau Friese«, ergänzt Grete nach einer kleinen Pause. »Es gibt immer noch Kriege, auch wenn wir das große Glück haben, hier im Frieden zu leben.«

Gottfried, also, der Hund, springt plötzlich auf und knurrt. Er steht mit gesträubtem Fell vor der Haustür. Jetzt bellt er laut und wütend. Ich fahre zusammen.

Was hat der denn? Wer ist da?

Ich haste zum Fenster, ziehe den Vorhang einen Spalt zur Seite. Das Licht fällt in einem breiten Strahl in den Vorgarten. Erschrocken dreht sich da einer nach mir um, ein großer, kräftiger Kerl. Er rennt zur Pforte. Am Zaun steht ein anderer jetzt im vollen Licht, guckt mich scharf an, mit einem kalten Blick wie Zitroneneis. Ich zucke zurück, aber er hat mich schon bemerkt.

Er zeigt mir den Stinkefinger! Ich glaube es nicht. Am liebsten würde ich Gottfried hinterherschicken, dass er diesem unverschämten Bengel in die Beine beißt. Frecher Kerl.

Jetzt kann ich sie nicht mehr sehen.

Der Junge mit dem Zitroneneis und dieser Miros oder so.

Was wollten die hier? Einbrechen etwa? Obwohl Licht an ist? Dachten wohl, mit einer alten Frau können sie es machen. Lümmel sind das, nee, nee.

Grete sieht fragend zu mir herüber, aber sie scheint zu müde zu sein, um sich wirklich zu kümmern. Soll ich ihr etwas sagen? Regt sie das nicht zu sehr auf? Eigentlich ist nichts passiert, und solange Gottfried aufpasst, ist sie sicher.

»Dumme Jungen«, erkläre ich also nur, und das scheint ihr zu reichen. »Ins Bett. Sie müssen sich hinlegen und schlafen.«

Widerstandslos lässt sie sich von mir ins Bett bringen. Sie hat immer noch Fieber, aber viel ist es nicht mehr. Vielleicht hilft dieser Tee wirklich. Dauert ja eine Weile mit dem Gesundwerden in unserem Alter. Was hat mir früher ein Schnupfen ausgemacht oder ein bisschen Fieber? Bin ich trotzdem mit zur Arbeit, wurde auch nicht gerne gesehen, wenn man zu viel fehlte damals. Wenn ich das heute lese, dass die Arbeit die Menschen krank macht, liebe

Güte, denke ich da manchmal, uns wurde doch auch nichts geschenkt. Wie haben wir rackern müssen, und nicht mit sechs Wochen Urlaub im Jahr. Als ich anfing, gab es zwei Wochen. Ganze zwei Wochen! Musste doch auch reichen.

Nachdenklich kraule ich den Hund zwischen den Ohren. Er schnauft zufrieden, freut sich wohl, dass ich noch bleibe.

Trotzdem, ich habe gerne in dem Möbelgeschäft gearbeitet. Noch heute erkenne ich gute Qualität sofort. Wie dieser Sessel hier von Grete, Wertarbeit eben. Ich streiche sanft über die Armlehne. Hmm, schön! Und ohne Arbeit hätte ich mich zu Tode gelangweilt. Hans-Georg wollte erst nicht, dass ich weiter hingehe nach der Hochzeit, er meinte, er verdient genug. Nur, was sollte ich denn den ganzen Tag zu Hause, wo wir doch keine Kinder hatten. Abstauben? Das war sowieso nicht meine Stärke. Putzen, meine ich.

Gottfried reißt mich aus meinen Gedanken, er dehnt und reckt sich, läuft zur Gartentür und bellt leise.

»Willst du noch mal raus? Na, aber mach keinen Lärm, Frauchen muss schlafen!«

Ich öffne ihm die Tür zu dem kleinen Hof, ist auch nicht größer als meiner. Aber Gottfried reicht es, er schnüffelt in allen Ecken rum, vor allem bei der Mülltonne am Zaun. Hat er was gefunden? Vielleicht ist was aus der Tonne gefallen.

»Aus, Gottfried!«, rufe ich leise.

Er schaut nur kurz hoch, schnuppert aber weiter. Vielleicht hat Nachbars Kater hingepinkelt, die beiden mögen sich nicht. Wie duster es ist, kein Licht aus den anderen Häusern. Nur ein bisschen Mondschein. Ist es denn schon so spät? Ich entziffere im Halbdunkel die Uhr. Schon zehn nach eins. Habe ich die Zeit wieder verträumt. Ach, Waltraud, morgen bist du wieder müde.

Ich lehne mich gegen den Türrahmen und sehe Gottfried zu. Das ist schon ein witziger Hund. Gottfried, sie nennt ihren Hund nach ihrem Verstorbenen. Wie müsste wohl ein Hund aussehen, der Hans-Georg heißt? Ich muss kichern, lasse alle möglichen Hunde durch meinen Kopf wandern, aber ehe ich zu einer Entscheidung komme, wird es hell im Hof. Ein Lichtfleck fällt auf den Garten nebenan. Muss von oben aus dem Zweiten sein. Ich höre junge Stimmen, Männer, zwei wohl. Die haben das Fenster offen, ist ja auch noch warm. Die lachen, vielleicht ein bisschen laut für die Tageszeit, andere müssen doch schlafen und morgen früh raus. Aber wenn man jung ist, kümmert einen das nicht.

Wer wohnt denn da? Wieso weiß ich das nicht? Bin doch oft genug hier.

Bumm!

Es knallt plötzlich wie ein Silvesterböller. Gottfried hebt den Kopf und knurrt. Ja, sind die denn verrückt da oben? Das geht aber zu weit. Ich trete auf den Hof und sehe nach oben.

Stutze.

Da kommt ja Rauch aus der Wohnung!

Hilfe! Ist da was passiert?

Jemand schreit, das hört sich nicht mehr fröhlich an.

Ich will rufen, aber etwas verschließt mir den Mund. Ich stehe da und starre in die Nacht. Es flackert rotgelb und grün da oben. Wieso grün? Immer mehr Rauch quillt aus dem Fenster.

Tu was, Waltraud!, schreie ich mich an. Da brennt es, sieh doch hin, da flackert es!

Gottfried jault, rennt ins Haus und rempelt mich an dabei. Das weckt mich aus der Erstarrung.

»Hilfe!«, schreie ich. »Es brennt! Es brennt!«

Die Feuerwehr! Ich muss die Feuerwehr rufen, aber ich kann doch hier nicht weg, die schlafen ja alle noch.

Werdet wach! Aufwachen!

Immer wieder schreie ich, immer wieder, kann gar nicht aufhören.

Gegenüber wird ein Fenster aufgerissen. Jemand ruft: »Was ist los?«

»Es brennt!«

»Oh Gott! Die Feuerwehr! Ich rufe an!«, kommt die erschrockene Antwort. Gott sei Dank!

Jetzt werden auch andere Nachbarn wach. Ich höre sie »Feuerwehr« rufen. Nebenan wird es lebendig. Endlich! Der vom Erdgeschoss steckt den Kopf aus dem Fenster, fragt verschlafen: »Was ist los?«

»Es brennt! Oben bei Ihnen im Zweiten«, rufe ich ihm zu. Er krächzt irgendwas und verschwindet.

Was ist mit den Leuten im ersten Stock? Da wohnen doch die Kinder! Wenn die noch schlafen! Die muss man doch wecken. Geh rüber und klingel, mach schon, beeil dich!

Hektisch stolpere ich in den Flur. Ich höre Frau Tietjen etwas rufen. Liebe Güte, die arme kranke Frau, vielleicht müssen wir hier raus und uns retten!

»Es brennt nebenan, Frau Tietjen, schnell, stehen Sie auf, ziehen Sie sich an, ich wecke eben die Nachbarn, dann helfe ich Ihnen!«

Schon bin ich an der Haustür, im Vorgarten und an der Pforte, so schnell bin ich mein Leben lang noch nicht gerannt. Ich schaue am Haus hinauf. Alles dunkel. Hier vorne sieht man noch nichts vom Feuer, ist wohl nur hintenraus. Im Erdgeschoss wird es hell. Ich klingele Sturm im ersten Stock. *»Familie Yildirim«*, lese ich. So heißen die also …

Egal, wie ihr heißt, werdet wach! Macht schon!

Waltraud, klingel weiter, die verbrennen.

Yildirim, Türken also. Vielleicht hat das ja denen gegolten, hört man oft genug, dass diese Neonazis …

Mein Gott, ob das die waren mit dem Messer?

Waltraud, klingel!

Ich lasse den Finger auf dem Knopf, höre den schrillen Ton bis hier unten. Unten wohnen Maria und Gerd Kramer. Lese ich, ohne es wirklich zu wollen. Lehrer ist der, fällt mir ein. Da poltert es drinnen, und ein Mann reißt die Haustür auf, das ist er, der Gerd Kramer.

»Yildirims sind im Urlaub«, keucht er, »Jan von ganz oben auch, wie kann es da brennen?«

Während er spricht, wirft er eine Tasche in den Vorgarten, rennt wieder rein, wohl um noch mehr zu retten.

Ich stehe für einen Moment unschlüssig da.

Sachen retten, wir müssen Gretes Sachen retten. Aber im Haus nebenan ist noch alles dunkel. Da wohnen doch auch Menschen!

Steh nicht rum, Waltraud!

So schnell meine müden Beine können, laufe ich auch noch zum Nachbarhaus und lege meine flache Hand auf alle Klingelknöpfe gleichzeitig.

»Aufwachen!«, rufe ich. »Aufwachen, es brennt!«

Ja, hören die denn nicht, oder sind die auch verreist?

Ein scharfer Knall lässt mich herumfahren, Glas splittert. Das Fenster aus der Wohnung mit dem Feuer ist geplatzt! Puh, dicker schwarzer Qualm kommt da raus.

So wacht doch auf, Leute! Fast möchte ich heulen vor Verzweiflung. Ich erinnere mich, unten wohnt ein alter Mann, ist der taub? Wo bleibt denn die Feuerwehr? Das dauert ja ewig!

»Was soll der Scheiß?«, brüllt es da von oben.

Gott sei Dank, der ist aufgewacht!

»Es brennt nebenan! Schnell! Wecken Sie die anderen im Haus!«

Ich warte die Antwort nicht ab, jetzt aber zu Grete, die arme Frau braucht doch meine Hilfe. Warum muss die gerade heute krank sein? Eil dich, Waltraud.

Ich hetze an dem Brandhaus vorbei, sehe ängstlich nach oben, dass mir nicht was auf den Kopf fällt, da stolpert mir einer aus dem Vorgarten in den Weg, torkelt wie betrunken.

Igitt, stinkt der! Nach Qualm und irgendwie eklig.

Er will sich an mir festhalten, aber ich weiche erschrocken zurück. Da fällt er mir stöhnend vor die Füße. Das ist ja … Zitroneneis!

Ich kann mich nicht mehr bewegen.

Zitroneneis!

Wo ist dieser Miros? Was geschieht hier? Wo bin ich da wieder hineingeraten?

Ich möchte schreien, weglaufen, irgendwo sein, nur nicht hier. Völlig hilflos starre ich auf den schmalen Körper, der zuckt und sich windet. Wimmert!

Waltraud, hilf ihm!

Dem?

Waltraud! Der hat Schmerzen!

Was soll ich denn machen?

Jemand schiebt mich zur Seite.

»Lassen Sie mich mal«, murmelt eine Frau, kniet bei dem Jungen nieder und redet leise auf ihn ein. Erschöpft mache ich einen Bogen um die beiden.

Frau Tietjen, Grete, die braucht mich jetzt.

Die Feuerwehr rollt heran, endlich, aber so langsam! Ist alles zugeparkt, verdammte Autos! Ein Rettungswagen folgt. Dann geschieht alles auf einmal. Menschen stürzen aus den Häusern, schleppen Sachen aus den Wohnungen, schreien Befehle, irgendwo brüllt ein Baby. Auch Frau Tietjen ist umringt von Nachbarn. Dem Himmel sei Dank, ich kann ein bisschen verschnaufen.

10

Noch in der Nacht kommt die Polizei und fragt mir Löcher in den Bauch.
»Warum waren Sie denn noch auf? Wieso waren Sie im Hof? Was haben Sie gehört? Was haben Sie gesehen?«

Und so weiter und so weiter.

Ich kann nicht viel erklären, was geht es die Polizei an, wenn ich meine Zeit verträume und nicht schlafen gehe?

»Grüne Flammen?«, fragt dieser Kommissar, oder was er ist, plötzlich ganz wach. »Grün? Sind Sie sicher?«

»Ja doch!«, antworte ich entnervt. Warum müssen die alles dreimal fragen, nachts um halb drei?

»Phosphor«, murmelt Frau Tietjen.

Der Kommissar nickt nachdenklich.

»Was ist denn aus diesem Miros geworden?«, erkundige ich mich nun meinerseits.

»Miros? Wer ist das?«

»Na, der große Blonde, der mit dem andern Jungen zusammen war, mit dem Zitroneneis.«

»Wieso Zitroneneis?« Der Polizist guckt verblüfft, runzelt die Stirn. Jetzt zweifelt der an meinem Verstand, denke ich, aber ich weiß doch nicht, wie der richtig heißt.

Also erzähle ich, was ich über die beiden Jungen weiß.

»Die wollten hier in die Wohnung? Einbrechen, glauben Sie? Merkwürdig.«

»Was sind das denn für Jungen?«, hake ich nach.

Wer viel fragt, kriegt viel Antwort.

Dieser Miros, der ist tot, erfahre ich. Erstickt vermutlich.

Wollte ich es nun so genau wissen?

Armer Junge. Eigentlich heißt er Niko Miroslaw, ist nur neunzehn Jahre alt geworden. Traurig, irgendwie ein verplempertes Leben. Habe ich ja sofort gedacht, der hatte die falschen Freunde. Wie diesen Zitroneneis.

»Was ist denn mit diesem Zitroneneis?« Ich kann es nicht lassen, bin eben neugierig.

»Er heißt Matthias Leberecht, er hat schwere Verbrennungen. Mehr können wir Ihnen im Moment auch nicht sagen. Die haben da oben mit etwas gezündelt, so viel ist klar.«

Zündeln, in dem Alter. Dumme Jungen sind das.

»Aber die gehören doch gar nicht hierher«, werfe ich ein. »Was ist denn mit dem, der da eigentlich wohnt?«

»Von dem wissen wir nur den Namen, Jan Packo. Er soll verreist sein. Vielleicht waren sie befreundet.«

»Schöne Freunde. Die wollten bei ihm einbrechen, haben sie gesagt«, murre ich und wiederhole deren Gespräch vor der Eisdiele.

»Das sehen sich die Kollegen von der Spurensicherung genauer an, Frau Friese, die Wohnungstür wurde beschädigt, das müssen wir noch prüfen.«

Da kommt ein Mann in einem weißen Overall aus dem Hof und hält dem Polizisten eine Plastiktüte hin. Was da drin ist, kann ich nicht erkennen.

»Das lag hier im Hof bei der Mülltonne«, erklärt er. Der Polizist sieht sich den Fund nachdenklich an.

»Vielleicht wollten sie sich das wiederholen, ehe es jemandem auffällt«, erklärt er leise seinem Mitarbeiter. Ist nicht für meine Ohren gedacht, aber ich verstehe ihn doch.

»Daran hat Gottfried geschnuppert«, erinnere ich mich.

»Gottfried?«

»Der Hund.«

»Oh!«

Er lächelt, fühlt sich ein bisschen ertappt, glaube ich.

»Sie kriegen viel mit, Frau Friese, das ist gut so. Mit Sicherheit haben Sie einigen Menschen heute Nacht das Leben oder zumindest die Gesundheit gerettet.«

Da gibt er mir tatsächlich die Hand, und in dem Moment macht so einer ein Foto.

Als wir endlich ins Bett können, ist es fast Morgen, lohnt gar nicht mehr.

11

Den ganzen Vormittag räumen wir auf und schleppen alles wieder rein, was die Nachbarn nach draußen getragen haben. »Diese Nacht war nicht gerade das, was der Arzt Ihnen empfohlen hat, Frau Tietjen. Geschadet hat es Ihnen aber nicht, wie es scheint«, stelle ich erstaunt fest.

Eine kerngesunde Grete lächelt mich an. »Die Aufregung hat mir wohl gutgetan«, gibt sie zu.

Wird man krank, wenn's einem langweilig ist?

»Dann sollte ich Sie öfters mitnehmen. Können Sie nicht einen Rollstuhl beantragen bei der Kasse? Dann schiebe ich Sie auch an die Weser oder zum Einkaufen. Ist doch besser, als immer zu Hause zu sitzen. Das weiß ich doch auch von mir.«

Grete zieht die Stirn kraus und wendet sich ab. Sie antwortet nicht.

Ob ihr das peinlich ist? Nützt doch nichts, wenn es anders nicht mehr geht.

Ein bisschen weniger direkt hättest du sein können, Waltraud.

Dazu bin ich einfach zu erschöpft. Schließlich habe ich schon die zweite Nacht kaum geschlafen.

»Gut, dass es Ihnen wieder besser geht«, beschwichtige ich sie. »Jetzt bin ich es, die eine Pause braucht. Nehmen Sie es mir nicht übel, Frau Tietjen, aber Gottfried muss heute mal im Garten bleiben.«

Müde schlurfe ich gegen Mittag nach Hause. Die Haustür steht offen, und das Treppenhaus ist vollgepackt mit Kisten und allerlei Kram. Ach je, das sind immer noch die neuen Leute vom zweiten Stock. Aus dem Augenwinkel sehe ich einen dicken Menschen die Treppe runterkommen, aber ich husche eilig in meine Wohnung, bloß kein

Gespräch jetzt. Die sollen nur nicht so poltern da oben, sonst sind die mir völlig egal.

Ich plumpse ins Bett und schlafe.

Da fällt mir ein schmaler Junge brennend und schreiend vor die Füße! Ich stehe ungerührt daneben, lecke ein Zitroneneis und weigere mich zu helfen.

Schockartig werde ich wach. Gott sei Dank, nur ein Traum!

Es schüttelt mich vor Entsetzen.

Dabei mag ich gar kein Zitroneneis, muffele ich noch halb im Schlaf.

An Liegenbleiben ist nicht zu denken. Es ist hell, noch oder schon wieder? Ich habe jedes Zeitgefühl verloren. Noch, sagt meine Uhr.

Ich will nicht aufstehen. Meine Beine sind so schwer, bin zu viel gerannt in der Nacht. Erst langsam holt mich die Wirklichkeit ein, es gab so viel zu tun in den letzten Stunden, da hatte ich gar keine Zeit zu begreifen, was eigentlich passiert ist.

Ich starre an die Decke. Auch im Wachen schiebt sich dieser Zitroneneis, ach nein, Matthias heißt er, vor mein inneres Auge. Irgendwie tut er mir leid, so unverschämt er auch war.

Was haben die nur gemacht? Gezündelt? Wie soll ich mir das vorstellen? Die haben doch nicht mit Streichhölzern gespielt wie kleine Kinder. Irgendwas mit Phosphor, meinte Frau Tietjen. Was macht man damit?

Langsam wird mein Verstand wach, und ich begreife mit einem Mal, was den Polizisten so beunruhigt hat: Die haben etwas zum Explodieren gebastelt. Das Zeug ist zu früh hochgegangen, ich habe es doch knallen hören. Das waren garantiert keine Silvesterböller, ist ja gerade mal September.

Das waren Bomben, Waltraud.

Ruckartig setze ich mich auf.

Spinnst du, Waltraud? Bombenbauer? Hier?

Das wären ja dann ... Terroristen! In Bremen? Im Peterswerder?

Waltraud, hör auf!

Ich falle wieder zurück in die Kissen.

Ich sehe die Jungen wieder vor mir. Sahen die aus wie Terroristen? Waren doch Deutsche.

Na und? Kann doch trotzdem.

Mir schwirrt der Kopf. Und wenn das mit dem Messer zu tun hat? Solche Terroristen? Geht jetzt die Fantasie mit mir durch?

Was haben die da wohl gefunden neben der Mülltonne? Nun bedauere ich, dass ich nicht genau hingesehen habe, als Gottfried so aufgeregt geschnüffelt hat.

Ach, Waltraud, vielleicht war es besser so.

Das muss irgendwas Wichtiges gewesen sein, sonst hätten die Kerle nicht gewagt, bei Frau Tietjen aufzutauchen. Ist ihnen vielleicht aus dem Fenster gefallen.

Terroristen im Peterswerder. Nee, nee, Waltraud, jetzt spinnst du aber, das kann doch nicht.

Kopfschüttelnd mühe ich mich aus dem Bett und humpele in die Küche. Ich schmiere mir ein Brot und setze mich raus in den Garten, starre auf die Häuserfront vor mir und versuche zu begreifen, was nicht zu begreifen ist.

12

Frau Groote hat mich zu ihrem Geburtstag eingeladen. Da fühle ich mich aber geschmeichelt. Zweiundvierzig wird sie. Könnte meine Tochter sein. Wenn ich an sie denke, bedauere ich es manchmal, dass ich keine Kinder habe. Aber wer sagt, dass das so gut gehen würde wie mit einer fremden Frau. Anita hat ihre Kinder selten gesehen, die waren irgendwo in Süddeutschland, Bergers Tochter wohnt auch da unten irgendwo. Nee, nee, die eigenen Kinder laufen weg, so weit sie können. Frau Grootes Mutter habe ich hier auch noch nie gesehen. Ich weiß gar nicht, ob die noch lebt und wo. Erzählt sie nicht viel von, von ihrer Familie. Was haben wir nur falsch gemacht? Vielleicht doch gut, dass ich keine Kinder habe.

Ich ziehe mir meinen schönen neuen Rock an, will mich für ihren Ehrentag schick machen, das hat sie verdient, sie sorgt sich immer so nett um mich. Dabei hat sie wirklich genug zu tun in ihrem Beruf. Wäre ja nichts für mich, Ärztin. Diese Verantwortung. Und wenn sie nicht mehr helfen kann, das muss doch wehtun. Aber Frau Groote hat eine Engelsgeduld, könnte ich schon darum nicht. Geduld ist nicht meine Stärke. Ich würde solche Zimperliesen gar nicht ertragen, würde sagen: Nun reiß dich mal zusammen, sind doch nur Zipperlein, aber das kann man ja nicht tun als Ärztin. Möchte ich schließlich auch nicht, dass Doktor Hansen so mit mir redet.

Eigentlich hatte Frau Groote schon gestern Geburtstag, sie ist mit ein paar Freundinnen ins Theater gegangen. Sie hat mich sogar gefragt, ob ich mitwollte, aber ich hätte mich nicht wohlgefühlt mit den jungen Leuten, irgendwie als fünftes Rad am Wagen. War gut so. Nach der Aufregung der letzten Tage hätte ich gestern Abend keine Kraft mehr gehabt für eine Feier.

Theater. Ich war schon ewig nicht mehr im Theater. Hans-Georg hielt ja nichts davon, ging nicht mal gerne ins Kino. Gut, als junger Mann schon, aber später saß der nur noch vorm Fernseher.

Nein, Waltraud, was hast du dir mit dem Mann bloß angetan?

Nur weil Mutti so begeistert von dem war, sichere Existenz und so gediegen. Das hätte mich doch abschrecken müssen. Aber ich war froh, dass er mich wollte, den meisten jungen Männern war ich zu eigensinnig. So nannte Mutti das zumindest, eigensinnig, nur weil ich nicht immer gleich Ja und Amen gesagt habe. Mutti klagte immer: »Du bleibst noch mal sitzen, Kind, wirst noch mal eine alte Jungfer, wenn du immer nur deinen Kopf durchsetzen willst. Männer mögen das nicht. Sei mal ein bisschen gefällig, Mädchen. Kannst du denn gar nicht flirten?«

Nein, Waltraud, sei ehrlich, der Hauptgrund war, dass Hans-Georg auch Friese hieß, das fand ich bedeutsam. Ich dachte, das sei ein Zeichen oder so. Junge Mädchen sind ja so naiv in solchen Sachen, und Mutti war mir da keine wirkliche Hilfe.

Wie komme ich denn nun darauf?

Karin Groote, Geburtstag, zieh die gelbe Bluse an, Waltraud, mach schon, es wird Zeit.

Die hat auch keinen Mann. Wieso lebt sie denn ganz alleine? Sie ist eine attraktive Frau, könnte Verehrer haben noch und nöcher. Ärztin dazu. Eigensinnig ist sie auch. Aber heute ist das etwas anderes, da sind die Frauen emanzipiert. Ich glaube nicht, dass Mutti Karin Groote gemocht hätte.

Sie hat sich erst vor einem Jahr scheiden lassen, vielleicht braucht sie noch eine Weile. Ich würde ihr das schon wünschen, einen netten Kerl, lebt sich doch angenehmer als immer so für sich.

So? Was man anderen predigt, predigt man sich selbst, Waltraud.

Ich? Nein, nicht mehr.

Draußen bellt Gottfried. Frau Tietjen ist auch eingeladen. »Gottfried treffe ich so oft bei Ihnen, da möchte ich Frau Tietjen auch gerne besser kennenlernen«, hat Frau Groote erklärt.

Gottfried will an mir hochspringen, aber das geht nicht mit meinem schönen Sonntagsstaat. Er wundert sich ein bisschen, dass wir nicht in meine Wohnung gehen, aber dann zieht er mächtig an der Leine, vielleicht riecht es gut aus Frau Grootes Wohnung.

Ich habe ihr die »Eule« von Margaret Craven mitgebracht.

»Das ist mein Lieblingsbuch, Frau Groote, das könnte ich zehnmal lesen«, erkläre ich begeistert, als sie es auspackt. »Hoffentlich gefällt es Ihnen.«

»Oh, vielen Dank, Frau Friese, bestimmt, ich bin eine verrückte Leseratte.«

Gleich wirft sie einen Blick auf den Klappentext, legt es dann lächelnd unter einen riesigen Blumenstrauß.

Ist der schön! Mir hat sie auch so einen schönen Strauß geschenkt zu meinem Geburtstag im Juli. Ich habe ja das erste Mal seit Jahren wieder gefeiert, nicht groß, das nicht, aber war schon eine Aufregung.

Eine Weile reden wir über alles Mögliche, kommen vom Hölzchen aufs Stöckchen und genießen es einfach zusammenzusitzen. Gottfried hat einen Knochen bekommen und knackt konzentriert daran rum. Irgendwann kommen wir auch auf die Geschehnisse der letzten Tage, natürlich, ich hatte es befürchtet.

Das kommt auch, weil ich vorgestern mit diesem Foto in der Zeitung war, ist mir schon ein bisschen peinlich. Weil, das stand ja nicht nur im *Kurier*. Frau Groote zeigt mir ganz stolz einen Artikel aus der *Post*, die kriege ich ja nicht.

»Rentnerin verhindert Brandkatastrophe!«, schreiben sie.

»Den hebe ich auf, Frau Friese«, erklärt sie richtig bewundernd. »Sie haben ein furchtbares Unglück verhindert, weil Sie so schnell waren und so geistesgegenwärtig. Meine Hochachtung.«

»In der schmalen Straße hätte es leicht zu einem riesigen Brand kommen können«, wirft Grete bestätigend ein. »So ist nur in der oberen Wohnung viel verbrannt, und bei Yildirims ist das Löschwasser reingelaufen. Arme Leute, was für einen Dreck das macht.«

Die werden sich freuen, wenn sie aus dem Urlaub zurückkommen und ihre Wohnung ist versaut, denke ich.

Frau Groote gratuliert mir zu meinem Mut.

»Wieso denn Mut?«, knurre ich unangenehm berührt. »Gehörte doch kein Mut dazu, bei den Nachbarn zu klingeln.«

Bei Pflaumenkuchen mit Sahne lässt es sich zwar leichter über Feuer und die Schrecken der Nacht reden, aber ich will das Thema nicht. Es macht mir Angst.

»Letzte Nacht habe ich sogar davon geträumt«, erzähle ich, und wieder gruselt es mich bei der Erinnerung. »Da liefen die Leute schreiend durch die Straßen, weil alles brannte. Nein, wie komme ich nur zu so was?«

»Das kommt durch den Bunker, Frau Friese«, behauptet Grete. »Wir sprachen schon einmal darüber, der Abriss weckt ganz alte, tiefe Erinnerungen, was dann durch diesen Brand nebenan noch verstärkt wurde.«

»Glaube ich nicht«, brumme ich ein bisschen entnervt. Frau Tietjen und ihre psychologischen Ideen, manchmal denke ich, sie spinnt ein bisschen. Das würde ich ihr nie sagen, aber ich antworte dann: »Ja, ja, interessant«, und denke mir meinen Teil.

Doch Frau Groote wiegt bestätigend den Kopf. »Das kann schon sein, Frau Friese. Wir alle haben Bilder im Gedächtnis, die uns nicht bewusst sind. Sie haben doch die Bombardierung Bremens als Kleinkind mitbekommen.«

»Nun aber Schluss!« Verärgert schlage ich auf den Tisch. Die Kaffeelöffel klappern. Gottfried bellt erschrocken.

Huch! Ich sehe verlegen auf, betroffen von meiner eigenen Wut.

»Oh, Entschuldigung«, stammele ich. »Ich meine nur, das ist doch kein Thema für einen Kaffeeklatsch.«

Also wirklich, Waltraud, wo ist dein gutes Benehmen! Gehört sich nicht, als Besuch so auf den Tisch zu hauen.

Frau Groote wehrt ab, ganz verständnisvoll, gießt mir sogar noch Kaffee nach. Grete guckt ein bisschen verkniffen, sie mag es nicht, wenn man ihr das Thema abschneidet.

Ich will es aber nicht.

Wie kriege ich das Gespräch nur wieder in Gang? Ist mir nun peinlich, dass alle stumm auf den Tisch sehen. Aber da springt Gottfried auf und läuft bellend in den Flur. Fast gleichzeitig klingelt es an der Tür.

»Nanu?« Frau Groote sieht auf die Uhr und steht langsam auf. Auch Grete und ich gucken automatisch auf die Uhr. Zehn vor fünf. Ich muss kichern. Hihi. Es klingelt, und wir gucken, wie spät es ist. Als ob uns das sagt, wer da draußen steht.

»Gottfried, aus! Du bist hier nicht zu Hause!«, ruft Grete streng.

»Es wird langsam Zeit für uns«, beschließt sie und müht sich aus dem Sessel.

Dann wendet sie sich zu mir und sagt leise: »Entschuldigen Sie, Frau Friese, ich wollte Sie nicht aufregen.«

Ist doch anständig von ihr, denke ich.

Gehe ich nun mit ihr? Ich habe noch Kaffee in der Tasse, kann ich doch nicht runterstürzen. Aus dem Flur kommen Stimmen näher. Frau Groote erscheint wieder und bringt einen neuen Gast mit, Frau Schneider, die neue Mieterin aus dem Zweiten.

Es gibt ein kleines Durcheinander aus Begrüßen und Verabschieden, weil Frau Tietjen trotzdem gehen will. Da bleibe ich besser noch einen Moment sitzen, sieht sonst aus, als wollten wir vor Frau Schneider weglaufen. Außerdem lernt man sich so ein bisschen kennen, wo wir jetzt hier zusammen wohnen.

»Das ist mir jetzt aber unangenehm«, murmelt Frau Schneider, setzt sich trotzdem schnell auf den angebotenen Platz und strahlt mich an. »Schön, Sie kennenzulernen, Frau Friese. Sie wohnen also unten. Man sagte mir, die Wohnung im dritten Stock gehört Ihnen. Haben Sie denn dafür schon einen Mieter oder Käufer?«

Hoppla, die ist aber schnell dabei, hat noch nicht mal den Stuhl angewärmt, fällt sie gleich mit der Tür ins Haus. Und das mit noch so einer Angelegenheit, die mir im Stillen Magenschmerzen macht, was ist nur los heute?

Bleib höflich, Waltraud, kann sie nicht wissen, dass du mit dem Verkauf nichts zu tun haben willst.

»Nein, ich habe noch niemanden, darum kümmert sich das Immobilienbüro Richter«, wehre ich ab.

»Ich würde mir die Räume gerne einmal ansehen, die Wohnung ist anders geschnitten als meine, nicht wahr?«

Inzwischen hat Frau Groote ihr ein Stück Kuchen auf den Teller geschoben, über das sie sich hermacht, als habe sie tagelang gehungert. Ein bisschen gierig, denke ich.

Waltraud, mal nicht so schnell mit deinem Urteil, du siehst die Frau zum ersten Mal. Ich betrachte sie, wie sie das Gebäck in sich hineinschaufelt, ihre langen Fingernägel hat sie lackiert. Türkisgrün mit silbernen Sternchen drauf! Ich kann mich von dem Anblick kaum losreißen. Wie macht sie das nur, frage ich mich, dass ihr nicht mitten im Umzug einer dieser Fingernägel abgebrochen ist? Muss doch immer noch viel zu räumen und machen geben in ihrer Wohnung. Aber sie sieht aus wie aus dem Ei gepellt.

Eine große, stämmige Frau in den Dreißigern mit hennarotem Haar, Wechseljahrerot, habe ich mal gelesen. Hihi. Aber ist sie noch zu jung für. Ich habe meine Haare ja nie gefärbt. Ich darf so alt aussehen, wie ich bin. Ich finde graue Haare sogar schick. Ha!

Na gut, heute ist Sonntag, mag sein, werktags sieht sie anders aus. Vielleicht wollte sie sich einfach mal fein machen. Muss schließlich nicht jede so langweilig rumlaufen wie du, Waltraud.

Wieso langweilig, nur weil ich meine Fingernägel nicht türkisgrün lackiere? Mit Sternchen!

Oh, ich habe etwas nicht mitbekommen. Die Frauen sehen mich aufmerksam an.

»Wo sind Sie, Frau Friese?«, spottet Frau Groote freundlich.

»Wann kann ich mir die Räume mal ansehen?«, unterbricht Frau Schneider sie. Die hat es wirklich eilig.

Da schlägt Frau Groote sich die Hand vor die Stirn. »Frau Friese, ich habe immer noch Ihren Reserveschlüssel, den Sie mir im Frühjahr gegeben haben. Ich habe ganz vergessen, Ihnen den nach Ihrem Umzug wiederzugeben. Da können Sie die Besichtigung doch gleich machen. Sie müssen nicht extra nach unten laufen.«

Ach nein, muss das gerade jetzt sein? An Frau Grootes Geburtstag! Ich habe keine Lust, jetzt da oben in der leeren Wohnung herumzustehen.

»Gehen Sie einfach alleine hoch, Frau Schneider«, schlage ich vor. »Ich mag jetzt keine zwei Treppen hochlaufen, es gibt nichts weiter zu sagen, ist eben eine leere Wohnung.«

Ganz schön unhöflich, ich weiß, aber ich fühle mich überrumpelt. Ich kann mir nicht helfen, ich mag die Frau nicht. Was drängelt sie so?

Frau Groote nötigt mir noch ein Stück Kuchen auf. »Sie essen zu wenig, Frau Friese«, mahnt sie. »Und das bei all der Aufregung. Passen Sie bitte besser auf sich auf.«

Frau Schneider bleibt lange da oben, wundere ich mich. Soll mir recht sein, muss ich sie nicht wiedertreffen. Ich stehe auf, ehe sie zurückkommt.

»Ich gehe auch mal wieder, Frau Groote. Danke für den netten Nachmittag.«

Langsam schlurfe ich zurück in meine Wohnung. Ich falle enttäuscht in meinen Sessel. Es war *kein* netter Nachmittag. Am Anfang schon, aber am Ende ist es mir quer runtergelaufen.

Erst das blöde Bunkerthema, das regt mich nun mal auf, und dann diese unangenehme Frau Schneider. Dieses Drängeln kann ich einfach nicht ab. Fühle ich mich gleich in die Ecke geschoben.

Ich mag nicht über Sachen reden, die mich belasten, wenn ich mit Nachbarinnen gemütlich beisammensitzen will.

13

Als ich am nächsten Nachmittag mit Gottfried vom Gassigehen zurückkomme, hat Grete Besuch. Frau Yildirim sitzt im Wohnzimmer und weint. Wann sind die denn zurückgekommen? Neben ihr sitzt eine blonde Frau, das ist die Nachbarin, die Frau von dem Lehrer. Äh, wie heißt die? Ich habe doch auf das Namensschild geguckt, als ich beim Brand Sturm geklingelt habe. Krämers oder so?

Ach ja, Kramer, Frau Tietjen stellt uns förmlich vor. Ich lächele höflich. Ich will nicht stören und mich schnell verabschieden, aber Frau Tietjen hält mich zurück.

»Wir haben soeben Frau Yildirim versprochen, ihr zu helfen, Frau Friese, denn die Wohnung ist durch das Löschwasser und den Rauch erheblich verwüstet worden. Wir wollen in der Nachbarschaft Geld sammeln.«

»Das ist doch nicht …«, schluchzt Frau Yildirim. »Das ist mir so unangenehm. Mein Bruder lässt uns bei sich wohnen, er hilft auch beim Renovieren, ganz bestimmt. Wir schaffen das schon alleine.« Sie bricht ab, knetet ihr Taschentuch. Frau Kramer tätschelt ihr beruhigend die Hand.

»Lassen Sie man, Frau Yildirim«, ermutige ich sie, »hier wohnen genug reiche Leute, die können Ihnen doch gut was abgeben. Muss ja nicht viel sein, läppert sich doch zusammen.«

Die Idee gefällt mir, weil, es geht ja nicht nur ums Geld. Wenn ich mir vorstelle, das wäre bei mir passiert, schrecklich.

»Sollen wir da mit einer Sammeldose rumgehen?« Ich denke schon nach, wen ich besuchen könnte. Frau Groote gibt sicherlich einiges, die Kellners von gegenüber wahrscheinlich nur ein paar Cent. Ach, weiß man's?

»Sammelbüchsen? Nein, nein, Frau Friese, das machen wir, äh … professioneller.«

Frau Kramer lächelt etwas selbstgefällig. »Ich habe ein Sonderkonto bei der Sparkasse eingerichtet. Damit kann uns niemand der Unterschlagung bezichtigen, verstehen Sie?«

Warum soll ich das nicht verstehen? Bin ja nicht senil, und warum brüllt sie so, taub bin ich auch nicht.

Das ist die Nachbarin von Frau Tietjen, also benimm dich, Waltraud.

Die Kramer hat alles vorbereitet. Ein Stapel Zettel liegt auf dem Tisch, Informationsblätter für die Nachbarn. Die Kontonummer kann man abreißen, wie auf den Zetteln, wenn Leute eine Wohnung suchen, sieht man ständig im Peterswerder, wohnt sich ja auch schön hier.

Oh, jetzt habe ich was verpasst, Grete sieht mich fragend an.

»Verteilen, Frau Friese!«, schreit Frau Kramer. Sie weist auf die Zettel und auf mich. »Übernehmen Sie bitte die ungeraden Hausnummern, am besten in den Hausfluren aufhängen.«

Sie klebt ein unsichtbares Plakat an eine unsichtbare Wand. Wie eine Pantomime, denke ich. Ich schüttele den Kopf, warum macht sie das? Ist doch nicht nötig. Frau Yildirim spricht prima Deutsch.

»Verstehen Sie nicht, Frau Friese?« Jetzt brüllt sie richtig. Grete schließt einen Moment genervt die Augen.

Wenn du aber auch den Kopf schüttelst, Waltraud, musst du dich nicht wundern.

»Schon gut«, murmele ich, aber die Lust ist mir vergangen.

»Das müssen Sie nicht, Frau Friese, bitte, sagen Sie es, wenn Sie nicht wollen«, fleht mich Frau Yildirim an. Nun wird sie auch noch rot! Nicht doch!

»Für *Sie* tue ich das gerne, Frau Yildirim«, versichere ich ihr und meine das so. Fühlt sich gut an, helfen zu können. Und ich dachte mal, wir Alten könnten nur noch nehmen.

14

Gut gelaunt mache ich mich auf den Heimweg. Aber nicht alle sind fröhlich. Lisa sitzt auf der Treppe vor dem Haus und starrt traurig vor sich hin. Sie schimpft mit sich selbst, verstehen kann ich sie nicht. Ob etwas mit Hugo ist? Darf ich sie fragen? Ich will mich ja nicht aufdrängen, aber so von Nachbarin zu Nachbarin, da kann ich doch nicht so vorbeigehen.
Ich stocke. Noch vor ein paar Monaten hätte ich genau das getan, wäre einfach vorbeigegangen, Nachbarin hin, Nachbarin her.

Ich nehme mir ein Herz, wird hoffentlich nichts Schlimmes sein. Ob etwa die Neonazis …?

»Was ist los, Lisa? Ist etwas mit Hugo?«

»Oh, Frau Friese, nein, nein, dem Jungen geht es bestens, wirklich. Es ist nur …«, sie zögert. »Halte ich Sie auch nicht auf?«

»Ach was, auf mich wartet nur der Abwasch, und der eilt nicht.«

Sie lächelt ein wenig. »Bei uns auch, Frau Friese, immer wieder neu.« Dann seufzt sie auf. »Sehen Sie, Frau Friese, meine Freundin wird dreißig, und heute Abend wird gefeiert. Ich habe mich schon so gefreut. Aber nun hat unsere Babysitterin abgesagt. Jamal hat vorgeschlagen, dass er zu Hause bleibt, aber wir wollen so gerne mal zusammen feiern. Sie können sich denken, dass wir dazu nur selten genug kommen. Außerdem kennt er Katie und Luis auch schon so lange. Wir haben sogar überlegt zu würfeln, wer gehen kann, aber inzwischen ist mir die Lust ganz vergangen.«

Mühsam unterdrückt sie ein Schluchzen.

»Vielleicht könnte ich einspringen«, sagt mein Mund, ehe mein Verstand sich einschalten kann.

Waltraud!

Ach was, Hugo ist so ein nettes Kerlchen. Was soll passieren?

Lisa springt auf.

»Würden Sie das wirklich tun, Frau Friese? Oh, das wäre super, das wäre großartig! Hugo mag Sie sehr gerne. Sie werden keine Probleme mit ihm haben. Er schläft meistens durch. Oh, Frau Friese, Sie sind ein Engel!«

Nu, nu, mach mal halblang, denke ich, aber ich spüre, wie ich rot werde vor Freude.

Ich bin ziemlich aufgeregt, als ich am Abend hinübergehe. Hoffentlich war ich nicht zu voreilig.

Jamal zeigt mir alles, was ich wissen muss, während Lisa den Jungen bettfertig macht.

»Sie können sich gerne etwas zu trinken machen oder fernsehen, was Sie möchten, Frau Friese, fühlen Sie sich wie zu Hause. Ich gebe Ihnen unsere Handynummer, für alle Fälle.«

Hugo kommt aus dem Bad, klettert sofort auf meinen Schoß. Stolz zeigt er mir seinen Holzbagger.

»Oma, Bagga«, erklärt er wichtig.

Der »Bagga« muss mit ins Bett, versteht sich. Ich lächele wehmütig. Wann habe *ich* mich zuletzt so gefreut?

Waltraud, er ist ein Kind.

Na und, was hat Freude mit dem Alter zu tun?

Nachdenklich sehe ich aus dem Fenster.

Nichts, Waltraud, gar nichts.

Und wenn das heute gut geht, dann machst du das öfters.

Weil es *mir* Freude macht.

15

Ich laufe von Haus zu Haus und verteile die Sammelzettel für Yildirims. Ich komme mir vor, als wollte ich Zeitungen verkaufen. Gottfried habe ich mitgenommen, weil man über einen Hund besser mit den Leuten in Kontakt kommt. Danach ist es ganz leicht. Ich sage mein Sprüchlein auf und darf überall einen Zettel aufhängen, schließlich haben alle von dem Brand gehört. Und Spaß macht es mir, muss ich zugeben. Ist ja interessant, wer hier alles so wohnt. Mit einigen Leuten komme ich sogar richtig ins Gespräch. Schau an, Waltraud, geht doch.
Nur die Lauferei ist anstrengender, als ich gedacht habe.

Einer meckert zwar, das sei Sache der Versicherung, aber gegen das Informationsblatt hat er nichts.

»Ist ja meine Sache, ob ich was gebe«, knurrt er.

Versicherung, denke ich. Stimmt, vielleicht haben Yildirims keine oder die zahlt nicht alles, was weiß ich. Egal, jetzt habe ich noch vier Zettel, die verteile ich noch.

Mit der Braunschweiger Straße bin ich durch, die vier klebe ich in die angrenzenden Häuser der Hamburger Straße, die Leute haben das Feuer ja auch miterlebt.

Im Erdgeschoss sind überall Läden, so komme ich problemlos in den Flur. Während ich den Zettel anklebe, schlurfen Schritte die Treppe herunter.

»Was machen Sie denn da? Wir wollen keine Werbung!«, schimpft es hinter mir. Gottfried knurrt. Ich drehe mich um. Der Dicke von der Baustelle! Hier wohnt der also.

Er sieht genauso schlampig aus wie beim letzten Mal, das Hemd hängt ihm halb aus der Hose. Er stinkt, igitt, Zigaretten und irgendwie muffig.

»Geld wollen Sie?«, blafft er nach einem schnellen Blick auf das Papier.

»Sie müssen ja nichts geben, ich will nur den Zettel aufhängen, es wohnen doch noch andere hier im Haus. Vielleicht …«

Weiter komme ich nicht. Er reißt den Zettel von der Wand, knüllt ihn zusammen und schleudert ihn auf den Boden.

»Geld sammeln für diese Kanaken?«, brüllt er. Sein Kopf läuft rot an wie eine Tomate. »Sammeln Sie lieber für die armen Jungs, die da verletzt und getötet wurden. *Das* sind die Opfer!«

Dann glotzt er mich an, einmal von oben nach unten, widerlich, und schnauft:

»Sie! *Sie* sind das! Sie waren in der Zeitung! Sie haben all die Lügen über die armen Jungs verbreitet!«

Er packt mich grob am Arm, aua, drängt mich gewaltsam zur Tür.

»Aua!«, stöhne ich. »Sie tun mir weh!«

»Raus hier!«, schnauzt der Kerl.

Nur mühsam bleibe ich auf den Beinen.

»Lassen Sie mich los!«

Gottfried knurrt ganz tief.

Plötzlich zieht der Kerl mich ganz dicht zu sich heran, bläst mir seinen fauligen Atem ins Gesicht und flüstert drohend: »Und mein Messer holen wir uns auch wieder, du miese alte Schachtel.«

Damit stößt er mich mit aller Kraft auf die Straße. Ich kann mich nicht mehr halten, stürze aufs Pflaster.

Ich bin ganz benommen, spüre keinen Schmerz, gar nichts. Wie betäubt.

He, Waltraud, was ist passiert?

Erst langsam komme ich wieder zu mir, Geräusche dringen an mein Ohr. Stimmen, Gottfrieds Knurren, jemand heult vor Schmerz, bin ich das?

Nein, ein Mann.

Wieso heult *der*?

Aua, au weh. Jetzt kommt der Schmerz auch bei mir an.

Mein Arm, mein Knie, alles tut weh, brennt! Hoffentlich habe ich mir nichts gebrochen, die alten Knochen, geht doch so schnell.

Langsam öffne ich die Augen, sehe das Pflaster vor mir, den Dreck, Zigarettenkippen, Beine.

Steh auf, Waltraud, lieg nicht im Dreck, geht doch nicht.

Das schöne Kleid, ganz versaut, ist das Blut?

Von mir?

Was ist denn eigentlich passiert?

Richtig denken kann ich immer noch nicht. Aber jetzt knien Leute neben mir, ich sehe Gesichter.

»Bleiben Sie liegen, wir rufen einen Krankenwagen«, fordert mich ein junger Mann auf.

Krankenwagen? Nein, wozu denn, kann so schlimm nicht sein! Ich will nicht ins Krankenhaus, da komme ich nicht wieder lebend raus, weiß man doch, in meinem Alter.

»Nur zur Untersuchung, damit nichts nachbleibt«, tröstet er mich. Habe ich laut gedacht?

Da kommt Gottfried, will mir mit der Zunge durch das Gesicht fahren, aber jemand zieht ihn zurück.

Der Hund! Er muss zu Grete, den kann ich doch nicht hierlassen.

»Keine Sorge, Frau Friese, ich bringe den Hund zu Frau Tietjen, lassen Sie sich erst mal vom Arzt untersuchen. Was ist das für ein Rüpel, man glaubt es nicht! Stößt der Sie einfach auf die Straße! Aber Gottfried hat ihn tüchtig gebissen, ein tapferer Hund!«

Wer ist das? Kenne ich die? Ach, ich weiß es nicht.

Mir klappern die Zähne, und ich spüre, wie mir der Schweiß über den Rücken läuft. Es schüttelt mich und flimmert vor meinen Augen. Kalt wird mir, so kalt.

Was ist mit mir? Ich werde doch nicht …

Herz, klopf nicht so laut, springst mir noch aus dem Hals. Nee, nee, Waltraud, wenn das man gut geht. Kann doch nicht zu Ende gehen mit dir, so, hier im Dreck!

Ängstlich versuche ich, mich wieder aufzuraffen, ich will nicht sterben, hier auf der Straße, das geht doch nicht. Ich will …

Irgendwie bringen sie mich ins Krankenhaus, ist ja nicht weit. Ich muss die Arme heben und drehen und was weiß ich. Ich reagiere wie eine Maschine, sie wollen wohl sehen, ob etwas gebrochen ist. Da habe ich Glück gehabt, die Knochen sind heil geblieben, nur die Haut ist aufgerissen. Es brennt gemein, als sie mir da was draufschmieren. Allmählich spüre ich mich wieder, ich schlottere nicht mehr vor Kälte, aber das Zittern will nicht aufhören.

Auch nicht, als ich wieder auf meinem eigenen Sofa liege, dick verpackt in eine Decke. Beinahe schwappt mir der Kaffee über.

Den hat mir Frau Groote gemacht.

»Der ist besonders stark, Frau Friese, den können Sie jetzt gut gebrauchen. Sie haben einen heftigen Schock erlitten. Das ist kein Wunder. Bitte machen Sie sich deswegen keine Sorgen. Glücklicherweise ist Ihnen nichts Schlimmeres passiert«, beruhigt sie mich, greift leicht nach meiner kalten Hand und reibt sie zwischen ihren Fingern, bis sie wieder warm wird.

Ich trinke einen kleinen Schluck von dem Gebräu, puh, der ist wirklich stark, ich verziehe ein bisschen das Gesicht. Aber sie hat es gut gemeint, ich weiß es.

Wie froh bin ich, dass Frau Groote gerade nach Hause kam, als die Sanitäter mich vorhin brachten. Sie muss doch müde gewesen sein von der Arbeit, aber nein, sofort hat sie mich hier aufs Sofa gepackt und sich gekümmert. Was würde ich nur machen ohne sie? Wie eine Tochter.

Ach, Tochter! Waltraud, die arme Frau, was verlangst du von ihr? Ich spüre plötzlich Tränen in den Augen. Ich schäme mich ein bisschen, weil ich sonst nicht so schnell heule.

»Sie, äh … Sie müssen doch auch mal ausruhen, Frau Groote, ich komme schon alleine klar, wirklich«, murmele ich etwas verlegen. Zugleich fürchte ich, dass sie tatsächlich geht. Ich möchte jetzt nicht alleine sein mit meiner Angst und all dem Schrecken.

Ehe sie antworten kann, höre ich einen Hund bellen. Das klingt ganz wie Gottfried, hat er sich wieder losgerissen? Zugleich klingelt es an der Tür.

Es ist Grete Tietjen, sie schiebt einen Rollator vor sich her. Seit wann hat sie den denn? Wieso hat sie nichts davon erzählt?, frage ich mich verwundert und ein kleines bisschen eingeschnappt.

In der Tür gibt es einen Kuddelmuddel, weil Gottfried nicht warten will. Er drückt sich grob an ihr vorbei, he, sie wird doch nicht auch noch stürzen, aber nein, sie hält sich an dem Fahrzeug fest, schüttelt lächelnd den Kopf.

»Gottfried, benimm dich«, befiehlt sie, aber es klingt nicht böse. Der Hund bleibt Sieger, er stürzt ins Zimmer und springt am Sofa hoch, er leckt mir die Hände und schwups, nun doch das Gesicht. Ich lache und weine zugleich. Ach je, all dieser Aufwand, und nur wegen mir, macht mich ganz verlegen.

Zum Glück sind beide Frauen abgelenkt. Karin Groote holt sich einen Stuhl, und Grete lässt sich mühsam in den

Sessel fallen, sodass ich mich wieder etwas fangen kann. Ich wische mir das Gesicht ab.

»Gottfried, Gottfried«, murmele ich, damit die denken, das ist nur wegen Gottfrieds Gesabber. Braucht niemand zu sehen, dass ich geheult habe.

»Wo haben Sie denn auf einmal den Rollator her?«, will ich wissen, um von mir abzulenken.

»Es wurde Zeit, fürchte ich«, antwortet Grete. »Ich dachte immer, ein Rollator ist etwas für alte Leute.« Hilflos zuckt sie die Achseln.

Frau Groote lächelt breit. »Und Sie dachten, alt werden fängt erst bei hundert an?«

»So ähnlich, Frau Groote«, gibt Grete verlegen zu. »Aber als Sie, Frau Friese, mir nach dem Brand die Anschaffung eines Rollstuhls vorschlugen, hielt ich es für angemessen, erst einmal die einfachere Variante zu wählen.«

»Aber um mich soll es hier gar nicht gehen«, wehrt sie jeden weiteren Einwand ab. »Frau Friese, Sie haben sich in letzter Zeit so um mich bemüht, da ist es das Mindeste, dass ich vorbeikomme, um zu sehen, ob ich Ihnen meinerseits behilflich sein kann. Aber ich sehe, Sie sind nicht alleine. Es geht eben nichts über eine gute Nachbarschaft.«

So froh ich bin, dass da jetzt jemand ist, so sehr ermüdet es mich auch. Ich kriege gar nicht mit, worüber die beiden Frauen reden, aber ihr stetiges Murmeln beruhigt mich, dass mir endgültig die Augen zufallen. Irgendwann merke ich, dass sie gegangen sind.

»Wir kommen morgen wieder«, steht auf einem Zettel auf dem Tisch. Ach je, bin ich tatsächlich eingeschlafen, vor meinem Besuch. Hilft nichts. Ich werde gar nicht richtig wach, schleppe mich nur ins Bett.

16

Es regnet. Der Wind peitscht das Wasser gegen die Scheiben. Ungemütlich. Keine zehn Pferde kriegen mich bei dem Wetter aus dem Haus. Muss auch nicht. Ich sitze wohlig warm in eine Decke eingepackt in meinem Sessel und gucke den Leuten zu, die durch das Unwetter stapfen. Eilig die meisten, Blick nach unten, nur durch. Außer dem da. Der Dicke, der gerade am Bauzaun um die Ecke biegt, der geht langsam. Aber der hinkt auch, ist wohl verletzt.

He! Das ist doch der Kerl von gestern! Der mich gestoßen hat!

Der kommt ja hierher! Will der etwa zu mir? Mir was antun?

Hilfe!

Was mache ich nur? Frau Groote ist zur Arbeit, ob Schneiders zu Hause sind, weiß ich nicht.

Vielleicht geht er vorbei.

Nein, er steuert direkt auf das Haus zu, jetzt guckt er nach oben. Hat mich wohl noch nicht gesehen.

Verriegel die Tür, Waltraud, nun mach schon. Ach je, jetzt verheddere ich mich auch noch in der Decke. Immer wenn es schnell gehen soll.

Endlich habe ich mich aus dem Sessel befreit, ich haste, so schnell meine zerschlagenen Beine es zulassen, zur Wohnungstür und schiebe die Kette vor. Erleichtert atme ich auf.

Langsam, Waltraud, keine Panik. Wie soll der denn ins Haus kommen, er wird ja nicht die Tür aufbrechen am helllichten Tag. Da höre ich, wie er klingelt, leise nur, muss also irgendwo oben sein. Ist das ein Trick, damit er ins Haus kommt? Bei Frau Groote kann er lange klingeln. Und *ich* mache nicht auf, garantiert nicht.

Aber da! Der Summer!

Die Haustür springt auf.

Hilfe!

Jetzt haben Schneiders ihn reingelassen.

Wieso haben wir keine Sprechanlage im Haus, kann ja jeder rein- und rauslaufen wie im Mini-Shop.

Ob die Kette hält?

Tu was, Waltraud, schnell, noch ist er im Flur.

Das Telefon! Ruf die Polizei!

Ach, bis die hier ist!

Ich höre seinen schweren Schritt im Treppenhaus.

Wie hypnotisiert starre ich auf die Tür, kann mich nicht bewegen. Dabei müsste ich mich eilen. Hilfe rufen.

Ich balle die Fäuste vor dem Mund, nur nicht schreien, halte den Atem an, warte gebannt. Gleich bricht er die Tür auf, gleich wird er ...

Die Schritte stampfen vorbei, die Treppe hoch, werden leiser. Ich atme tief aus. Puh. Schlucke mühsam, ganz trocken ist meine Kehle.

Was will der hier im Haus? Wo geht der hin? Versteckt er sich jetzt oben?

Ganz leise öffne ich die Tür einen Spalt, lasse die Kette noch vor. Da höre ich die Stimme von Frau Schneider:

»Na, Thomas, bist du bei dem Wetter losgegangen, komm rein.«

Der Mann antwortet etwas, ich kann ihn nicht verstehen, der Lärm von der Baustelle verschluckt alles. Die Tür oben fällt ins Schloss.

Wie lange ich reglos im Flur stehe, weiß ich nicht. Allmählich zieht es kalt durch den Türspalt, weckt mich aus meiner Erstarrung. Sehr nachdenklich humpele ich zu meinem Sessel zurück, hülle mich wieder in meine Decke.

Plötzlich wird mir klar, dass ich dauernd auf Geräusche im Flur lausche. Ob er wiederkommt, ob er es diesmal auf mich abgesehen hat? Aber wenn er schleicht, wie soll ich ihn bei dem ständigen Gerumpel und Motorenlärm von draußen hören? Ängstlich blicke ich zur Wohnzimmertür. Kann sein, er steht mit einem Mal neben mir.

Kann *nicht*, beruhige dich, Waltraud, du hast die Kette vorgelegt. Wenn er die Tür aufbricht, wirst du das wohl mitkriegen. Bist doch nicht taub.

Meine Zähne knirschen aufeinander, iih, ich zucke zusammen. Mühsam nur löse ich den Kiefer. Entspann dich, er kann nicht reinkommen. Erschöpft sinke ich gegen die Lehne des Sessels.

Woher kennt er Schneiders? Thomas heißt er also. Die duzen sich sogar. Werden die ihm helfen, mich zu überfallen?

Oh weh, wie schrecklich! Wenn der hier ein und aus geht, finde ich keine Ruhe mehr. Bin ich denn nicht einmal in meinen eigenen vier Wänden sicher?

Und das ausgerechnet jetzt, wo ich so schlecht laufen kann, weil mir alles wehtut von diesem Sturz. Muss ich ab sofort etwa immer die Kette vorlegen? Wie im Gefängnis?

Am liebsten würde ich heulen vor Wut und Verzweiflung.

»Dieses Scheusal, Mistkerl, dreckiger Fettsack!« Ich schimpfe wie ein Rohrspatz, ah, das tut gut. Hört mich ja keiner.

Mit dem hatte ich sogar Mitleid, als er nach dem Toten aus der Baugrube gefragt hat, erinnere ich mich vage.

Jetzt nicht mehr. Schadenfroh denke ich an seinen humpelnden Gang. Wenigstens geht es ihm auch schlecht!

Gottfried kriegt eine schöne Wurst, nehme ich mir vor. Die hat er sich verdient. Ha! Hat den Mistkerl kräftig ins Bein gebissen.

Und Schneiders? Was weiß ich eigentlich über die?

Nicht viel. Sie wohnen auch erst, wie lange?, äh ja, etwa zwei Wochen hier. Ab und zu hört man Handwerker oben, aber gegen den Bunker ist das leise. Gibt ja immer viel zu bohren und schrauben nach so einem Umzug. Mit Schrecken denke ich an meinen eigenen. Ich habe das machen lassen, ich klettere doch nicht mehr auf eine Leiter, muss ich nicht mehr. Wenn ich runterfalle! War so noch anstrengend genug.

Schneiders, Waltraud.

Die Frau geht nicht arbeiten, dass sie sich das leisten kann, da muss er gut verdienen. Den Mann habe ich nur einmal im Treppenhaus gesehen. War ausgesprochen freundlich, hat sich förmlich vorgestellt, mit Händedruck und allem. Aber seitdem habe ich ihn im Haus nicht mehr gesehen. Scheint früh zu gehen, manchmal höre ich morgens leise Schritte auf der Treppe, wenn ich wach liege. Vielleicht habe ich ihn auch übersehen. Weil, auf der Straße würde ich den nicht wiedererkennen, irgendwie unscheinbar, der Mann.

Schweif nicht ab, Waltraud.

Muss ich wirklich Angst haben vor dem Fiesling? Es wissen alle Nachbarn, dass er mich gestoßen hat, kann er sich nicht noch mal leisten. Eigentlich.

Mechanisch greife ich nach meiner Kaffeetasse.

Das Messer will er sich holen, hat er gesagt, schießt es mir da in den Kopf. Das fällt mir ja jetzt erst ein.

Woher wusste der überhaupt davon?

Ich habe es niemandem erzählt. Nicht mal Frau Groote oder Grete.

Dann hat mich in der Nacht doch wer gesehen.

Ich halte mitten in der Bewegung inne. Das hat der anders formuliert, denk nach, Waltraud, das ist jetzt wichtig.

Jetzt habe ich's: *»Und mein Messer holen wir uns auch wieder.«*

Das hat er gesagt.

Mein Messer, also *sein* Messer natürlich.

Bin ich dem etwa in der Nacht in die Quere gekommen, als der eine Leiche verscharren wollte oder sonst wie verstecken? War das vielleicht das Scheppern, was ich gehört habe?

Hat neugierig genug zugesehen, wie sie den Toten ausgegraben haben. Was hat er noch gesagt? Eine »frische« Leiche. Brr, wie eklig.

Wie kam er nur darauf?

Mein Gott, wenn …

Ob er jemanden umgebracht hat?

Brutal genug ist er ja! Wie grob der mich schon beim ersten Mal am Arm gepackt hat, hatte ich sogar blauen Flecken von.

Trotzdem, wer ist schon so dumm und legt einen Toten an einer Baustelle ab, wo ihn jeder sofort findet?

Passt vorne und hinten nicht, Waltraud.

Die Polizei ist sicher, der Tote ist Hermann, gestorben vor mehr als siebzig Jahren, war ja auch ein sauberer Knochen.

Waltraud, wirklich.

Ach was, war doch so.

Wenn dieser Thomas also mit dem Toten nichts zu tun hat, warum bedroht er mich?

Ich verstehe es nicht.

Erst langsam erinnere ich mich an die Begegnung in seinem Hausflur, war mir alles entfallen durch den Schock.

»Sammeln Sie für die armen Jungs, die verletzt oder tot sind. Das sind die Opfer!«, hat er gesagt.

Lügen soll ich über sie verbreitet haben. Was hat der denn damit gemeint?

Er kennt die beiden also, wohnt ja gegenüber und guckt denen ins Fenster.

Nein, halt, gegenüber wohnt dieser Jan. Und der ist weg. »Abgetaucht« hat Zitroneneis das genannt.

Vielleicht ist der wirklich nur in Urlaub, September ist ein beliebter Monat zum Verreisen, sollte ich auch machen, verreisen. Ob ich …

Bleib bei der Sache, Waltraud.

So, wie der das formuliert hat, weiß er, dass die Jungen gezündelt haben.

Nein, Waltraud, nicht gezündelt, Bomben haben die gebaut. Bomben.

Stand dann später auch im *Kurier*, dass denen dabei was schiefgegangen ist. Machen die so was mitten im Peterswerder, diese dummen Jungen, hätte die ganze Straße abbrennen können. Aber wer Bomben baut, dem ist das Leben von Unschuldigen egal. Die führen Krieg.

Was sind das nur für Menschen?

Warum gehen die nicht als Söldner irgendwohin, da können sie Bomben werfen, soviel sie wollen.

Waltraud! Dann sterben anderswo Menschen, ist doch nirgendwo richtig.

Ja, ja, stimmt schon, aber trotzdem.

Und der Dicke findet Kriegspielen gut. Er nennt Yildirims »Kanaken«, er sucht ein Messer mit einem Hakenkreuz.

Dann ist der ein Nazi, Waltraud, ein Neonazi, einer, der wieder eine Diktatur will, wo wir alle gehorchen müssen und nicht mehr sagen dürfen, was wir denken. Wo Menschen wie Jamal und Hugo und Familie Yildirim umgebracht werden.

So einer ist das. Und der geht hier ein und aus.

Sieht gar nicht so aus, finde ich. Ich dachte immer, die wären sauber und adrett. Der Schmiersack hat Haare bis über den Kragen, ungewaschen und eklig noch dazu. Kann kein Vorbild sein für die Jugend, wo die immer von Sauberkeit und Ordnung reden.

Dann waren die beiden Jungen auch Neonazis.

Passt auch nicht, der Zitroneneis ist auch nicht blond und blauäugig.

Na gut, war Adolf Hitler auch nicht.

Ich halte inne. Komisch, ist das denn damals niemandem aufgefallen?

Ich spiele nachdenklich mit den Fransen meiner Decke. Verstehe einer die Welt. Aber heute ist heute, und wir haben einen Neonazi im Haus. Einen, der etwas gegen mich hat, was auch immer.

Wieder zieht sich mein Magen zusammen vor Angst, die Brust wird mir ganz eng. Resigniert schließe ich die Augen. Ich bin eine alte Frau, ich will mich nicht mehr streiten müssen oder gar kämpfen. Gegen diesen Mann oder Leute seinesgleichen habe ich sowieso keine Chance.

Was mache ich nur? Wer schützt mich vor diesen Menschen?

Am liebsten würde ich weglaufen vor alldem hier, dem ständigen zermürbenden Lärm und Dreck, vor dieser unbegreiflichen Gefahr.

Atme aus, Waltraud, ganz langsam, aber atme.

Der Dicksack war also auf der Baustelle. Wer weiß, was er da wollte. Und ich habe ihn gestört, bei was auch immer

Aber wie kommt er auf *mich*?

Vielleicht, weil mein Licht an war, war ja das einzige in der Straße.

Nur, woher kennt er mich?

Das Bild in der Zeitung! Das hast du nun davon, Waltraud!

Und Schneiders? Finden die Neonazis etwa auch gut? Vielleicht wissen die von diesem Teil des Thomas Schmiersack nichts, kann auch sein.

Ich grinse, Schmiersack, ha! Gefällt mir. Wer sagt, dass ich höflich denken muss!

Und beim nächsten Mal, wenn ich Gottfrieds Hundekacke eintüte, werfe ich die nicht in den Müll, sondern in Schmiersacks Briefkasten, ich weiß ja, wo er wohnt. Ha!

Ich lache in mich hinein, stelle mir sein dummes Gesicht vor.

Sei nicht kindisch, Waltraud, weise ich mich zurecht. Aus dem Alter solltest du inzwischen heraus sein.

Ich kichere noch ein bisschen, hänge bösen Fantasien nach.

Nicht dass ich das tatsächlich tun würde, das nun nicht, aber es hilft gegen die Angst.

Verreisen hilft auch. Das habe ich doch eben erst gedacht, dass ich mal rauswill. Warum fahre ich nicht irgendwohin? Und wenn ich wiederkomme, sind alle Probleme gelöst: Die Polizei hat den Messerbesitzer gefunden, die Leiche aus dem Baggerloch ist begraben, der Dicke ist nach Honolulu umgezogen, meine Wohnung im dritten Stock ist endlich verkauft …

Ja, ja, und morgen bin ich wieder zwanzig und gehe Rock 'n' Roll tanzen.

Waltraud, jetzt spinn nicht rum.

Unwillkürlich muss ich lachen, schüttele über mich selbst den Kopf.

Weglaufen hilft nix. Grete braucht mich und Gottfried auch, da kann ich nicht einfach wegrennen wie ein Kaninchen.

Möchte ich aber.

Ein anderes Bild drängt sich vor mein inneres Auge. Hugo mit seinem »Bagga«, wie er seine kleine Hand in meine schiebt. Wie er darauf vertraut, dass seine »Bagga-Oma« auf ihn aufpasst.

Damit ihm nie jemand etwas antut, nur weil er schwarz ist.

Nie, Waltraud!

Ich schüttele mich.

Warum ich?

Weil Hugo sich noch weniger wehren kann, Waltraud.

17

Ob ich zu Grete gehe? Dann bin ich aus dem Haus. Aber eigentlich möchte ich bei diesem Wetter nicht vor die Tür. Mir tut immer noch alles weh. Ich bin so hin und her. Der Dicke im Haus und das Unwetter draußen. Irgendwann muss er ja wieder runterkommen. Und dann?

Die bunten Astern auf der Terrasse schütteln sich im Regen, ist trotzdem ein schöner Anblick. Gut, dass ich mir die gegönnt habe. Ich sollte nicht so knickerig sein. Wozu auch?

Das Telefon klingelt. Ich zucke zusammen. Schreckhaft bin ich geworden. Kann doch nicht richtig sein, in meinen eigenen vier Wänden, denke ich, während ich zum Hörer greife.

Frau Tietjen.

»Bleiben Sie nur zu Hause, Frau Friese. Gottfried schicke ich in den Garten, das muss ihm heute reichen.«

Und ob sie nachher noch mal vorbeikommen darf? Wie nett von ihr …

Peng!

Ich fahre hoch. War eingedöst. Was …?

Erschrocken schaue ich mich um.

Ach, die Haustür! Da, der Dicke humpelt davon, ohne sich noch einmal umzusehen.

»Danke, Himmel«, flüstere ich, der ist weg. Nur mühsam löse ich die verkrampften Finger von der Sessellehne. Diese Angst!

Erst mal ist er weg, Waltraud. Erleichtert richte ich mich auf, überall ziept es, aber wenn Besuch kommt, muss ich ein bisschen aufräumen. Gesaugt habe ich auch seit Tagen nicht mehr. Geht doch nicht. Nachher heißt es, ich kann nicht mehr für mich sorgen.

Frau Groote und Grete treffen sich im Treppenhaus und kommen zusammen herein. Haben die sich abgesprochen?

Wieder besteht Frau Groote darauf, den Kaffee zu kochen.

Das könnte ich wirklich selbst, aber nein, sie lässt es sich nicht nehmen. Ich gebe zu, es tut mir wohl, mal so betüdelt zu werden. Nur, muss man dafür erst gestürzt sein?

Grete trinkt einen Schluck und erklärt resolut:

»Wir müssen Kriegsrat halten. Mir machen die Ereignisse Sorgen, wissen Sie? Da ist es sehr gut, dass Sie dabei sind, Frau Groote. Ich erlaube mir dreist, Ihre Zeit in Anspruch zu nehmen.«

Frau Groote lacht fröhlich. »Nehmen Sie, nehmen Sie, ich denke auch, wir haben einiges zu besprechen. Mir gefällt so manches nicht.«

Grete nickt ernst und fährt fort: »Da basteln zwei junge Männer im Nebenhaus Bomben, da wird Frau Friese beim Geldsammeln brutal zu Boden gestoßen, und der Täter, Thomas Niemeyer heißt er, ist so unverschämt, mir eine Arztrechnung zukommen zu lassen, weil Gottfried ihn, wie er behauptet, erheblich verletzt habe. Nach dem, was ich gehört habe, hat man bei dem toten Bombenbauer rechtsradikales Material gefunden.«

»Das Messer«, platze ich raus. Beide sehen mich verständnislos an.

Ich erzähle. Auch von dem Besuch des Dicken im Haus oben. Frau Groote zieht die Augenbrauen hoch und murmelt etwas, was ich nicht ganz verstehe, ist eindeutig nicht fein genug für eine Damenrunde. Frau Groote!

»Haben Sie ihn eigentlich angezeigt, Frau Friese?«, erkundigt sich Grete.

Ich schüttele den Kopf.

»Ich will nicht noch mehr Ärger. Wer weiß, wie der dann reagiert.«

»Das alles geschieht hier, in unserem Viertel«, ereifert sich Frau Tietjen. »Das müssen wir uns nicht gefallen lassen. Wehren wir uns, ehe es weitere Kreise zieht.«

Erstaunt betrachte ich diese alte Frau vor mir, Frau Tietjen, die Ur-Hanseatin: Ihr Gesicht ist voller Falten und Runzeln, ihr Körper gebeugt und klapperdürr, gehbehindert ist sie, über neunzig Jahre alt und spricht von »sich wehren«. Gegen junge, gewalttätige Menschen, die bereit sind, Krieg zu führen gegen die, die sich ihnen in den Weg stellen. Leuten wie Grete Tietjen eben. Soll ich sie bewundern oder für verrückt erklären?

»Wie stellen Sie sich das vor, ›wehren‹?«, frage ich vorsichtig.

»Nun, sicherlich nicht mit den gleichen Mitteln der körperlichen Gewalt«, antwortet sie knapp.

Frau Groote kichert. Auf Gretes irritierten Blick erklärt sie: »Das habe ich mir gerade bildlich vorgestellt, Frau Tietjen. Eine Demonstration der Rollator-schiebenden Alten des Viertels. Es dürften einige zusammenkommen.« Dann wird sie ernst. »Aber warum eigentlich nicht?«, sinniert sie weiter. »Vielleicht sollten wir dazu aufrufen.«

»Eine Demonstration?«, frage ich unsicher. »Da braucht man doch ein Ziel, oder nicht? Also, etwas, wo man hingeht. Wissen wir denn, wie viele von diesen Leuten hier im Viertel wohnen? Und wo?«

»Aber das meine ich nicht«, widerspricht Frau Tietjen. »Keine Demonstration, zuerst müssen wir einander hier im Viertel informieren. Denn, sehen Sie, wir wussten alle nichts von diesen jungen Leuten, und dabei sind das meine Nachbarn. Zumindest haben sie in der Wohnung meines Nachbarn ihre Bomben gebastelt.«

Sie unterbricht sich und schaut blicklos gegen die Wand. Was denkt sie jetzt? Wir warten ab.

»Der junge Mann, der da wohnt, Jan Packo, ich versuche, ihn mir vorzustellen, aber wissen Sie, ich habe gar kein richtiges Bild von ihm vor Augen. Ich erinnere mich nur an einen schlanken blonden Menschen, mehr nicht. Merkwürdig, wenn man bedenkt, wie lange wir Nachbarn sind. Die Polizei sagte mir, dass niemand etwas über seinen Aufenthaltsort weiß. Na gut, wenn er verreist ist, kann das sein. Man muss nicht unbedingt seine Adresse hinterlassen.«

Nachdenklich krault sie Gottfrieds Kopf. Dann fährt sie fort:

»Ich konnte den Beamten jedenfalls keine Auskunft geben über seine Besucher oder Gewohnheiten. Wie ich eben schon sagte, ein völlig unauffälliger Mensch. Aber was da geschieht, müssen wir uns genau ansehen, darum müssen wir zuerst informieren.«

Die Leute informieren? Ich seufze. Was erwarten die beiden von mir?

Das mit den Zetteln hat mich schon Überwindung gekostet, doch da ging es um Familie Yildirim. Die taten mir leid, die armen Leute. Das musste sein. Aber für eine Demonstration soll ich informieren?

»Ich laufe nicht mehr von Haus zu Haus«, erkläre ich trotzig.

»Das ist verständlich, Frau Friese«, nickt Frau Groote. »Ich glaube auch nicht, dass das der richtige Weg ist. Aber wir sollten versuchen, die Presse einzuschalten. Der *Kurier* hat über den Brand wenig geschrieben. Ich glaube, die möchten es nicht wahrhaben, dass es Faschisten im Viertel und im Peterswerder gibt. In den heiligen Stadtteilen der Linken.«

Sie schweigt einen Moment.

»Oder derjenigen, die sich für links halten«, fügt sie bitter an.

Wie redet die Frau denn, denke ich, ist doch keine Wahlversammlung.

Aber Grete hört aufmerksam zu, wie Frau Groote sich ereifert.

Ich habe mich immer rausgehalten früher, als all diese Demonstrationen waren. Hat mir irgendwie Unbehagen bereitet, laut schreiend über die Straßen zu laufen mit Plakaten und so. Dabei hatten die oft recht, das schon.

Deswegen hatte ich auch mal Streit mit Hans-Georg. Ach, Streit, meistens habe ich den Mund gehalten. Ich war abends viel zu müde, hatte ja meinen vollen Arbeitstag; manchmal noch Überstunden, kam ich schon mal auf zehn Stunden täglich und zu Hause dann noch den ganzen Haushalt. Hans-Georg hat ja keinen Finger gerührt. »Du musst nicht arbeiten, ich verdiene genug, wenn dir das Spaß macht, dann sieh zu, wie du fertigwirst.«

Da blieb keine Luft für politische Parolen.

Hab ich mir gefallen lassen.

Plötzlich muss ich grinsen. Was Hans-Georg wohl gemacht hätte, wenn ... also, ich stelle es mir gerade vor: Sonnabendmittag, ich stehe in der Küche und werfe ihm den Kochlöffel hin.

»Wenn du Hunger hast, sieh zu, wie du fertigwirst, ich gehe auf eine Demonstration.«

Vielleicht hätte ich das mal machen sollen.

Gar nicht wegen der Politik, mehr wegen Hans-Georg. Hätte unserer Ehe vielleicht ganz gutgetan.

Oder sie vorzeitig beendet, kann auch.

Wäre für mich auch kein Unglück gewesen, für Hans-Georg schon eher. Aber Scheidung? War damals nicht so einfach wie heute.

So in Gedanken greife ich nach der Kaffeetasse, trinke einen Schluck. Bäh, kalt geworden.

Das holt mich in die Gegenwart zurück.

Worüber reden die beiden eigentlich die ganze Zeit? Ist völlig an mir vorbeigegangen.

Irgendwas mit Stadtteilbeirat, Grete kennt da wen, glaube ich. Frau Groote ist ganz aufgeregt, ihre roten Wangen leuchten. *Diese* Frau Groote ist mir fremd, ist das meine freundliche Nachbarin?

»Wozu soll das alles denn gut sein?«, platze ich mitten in ihr Gespräch. »Ich will nicht die Welt ändern. Ich fürchte mich vor dem Dicken, ich will nicht wieder in die Zeitung. Dann kommen diese jungen Kerle gerade zu mir. Wie soll ich mich gegen die denn wehren? Ich will keine Angst in meinen eigenen vier Wänden haben.«

Wie vorhin, denke ich beklommen.

Plötzlich werde ich wütend.

»Sie, Grete, haben Gottfried, der beißt die Jungen ins Bein, und Sie, Frau Groote, sind eine kräftige junge Frau, und außerdem sind Sie die halbe Zeit weg. Und ich bin alleine hier im Haus mit dieser Frau Schneider, die einen Mann hereinlässt, der mich gestoßen hat und mit Sicherheit wieder stoßen wird, dann aber richtig. Dann stehe ich nicht wieder auf.«

Meine Stimme zittert. Na und?

Und Hugo?

Soll Jamal auf ihn aufpassen.

Waltraud, du bist egoistisch.

Und wenn, verdammt. Wer passt auf *mich* auf?

»Darum gewinnen sie, weil wir zu viel Angst haben, um uns zu wehren«, nickt Grete Tietjen. »Das ist kein Vorwurf, Frau Friese, bitte verstehen Sie mich nicht falsch. Nur, irgendwer hat Sie beobachtet, als Sie das Messer gefunden haben. Sie hängen sowieso mit drin, Sie können nicht mehr aussteigen.«

»Das ist so«, bestätigt Frau Groote. »Und so kräftig fühle ich mich nicht, dass ich mich mit einer Horde jugendlicher Kämpfer anlegen möchte. Es gefällt mir genauso wenig wie Ihnen, dass möglicherweise eine Faschistin hier im Haus wohnt. Aber es ist denkbar, dass sie von Niemeyers Einstellung nichts weiß. Ich schlage vor, dass ich meine Kontakte nutze und mit einer Journalistin vom *Kurier* spreche. Sie, Frau Tietjen, könnten sich mit dem Beiratsvertreter in Verbindung setzen.«

Dabei lächelt sie freundlich, wohl damit es nicht ganz so wie ein Befehl klingt, denn eigentlich ist sie ganz ernst, fast böse.

Und ich? Nun ja, wenn ich so ein Geschrei mache, muss ich mich nicht wundern, wenn man mich außen vor lässt. Einerseits bin ich erleichtert, aber ein bisschen wurmt es mich auch. Ich komme mir auf einmal überflüssig vor.

Was willst du nun, Waltraud?

Grete kann Gedanken lesen. Sie legt ihre Hand auf die meine und erklärt begütigend: »Fühlen Sie sich bitte nicht ausgeschlossen, Frau Friese. Sie werden weiterhin beobachten, denn das ist Ihre Stärke. Sie müssen sich nicht in die Öffentlichkeit begeben, wenn Sie sich davor fürchten.«

Beobachten? Was denn? Wie oft dieses Ekel Thomas hierherkommt?

Da sieht Frau Groote mich prüfend an und fragt:

»Wieso sind Sie so furchtsam, Frau Friese, so kenne ich Sie gar nicht.«

Ja, warum? Da hat sie mich wieder erwischt. Es stimmt, ich bin wie ein Kaninchen. Ich muss nachdenken.

»Vielleicht, weil«, versuche ich zaghaft, die Gedanken aufzudröseln, »weil ich endlich wieder Lust am Leben habe seit diesem Frühjahr. Da will ich nicht schon wieder etwas riskieren. Ich will doch einfach nur ausprobieren, wie das ist, wieder zu leben.«

Für eine Weile ist es ganz still im Zimmer. Ich hätte nie gedacht, dass ich so etwas sagen kann, ohne rot zu werden, aber es ist mir gar nicht peinlich. Ich muss nichts erklären, mich rechtfertigen.

Ich begreife, die beiden Frauen verstehen mich. Plötzlich wird mir ganz warm vor Freude. Warm ums Herz, darum heißt das so.

Frau Groote drückt mir die Hand, sagt leise: »Das will ich hoffen, dass Sie noch lange ausprobieren zu leben, Frau Friese.«

Wieder schweigen wir, es ist ein friedliches Schweigen.

18

Als ich am nächsten Morgen vom Einkaufen zurückkomme, bleibe ich abrupt in der Wohnungstür stehen. Ich schnuppere wie Gottfried. Etwas ist anders, spüre ich. Die Haare auf meinen Armen stellen sich auf. Was ist das? Ist hier jemand? Leise stelle ich die Tasche ab und stoße die Tür zum Wohnzimmer mit dem Fuß auf. Niemand da.
Natürlich nicht, Waltraud. Was hast du nur? Was soll sein? Du hast die Haustür abgeschlossen, hier kann niemand rein.

Nein, wie ein Einbruch sieht es nicht aus, erleichtert atme ich aus. Ich erinnere mich an den vom Frühjahr, wie die die Wohnung verwüstet haben. Mir kommen jetzt noch die Tränen, wenn ich daran denke. Nein, alles liegt in seiner Ordnung oder eben Unordnung herum. Ist mir ja unangenehm, die Vorstellung, dass jemand Fremdes das Durcheinander hier gesehen hat. Ich habe gar keine Zeit mehr zum Aufräumen, ist so viel los immer.

Ich schüttele das Unbehagen ab.

Die Nerven, Waltraud, das liegt am ständigen Lärm, das zermürbt dich, und die Angst vor dem Dicken macht dich nervös. Nichts ist.

Ich atme noch einmal tief durch und räume die Einkäufe weg. Trotzdem trete ich vorsichtig auf, als ich wieder ins Wohnzimmer gehe. Ich schaue mich erneut unsicher um, suche nach Spuren für mein Unwohlsein. Hatte ich diese Schublade wirklich dieses kleine Stück offen gelassen?

Kann sein, Waltraud. Schau nach, ob etwas fehlt. Ich reiße die Schublade auf. Alles noch drin, Wertgegenstände sind hier sowieso nicht.

Wertgegenstände!

Ich renne ins Schlafzimmer, suche nach dem Sparbuch, das ich unter den Unterhosen versteckt habe. Puh, alles noch da.

Verwirrt drehe ich mich einmal um mich selbst. Ich könnte schwören, dass hier jemand in der Wohnung gewesen ist, aber es ist nur dieses Gefühl. Woher kommt das, ich bin doch kein Hund.

»Und mein Messer holen wir uns auch wieder.«

Thomas Niemeyer? Kann es sein, dass der hier drin war?

Würde der alles so aufgeräumt zurücklassen? Der? Kann ich mir nicht vorstellen.

Waltraud, jetzt wirst du dement. Das fängt mit solchen Verdächtigungen an, wie man sagt.

Kopfschüttelnd gehe ich in die Küche, schäle Kartoffeln fürs Mittagessen.

19

Aua, mein Rücken tut weh. Morgen wird Altpapier abgeholt, das ist immer eine Schlepperei. Bücken wird ja nicht besser. Ich strecke mich ächzend wieder durch. Alt werden kann ganz schön lästig sein.

Als ich zu Grete komme, ist sie ganz aufgeregt. Der *Kurier* liegt aufgeschlagen auf ihrem Tisch. Ist nicht der von heute, das sehe ich sofort. Was will sie mit der alten Zeitung?

Der Artikel über den toten Jungen aus dem Bunker.

»Der Manni, haben Sie das gelesen?« Sie fasst mich am Arm und zieht mich zum Tisch, klopft auf das Foto.

»Das war der Manni Niemeyer, jetzt hat man ihn gefunden. Nein, *Sie* waren das, Frau Friese. Ach Gott, wie haben wir damals gerätselt, was mit ihm passiert sein könnte.«

Ihr Blick verliert sich in der Ferne. Jetzt ist sie wieder zwanzig, denke ich und lächle wehmütig. Ach, zwanzig, was waren das für verrückte Zeiten. Mutti kriegte immer einen Anfall, wenn ich Elvis hörte. Elvis, meine erste große Liebe.

Aber ehe ich mich in Erinnerungen verlieren kann, fängt sich Grete wieder.

»Warum haben Sie mir das nicht erzählt?«, fragt sie.

»Ach, erst waren Sie nicht da, und dann ist so viel passiert.«

Sie schweigt eine Weile, streicht mit ihrer knochigen Hand immer wieder über den Artikel. Wo ist sie jetzt?

»Gehen wir ein Stück, Frau Friese, Gottfried muss sich bewegen.«

Wir? Stimmt, sie hat ja nun diesen Rollator. Langsam schieben wir durch die Straße Richtung Weser. Vor einem alten Backsteinhaus bleibt sie stehen.

»Hier hat Familie Niemeyer gewohnt. Das ganze Haus gehörte ihnen. Das brauchten sie allerdings auch, denn sie hatten sechs Kinder. Hermann, wir sagten immer Manni, war der Mittlere. Ludolf war in meinem Alter, er ist aus dem Krieg nicht zurückgekommen.«

Sie seufzt tief auf, schüttelt den Kopf, als wolle sie etwas wegwischen. Mechanisch löst sie Gottfrieds Leine und schiebt den Rollator in Richtung Unterführung zum Fluss.

»Der Ludolf«, murmelt sie, wirft einen letzten Blick an der Hauswand hoch und lächelt. Ist ein trauriges Lächeln, ein sehr trauriges.

He, Grete, denke ich, war da was? Zu fragen traue ich mich nicht. Nicht nötig, sie spricht schon weiter, ich habe das Gefühl, sie redet mehr zu sich selbst als zu mir.

»Die ganze Familie war streng nationalsozialistisch, darum haben unsere Eltern auch nicht gerne gesehen, dass ich mit Ludolf gehen wollte. Unsere Familie war eher liberal. Wir haben es nur der besonderen Stellung meiner Mutter zu verdanken, dass niemand von uns in einem Lager verschwunden ist.«

Wieder schweigt sie ein paar Schritte.

»Aber der Manni war extrem, selbst für Familie Niemeyer. Einmal hat er zwei Fremdarbeiter verraten, die irgendwo etwas zu essen bekommen hatten, ach irgendwo, von meiner Mutter. Die armen Kerls wurden einfach abgeknallt und meine Mutter zur Gestapo zitiert. Wie sie heil da herausgekommen ist, weiß ich nicht. Das war Manni. Ein entsetzliches Kind. Da sieht man, was Erziehung anrichten kann. Für Ludolf und mich war das natürlich das Ende.«

Ich sehe sie von der Seite an. Trauert sie wirklich noch um eine Jugendliebe, die mehr als siebzig Jahre her ist? Hätte das denn überhaupt gut gehen können? Die anständige Grete Tietjen und ein Faschistenlümmel? Wie anständig war sie eigentlich?

Ach, Waltraud, was hat Liebe denn mit Vernunft zu tun! Du und Hans-Georg, das war viel zu viel Vernunft.

»Die einzige Tochter, Mechthild, kam mitten im Krieg zur Welt. Sie wohnt noch im Elternhaus. Wir grüßen uns höflich, aber mehr auch nicht. Sie ist politisch sehr aktiv, eine dieser Achtundsechziger, wie wir uns angewöhnt haben, sie zu nennen. Damals machte der Altersunterschied zwischen uns sehr viel aus, und ich wollte mit Niemeyers nichts mehr zu tun haben. Wissen Sie, Frau Friese, es kann auch gefährlich sein, recht zu haben. Es hat mich überheblich gemacht, dabei trifft Mechthild keine Schuld an den Taten ihrer Familie.«

Ich nicke stumm. Grete erwartet auch keine Antwort.

»Und jetzt hat man den Manni gefunden, und alles ist wieder da wie vor siebzig Jahren. Es ist nie vorbei. Es bleibt alles erhalten, wir vergessen es vielleicht, aber es ruht nur, es kommt alles wieder. Glauben Sie mir, Frau Friese, ich habe sicherlich seit fünfzig Jahren nicht mehr an Manni gedacht. Aber als ich das Foto sah, eben im *Kurier* …«

Sie schüttelt den Kopf und bleibt schwer atmend stehen.

Gerührt lege ich ihr meine Hand auf den Arm, am liebsten würde ich sie einfach mal kräftig drücken, aber eine Grete Tietjen knuffelt man nicht.

»Lassen Sie uns irgendwo eine Pause machen, Frau Friese, ich bin es noch nicht gewohnt, mit diesem Gefährt umzugehen, es ist anstrengender, als ich dachte.«

Als wir endlich in einem der Gartencafés sitzen, hat sich Frau Tietjen wieder etwas gefasst.

»Sind Sie eigentlich mit Hubert Friese verwandt?«, fragt sie plötzlich, dabei beguckt sie mich, als wolle sie eine Ähnlichkeit feststellen. Ach ja, den muss sie gekannt haben.

»Nein, nicht dass ich wüsste. Wie war er denn? Sind Sie ihm begegnet?«

»Oft, Frau Friese. Er war im ganzen Viertel bekannt. Hm, diese Zufälle, wissen Sie, manchmal kommt man ins Grübeln. Da wohnen Sie im selben Haus wie Hubert, heißen genauso und haben gar nichts miteinander zu tun.«

Sie schüttelt den Kopf, streicht sich die Haare aus dem Gesicht.

»Im selben Haus?«, wundere ich mich.

»Aber ja, Frau Friese, Hubert wohnte oben bei Ihnen im dritten Stock, wo auch Sie die ganzen Jahre über gelebt haben.«

Ich bin sprachlos. Vielleicht sollte ich doch mal nachforschen, ob er zur Familie gehört.

Unsinn, Waltraud, du hast die Wohnung per Zufall bekommen vor zwölf Jahren, da war der Krieg sechzig Jahre vorbei, konstruiere da nichts, was nichts miteinander zu tun hat.

Gibt ja viele erstaunliche Zufälle in Bremen, aber komisch ist es doch.

»›*Notorischer Querulant*‹, schreiben sie im *Kurier*, da ist leider viel dran, er war ein Nörgler, der an allem Anstoß nahm. Zum Soldaten taugte er nicht, warum auch immer. Ich vermute, sie haben ihn in einem KZ ermordet.«

Stumm schauen wir auf den grünen Rasen, wo fröhliche Kinder toben, so weit weg sind wir von den Scheußlichkeiten der Vergangenheit. Aber sie holt uns immer wieder ein, denke ich schaudernd.

»Wissen Sie, was ich mache, Frau Friese?«, erklärt Grete, wieder ganz die resolute alte Dame. »Ich rufe Mechthild nachher einmal an. Schließlich habe ich den Auftrag, politische Kontakte im Viertel zu knüpfen.« Sie lacht leise. »Frau Groote ist eine gute Chefin, glauben Sie mir, sie kann Order erteilen, und Sie glauben, Sie tun ihr einen Gefallen.«

Auf dem Heimweg bleibt Grete mit einem Mal stehen.

»Warten Sie mal, der Mensch, der Sie belästigt hat, heißt der nicht auch Niemeyer? Thomas Niemeyer, ja. Hm. Interessant. Wie passt der in die Familie?«

20

Grete ruft an, ob ich nicht Lust habe, zum Kaffee zu kommen, sie hat Mechthild eingeladen.

»Wollen Sie denn nicht erst mal alleine mit ihr reden? Sie haben doch sicherlich von früher ...«

»Nein, nein, Frau Friese, bitte kommen Sie dazu. Mir wäre es eine große Erleichterung, glauben Sie mir.«

Erleichterung? Hat die selbstsichere alte Dame etwa Angst vor dieser Begegnung?

Als ich aus dem Haus trete, sehe ich die Petersens an ihrem Gartenzaun stehen. Um sie herum andere Nachbarn, auch welche aus der Celler Straße. Sie schreien wild durcheinander.

Nanu? Irgendwas muss sie aufregen. Herr Petersen fuchtelt wild mit den Händen, weist immer wieder auf den Bauzaun. Was hat er denn? Dem macht die Baustelle doch angeblich nichts aus, und heute, am Sonnabend, ist sowieso Ruhe.

Mit hochrotem Kopf brüllt er: »... nicht bieten lassen, wehren müssen wir uns!«

Jetzt bin ich aber neugierig.

»Frau Friese, sehen Sie sich das an, müssen wir uns das gefallen lassen?«, schimpft seine Frau ganz aufgebracht, als ich näher komme.

Jetzt gucken mich alle an, warten auf meine Antwort. Erst begreife ich nicht, dann sehe ich es. Auf die weiße Absperrung zum Bauplatz sind Buchstaben gesprüht.

»Opferstätte. Rache für Hermann«, entziffere ich und dahinter zwei Achten. Achtundachtzig?

Was soll das?

Irritiert schaue ich mich um.

»Das sind die Neonazis, Frau Friese«, erklärt mir ein kleiner, stämmiger Mann ernst.

Neonazis. Der Dicke. Familie Niemeyer. Mir wird kalt. Die lassen nicht locker. Unwillkürlich ziehe ich die Schultern hoch.

»Das muss heute Nacht gewesen sein, haben Sie etwas gehört oder gesehen?«

»Nein.« Manchmal schlafe ich eben auch, dem Himmel sei Dank.

»Gibt es denn nicht einen neuen Wachmann?«, frage ich.

»Schon, aber das geht schnell, dieses Sprühen«, erklärt einer.

Jamal steht stumm dabei, er kaut auf seiner Unterlippe. Ob er Angst hat? Würde ich ihm nicht verübeln.

Wieso stört es jemanden, dass er hier wohnt? Er tut keiner Fliege etwas zuleide.

Nein, er wirkt nicht ängstlich, eher müde.

Sicher kennt er das, angepöbelt zu werden, denke ich plötzlich und fühle mich mitschuldig, dabei habe ich ihm nie ein böses Wort gesagt. Wer weiß, was er alles erlebt hat, heißt ja nichts, dass er immer freundlich ist. Und freiwillig ist er bestimmt auch nicht weg aus Afrika. Muss schon schlimm kommen, ehe man seine Heimat verlässt.

Könnte ich hier weggehen?, frage ich mich erschrocken, sehe an den schönen alten Häusern hoch, die Bremen so liebenswert machen. Hier weggehen? Weil ich hier nicht mehr leben kann oder darf? Weil ich sonst vielleicht sterben müsste?

Undenkbar.

Ich schüttele mich.

Plötzlich sehe ich Jamal mit ganz anderen Augen.

Das ist mein Nachbar.

Manchmal gehst du schon blind durch die Welt, Waltraud.

Herr Petersen unterbricht meine Gedanken.

»Ich habe die Polizei angerufen, schon vor einer Ewigkeit. Die lassen sich verdammt lange Zeit, nehmen das wohl nicht ernst.«

Frau Groote würde jetzt sicherlich die Gelegenheit nutzen, einen perfekten Plan aus dem Hut zaubern und alle Nachbarinnen und Nachbarn zu einer Großkundgebung oder so versammeln. Aber ich traue mich nicht einmal zu erzählen, dass wir uns getroffen haben, wir drei Frauen. So viele Nachbarn sind Lehrer und solche Studierte, da möchte ich mich nicht blamieren. Gibt auch nichts zu berichten. Wir haben noch gar nichts beschlossen. Aber schön, dass wir drei nicht alleine sind mit unserer Wut, denke ich, gucke in die aufgeregten Gesichter um mich. Das steckt mich an, ich merke, wie mein Herz schneller klopft. Da sind Leute, die wollen diese Kerle auch nicht hier haben, vielleicht können wir doch zusammen irgendetwas erreichen. Ich bin nicht die einsame Alte, die dem Dicken ausgeliefert ist, begreife ich. Und Jamal auch nicht.

Ha! Vor Erleichterung möchte ich am liebsten laut lachen.

»Wir haben auch gedacht, man muss was tun«, platzt es aus mir heraus. »Also, Frau Groote und Frau Tietjen und ich«, ergänze ich. »Aber wir haben keine Idee, was. Das ist wegen dem Feuer, waren ja auch Nazis, die da Bomben gebastelt haben.«

Anerkennendes Gemurmel.

»Gut so!« – »Richtig!« – »Man sollte sich mal treffen!«, rufen alle durcheinander.

»Da müssen wir uns von den alten Damen vormachen lassen, was es zu tun gibt. *Sie* waren es doch auch, die die Sammlung für Yildirims angestoßen haben, nicht wahr? Meine Hochachtung, Frau Friese«, ruft der kleine Mann. Den kenne ich vom Sehen, wohnt auch hier irgendwo.

Ich werde rot, es ist mir peinlich, schließlich war das gar nicht meine Idee. Tut aber doch gut, das Lob. Und dann begreife ich noch etwas:

Die Nachbarn nehmen mich richtig wahr.

Frau Groote sagte im Frühjahr mal: Wer achtet schon auf eine alte Frau, die durch die Straßen geht.

Die hier *sehen* mich.

Will ich nur hoffen, dass da keiner von den anderen dabei ist, von den Schmierfinken. Von denen möchte ich nämlich nicht gesehen werden.

Du kannst nicht beides haben, Waltraud, wenn du im Rampenlicht stehst, können dich alle begucken.

Aber Grete wartet, ich verabschiede mich.

»Wir werden Sie über unser weiteres Vorgehen informieren, Frau Friese«, ruft mir einer der Nachbarn hinterher.

Na prima, dann muss *ich* vielleicht gar nichts machen, denke ich ein bisschen übermütig. Lass die jungen Leute ran, kann ich von meinem Fenster aus zugucken.

Waltraud, das hast du zwölf Jahre lang gemacht, aus dem Fenster dem Leben zugeguckt. Damit muss jetzt ein für alle Mal Schluss sein.

Auch wenn ich froh bin, dass ich nach all den Jahren aus meinem Schneckenhaus gekrochen bin, so beängstigend ist es für mich, dass es kein Zurück gibt. Verstecken geht nicht mehr.

Ist alles nicht so einfach, denke ich, aber mein Schritt ist fest, fast beschwingt, merke ich erstaunt.

21

Grete und ihre Besucherin sind schon beim Kuchen, hat doch länger gedauert eben.

»Entschuldigung«, haspele ich ganz aufgeregt los, »aber da war so eine Nazischmiererei am Bauzaun, und die Nachbarn standen herum und sind wütend. Jetzt wollen die auch etwas unternehmen, da brauchen wir uns vielleicht nicht so den Kopf zu zerbrechen.«

»Setzen Sie sich erst mal hin, Frau Friese«, fordert mich Grete auf.

»Darf ich Sie bekannt machen mit Mechthild Solar?«

Solar? Wieso? Ich dachte, die heißt Niemeyer? Ach nein, ist ja ihr Mädchenname.

Sie hat einen kräftigen Händedruck, diese Mechthild, denke ich anerkennend. Leute mit dem toten Fisch mag ich nämlich nicht, brr.

Eine energische Person, scheint mir. Kurze, grauweiße Haare, burschikoser Schnitt. Passt zu der einfachen Hemdbluse und der Jeans. Laufen viele ältere Frauen im Viertel so rum, hat sicherlich auch irgendwelche politischen Plaketten an ihrer Jacke. »Frau Solar« passt nicht zu ihr, ich bleibe in Gedanken bei »Mechthild«, weil das eine ist, die Leute schnell duzt, vermute ich. Wie Frau Tietjen wohl reagieren würde, wenn sie einfach »Grete« zu ihr sagen würde? Mechthild traue ich das zu.

Sie ist auch wirklich kein bisschen schüchtern, fragt mich gleich:

»Was für Schmierereien, Frau Friese?«

Also erzähle ich.

»Oh, oh«, murmelt Mechthild, mehr nicht, aber sie runzelt die Stirn.

Auch Grete sagt nichts.

Was ist los? Irritiert sehe ich von einer zur anderen.

Ich kam hierher mit so viel Schwung, weil endlich die Nachbarn etwas unternehmen, um dem ganzen Spuk ein Ende zu machen. Ich war so erleichtert, weil ich nicht in der ersten Reihe mitmachen muss bei dem leidigen Thema.

Ich begreife selbst nicht, warum mich das so ängstigt, aber ich träume schon schlecht deswegen. Ich bleibe einfach lieber im Hintergrund, ist eben so, muss ich mich nicht für schämen.

Vielleicht finde ich ja meinen eigenen Weg zu handeln, denke ich plötzlich. Gibt ja nicht nur *einen* richtigen.

Da sehe ich neben Gretes Kuchenteller ein altes Foto liegen, das Bild eines jungen Soldaten.

Oh, ob das dieser Ludolf ist? Dann bin ich im falschen Moment gekommen. Bei alten Liebesgeschichten will ich wirklich nicht stören.

»Waren Sie schon raus mit dem Hund?«, frage ich, das wäre die eleganteste Lösung.

»Ja, vorhin«, nickt Frau Tietjen. »Laufen Sie nicht weg, Frau Friese. Das, was Sie erzählen, passt gut zu den Informationen von Frau Solar. Es ist bedrückend.«

Aufmunternd blickt sie ihre Besucherin an.

Schnell stippt Mechthild einen Krümel auf und beginnt: »Ihr Widersacher, Thomas Niemeyer, ist mein Neffe. Sie wissen um die Geschichte meines Bruders Hermann?«

Ich nicke.

»Meine Eltern haben sich nie von dem faschistischen Gedankengut getrennt. Das Messer, das Sie gefunden haben, wie Frau Tietjen erwähnte, war für meine Familie eine Art Reliquie. Von meinen fünf Brüdern hat nur Gero den Krieg überlebt, weil er zu jung war für den Einsatz. Er war wie ich nach dem Krieg kuriert von der Gesinnung unserer Eltern. Aber sein Sohn Thomas hat sich immer gerne die Anekdoten unseres Vaters angehört, natürlich ging es dabei stets um die siegreichen deutschen Helden im Feld, unsere tapferen Brüder und solche Geschichten.«

Sie schnaubt verächtlich.

»Ich mache es kurz: Thomas' politische Meinung ist nicht unbedingt gradlinig. Als Jugendlicher hat er mit der RAF sympathisiert, eine Zeit lang mit El Kaida, als ob die ihn gebrauchen könnten. Er ist ein haltloser Mensch, der mit seinem Leben nichts anzufangen weiß. Vor etwa einem Jahr ist er offen nach rechts außen geschwenkt. Damit konnte er Gero und mir besser eins auswischen.«

Sie nimmt einen Schluck Kaffee, ehe sie fortfährt.

»Daraufhin habe ich den Kontakt zu ihm abgebrochen. Damit will ich nichts zu tun haben. Wir sehen uns natürlich ab und zu, wir wohnen nur ein paar Straßen auseinander.«

»Ist er denn gefährlich?«, fragt Frau Tietjen. »Immerhin hat er Frau Friese angegriffen.«

»Pah! Er ist ein Feigling. Eine alte Frau umzustoßen, das erfordert keinen Mut. Ich wundere mich nur, dass er es in Gegenwart des Hundes getan hat. Vielleicht war er bekifft oder anderweitig benebelt. So genau weiß ich nicht, was er alles einwirft und braucht.«

»Und was ist mit Schneiders?«, will ich wissen.

»Frau Schneider ist eine geborene Niemeyer, um zwanzig Ecken mit uns verwandt. Sie hat lange bei Brake gewohnt. Ich kenne sie nicht persönlich. Komischerweise hat mein Neffe auch nie von ihr gesprochen. Das macht mich stutzig, weil er sonst immer mit seinen Kontakten geprahlt hat.«

»Vielleicht kommt er nur eine Verwandte besuchen«, murmele ich.

Glaubst du das, Waltraud?

Ich hoffe es.

»Ich werde dem auf den Grund gehen, meine Damen, faschistisches Gesindel wollen wir hier nicht haben«, schließt sie resolut.

Hier nicht?, denke ich, und woanders schon?

Ach, Waltraud, sei nicht so schnippisch. Hast du was gegen die Frau?

22

Junge, was für ein Schietwetter! Und stürmen tut's! Das war's wohl mit dem Sommer für dieses Jahr. Ach je, dann kommt wieder die dunkle Zeit mit all dem Regen. Die paar schönen Wochen im Jahr sind immer so schnell rum, und dann haben wir monatelang Winter und vielleicht sogar Schnee. Nur bitte kein Glatteis, da fürchte ich mich vor wie der Teufel vor dem Weihwasser. Trau ich mich ja nicht auf die Straße zum Einkaufen, und bis die Streudienste in der kleinen Straße ankommen, hat's wieder getaut.
Nein, bitte kein Glatteis!

Waltraud, es ist September und vierzehn Grad, so viel zum Thema Glatteis.

Ich gucke in den grauen Himmel. Wie die Wolken rasen. Sieht eigentlich spannend aus. Ich trommele mit den Fingern aufs Fensterbrett.

Raff dich auf, alte Zimperliese, nörgel nicht rum. Gibt Schlimmeres als ein bisschen Regen. Hinterher gibt's bei Grete Tietjen immer einen guten Schluck Kaffee und Zeit zum Erzählen.

Also bitte.

Seit Frau Tietjen den Rollator hat, wechseln wir uns ab, sie geht jeden zweiten Tag mit dem Hund raus. So streng sehen wir das aber nicht, manchmal gehen wir auch zu zweit. Erst fand ich es komisch, ich hatte mich an den täglichen Spaziergang gewöhnt, aber jetzt finde ich es auch ganz angenehm. Ist eben doch eine Verpflichtung, so ein Tier. Und wenn ich Frau Gebhard treffen will, kann ich auch ohne Hund losgehen.

Vielleicht sollte ich Hugo mal mitnehmen, wenn das Wetter besser ist. Ob Lisa das recht wäre? Würde ihm bestimmt Spaß machen.

Ächzend ziehe ich die festen Schuhe an. Wird nass sein an der Weser, wenn Flut ist, steht das Wasser bestimmt bis zum Deich. Und der dumme Hund macht sich wieder klatschnass. Na, soll Grete sehen, wie sie den trocken kriegt.

Frau Gebhard ist bei dem Sturm sicher auch am Deich, da kennt die nix. Ob Hexe den Federhut von Frauchen eigentlich für ein Vögelchen hält? Ich lache leise bei dem Gedanken.

Gottfried macht das Wetter nichts aus, er zieht mächtig an der Leine, als wir auf dem Weg Richtung Stadion sind.

»Warte doch, Gottfried, gleich mache ich dich los, wenn wir unterm Osterdeich durch sind.«

Unruhig ist der heute. Das macht der Sturm, der macht die Leute hibbelig und die Hunde auch. Pustet einem ja den Verstand aus dem Kopf. Aber wenn ich ehrlich bin, mag ich so einen Sturm ganz gerne, nur nicht gerade jetzt, wo fast noch Sommer ist.

»So, lauf, Hund, tob dich aus, aber mach dich nicht so nass!«

Kaum ist die Leine los, rast er davon, stoppt sofort, weil es was zu schnüffeln gibt, und springt wieder davon. Zum Glück ist die Weser schon wieder in ihrem Bett. Der Uferweg ist frei, aber das Wasser muss ganz schön hoch gestanden haben, am Deichrand häuft sich das Treibgut. Junge, was für ein Müll so angeschwemmt wird! Plastikflaschen, olle Zeitungen, vor allem aber Unterholz. Gottfried liebt Strandgut, er schnuppert an jedem Fetzen, der da liegt, manchmal wälzt er sich sogar drin, wie jetzt. Ich wusste es ja.

Frau Gebhard hat sich auch nicht abhalten lassen, mit Hexe spazieren zu gehen. Dabei muss sie tatsächlich dauernd ihren Hut festhalten.

»Na, Frau Friese«, spricht sie mich an. »Sie haben ganz schön Ärger da in der Braunschweiger, wie man hört.«

»Was meinen Sie?«

»Nun, diese jungen Leute, erst legen sie Feuer, dann beschmieren sie den Bauzaun. Ich sag Ihnen was, die treffen sich abends hinter dem Stadion, da trinken die und grölen rum, immer solche schlimmen Sachen. Früher bin ich abends gerne noch mal eine Runde mit meiner Hexe ums Stadion gegangen, jetzt traue ich mich da nicht mehr lang. Aber die Polizei macht nix, muss erst mal was passieren, sage ich Ihnen.«

»Kennen Sie die?«

»Natürlich nicht, Frau Friese, ist ja schlimm genug, dass so wer gleich nebenan wohnt. Dieser Matthias. Nun liegt er im Krankenhaus. Dabei war das früher so ein liebes Kerlchen, immer freundlich und nett, die Eltern sind keine Nazis, ganz im Gegenteil, die schämen sich nur noch, fragt man sich doch, wo haben die das her? Das lernen die doch nicht in der Schule, wenn Sie wissen, was ich meine.«

Matthias? Ach ja, der Zitroneneis. Freundlich? Der?

»Und dumm wie Bohnenstroh, wenn Sie mich fragen, Frau Friese«, plaudert Frau Gebhard weiter. »Als die gehört haben, dass beim Bunker gesprengt werden sollte, da wollten die den Sprengstoff klauen. Stellen Sie sich das mal vor. Hat mir Matthias' Mutter erzählt, die heult nur noch und hofft, dass er durchkommt.«

»Sprengstoff? Sind die denn verrückt?«, entfährt es mir. »Was wollen die denn damit, um Gottes willen?«

»Bomben werfen wollen die, damit es wird wie in Ägypten. Die wollen einen ›deutschen Frühling‹, wie sie das nennen, was sagen Sie dazu, Frau Friese?«

»Nichts gegen Frühling, Frau Gebhard«, seufze ich und drehe mich ein wenig aus dem scharfen Wind. »Aber das kann doch nicht deren Ernst sein.«

Sie greift nach dem karierten Cape, das ihr um die Nase weht und ihre Antwort verschluckt.

»Sprengstoff«, murmele ich. »Liegt der wirklich bei mir nebenan?«

Das ist kein schöner Gedanke.

»Vielleicht, Frau Friese, so etwas sagt man uns ja nicht. Die haben aber nichts gefunden oder sind am Klauen gehindert worden, so ganz weiß ich das auch nicht, aber denken Sie nur, dann haben sie das selbst gebastelt, kann man heute alles im Internet finden. Ich sage Ihnen, das kann doch nicht richtig sein, was meinen Sie? Na, auf jeden Fall ist ihnen das Ganze um die Ohren geflogen, aber davon wissen Sie mehr als ich.«

Daran möchte ich nicht so gerne erinnert werden, es graust mich noch immer, wenn ich an den Jungen denke, wie er da auf der Straße lag, und vor allem, dass ich so gar kein Mitgefühl aufbringen konnte für ihn. Heute kann ich das nur schwer glauben. Ich bin doch keine hartherzige Person.

»Und wissen Sie, wer dahintersteckt? Dieser dicke Niemeyer, das ist ein ganz Gefährlicher!«, schimpft Frau Gebhard.

»Frau Solar, seine Tante, sagte noch gestern, er sei ganz harmlos, ein richtiger Feigling.«

»Ha! Harmlos! Der hat im Keller eine Wand, da übt er Messerwerfen und solche Sachen, das weiß ich von Matthias, er hat richtig geprahlt damit. Dass das überhaupt erlaubt ist in einem Mehrfamilienhaus, was da alles passieren kann, ich bitte Sie, Frau Friese!«

Sie schüttelt missbilligend den Kopf.

Das Messer!

Aber Frau Gebhard ist keine Königin des Schweigens, der erzähle ich das besser nicht.

Da erfasst uns eine plötzliche Sturmbö.

»Huch!«, schreit Frau Gebhard, greift hektisch nach ihrem Kopf. Zu spät. Wie ein Vogel fliegt ihr Federhut durch die Luft, stürzt zu Boden und rollt wie ein Rad vom Wind getrieben über den Deich.

Hexe hinterher! Blitzschnell! Kann die rennen!

Selbst Gottfried kann diesen kleinen Blitz nicht einholen, dabei hat er sofort die Verfolgung aufgenommen. Hexes kleine Beinchen drehen in der Luft durch, nein, wie komisch, wie im Zeichentrickfilm. Jetzt hat sie das rollende Teil erreicht, schnappt zu und überkugelt sich. Dabei kippt der Hut über ihren Kopf, begräbt Hexe unter sich. Ein Federhut mit vier Beinen!

Ich schnappe einen Moment nach Luft, dann explodiere ich vor Lachen. Hihi, hoho, ich kann mich nicht mehr halten, schlage mir auf die Schenkel und lache. Schließlich plumpse ich auf eine Bank, weil mir die Beine zittern. Die Bank ist klatschnass, egal, ich kichere schrill weiter.

Frau Gebhard schaut verärgert drein, ruft Hexe, aber die hört nicht. Jetzt raufen sich die beiden Hunde um die Beute, zerren sie hin und her. Ich weiß, ich müsste Gottfried zurückrufen, aber ich kann nicht, ich bin noch ganz außer Atem von meinem Anfall. Gottfried würde sowieso nicht hören, genauso wenig wie Hexe.

Frau Gebhard sieht aus wie ein begossener Pudel, denke ich, und dieses Bild bringt mich erneut um die Beherrschung. Ich pruste wieder los. Da kann auch sie sich nicht mehr bremsen, sie fällt neben mir auf die Bank, und gemeinsam lachen wir, bis uns die Luft wegbleibt und die Tränen übers Gesicht laufen. Aus den Augenwinkeln sehe ich einen

Jogger, der uns irritiert ansieht, sich sogar noch mal nach uns umdreht. Der denkt bestimmt, die spinnen, die beiden Alten. Soll er doch.

»Hach, Frau Gebhard«, stöhne ich schließlich, »ärgern Sie sich nicht. Das war einfach zu schön.«

Wieder kichere ich, kann einfach nicht aufhören. War wohl zu viel Stress in der letzten Zeit, denke ich. Irgendwann geht es nicht mehr.

Endlich wird uns der Hintern zu feucht, und wir stehen notgedrungen wieder auf.

Die Hunde haben sich den Hut inzwischen redlich geteilt, das gute Stück ist entzwei. Hexe hat den Fetzen mit der Feder erobert und trägt ihn stolz wie Oskar vor uns her.

Der Regen peitscht mir ins Gesicht, es wird wieder ungemütlich.

»Frau Gebhard, ich habe genug von frischer Luft, ist leider kein deutscher Frühling. Wissen Sie was, jetzt gehen wir zur Eisdiele und genehmigen uns eine gehörige Portion, was meinen Sie?«

Mir ist nach Feiern. Was? Weiß ich nicht, vielleicht einfach das Leben.

Sie nickt nur, ihre weißen Löckchen kleben klatschnass an ihrem Kopf. Jetzt sieht sie aus wie ein kleines Mädchen, denke ich und muss lächeln. Ist eine nette Frau, auch wenn sie ein bisschen viel redet.

Als wir vor unseren Eisbechern sitzen, fragt Frau Gebhard ein bisschen zögernd: »Wollen wir uns nicht duzen? Das ewige Frau Friese hier, Frau Gebhard da, ist doch ein bisschen steif, finden Sie nicht? Also, ich heiße Rita, wie Sie, äh … wie du ja weißt.«

Nun schaut sie mich erwartungsvoll an.

Duzen? Recht hat sie, warum nicht?

»Waltraud heiße ich.«

»Warten Sie, ach nein, warte, Waltraud, das begießen wir anders.«

»Haben Sie Grappa?«, ruft sie zur Theke hinüber. Die Eisfrau nickt. »Dann hätten wir gerne zwei!«

Wir stoßen an, prusten wieder los, aber es bleibt bei einem kleinen Anfall von Heiterkeit.

Langsam werden wir wieder ernst.

Die Hunde liegen brav unter dem Tisch, sie wissen sich zu benehmen, wenn es sein muss.

Allmählich findet Rita zu unserem Thema zurück, das der Sturm so jäh unterbrochen hat.

»Dieser Niemeyer verbreitet rechtsradikale Gedanken. Matthias' Eltern haben ihn angezeigt, weißt du. Aber das nützt nichts. Ich sage ja, die Polizei wartet ab, bis was passiert. Es war wohl noch nicht schlimm genug.«

»Aber«, werfe ich ein »er sieht doch gar nicht so aus. Ich dachte, diese Neonazis haben alle eine Glatze oder so. Die reden immer von Ordnung und Sauberkeit. Der Mann ist doch irgendwie … äh, unangenehm.«

»Sag es ruhig, Waltraud, er ist ein Dreckschwein. Seine Wohnung soll völlig zugemüllt sein, haben mir Nachbarn erzählt. Wie er das mit Ordnung und Disziplin zusammenbekommt, wird nur der Himmel wissen.«

»Die Nachbarn wollen etwas dagegen unternehmen, aber ich fürchte mich vor diesen Kerls«, gestehe ich.

»Zu Recht, Waltraud. Mein Friedrich sagte immer: ›Rita, misch dich nicht in Sachen ein, deren Ende du nicht absehen kannst.‹ Dabei war er nun kein Feigling, aber er hat immer geguckt, wo die Tür ist, wenn du verstehst, was ich meine.«

Wir sitzen noch eine ganze Weile zusammen, erzählen uns Geschichten aus unserm Leben, während der Grappa den Bauch wärmt, den das Eis vorher tiefgefroren hat.

»Das sollten wir öfter machen, Waltraud«, schlägt Rita vor, als wir endlich zum Gehen aufbrechen. »Vielleicht treffen wir uns mal bei mir, weil, Kaffee kochen kann ich auch, und es ist auf die Dauer sonst doch etwas kostspielig.«

»Abwechselnd, Rita, mal bei mir, mal bei dir. Und ohne viel Gedöns, bitte.«

23

»*Leichenfund im Yachthafen*«, brüllt mir der *Kurier* am nächsten Tag entgegen.

Angenehme Frühstückslektüre, Waltraud. Vielleicht sollte ich mir angewöhnen, die Zeitung erst nach dem Essen zu lesen, vergeht einem ja ständig der Appetit.

Ich bin aber zu neugierig, warte nicht länger.

Mein Gott, der arme Kerl. Hat sich wohl umgebracht. Mir läuft ein Schauer über den Rücken. Muss schrecklich sein, wenn man so im kalten Wasser untergeht. Dann doch besser Tabletten, merkt man nichts mehr.

Im Yachthafen beim Weserbogen haben sie den gefunden, hat sich da verhakt.

Gestern am frühen Abend? Ach je, darum also das Tatütata die ganze Zeit. Da war ich gerade wieder mit Gottfried bei Frau Tietjen angekommen nach dem langen Nachmittag mit Rita. Wir haben nicht weiter drauf geachtet, hört man ja ständig hier in der Nähe vom Krankenhaus. Gott sei Dank, dass wir schon weg waren. Dass ich den nicht gefunden habe, oder gar Gottfried oder Hexe! Wo die da doch überall rumgeschnüffelt haben. Nicht dran zu denken! Ein sauberer Knochen mag ja noch angehen, aber eine ertrunkene Leiche? Nein danke.

Wie unappetitlich. Ich muss mich schütteln.

War um die dreißig, lese ich weiter. Ein junger Kerl noch, warum geht so einer denn ins Wasser? Vielleicht Liebeskummer? Versteh einer die Menschen.

Kann auch ein Unfall gewesen sein, Waltraud, kann auch.

Ich will ja neunzig werden.

Lange sehe ich auf das Foto. Ist eine Art Passbild. Kann man sich ja denken, wie der in echt ausgesehen hat.

Das ist doch … aber den kenne ich! Ja, da steht es auch: Sascha L., der verschwundene Wachmann vom Bauplatz.

Hat sich der arme Kerl etwa wegen dem Einbruch umgebracht? Aber es ist doch nichts passiert.

»Erste Untersuchungen ergaben, dass L. erstochen wurde und die Täter die Leiche ins Wasser geworfen haben«, schreiben sie. Erstochen! Dann ist der gar nicht ertrunken. Ich erinnere mich an die Worte der Polizistin. Dass die Diebe dem vielleicht was angetan haben. Die wusste damals schon mehr, habe ich gleich gemerkt.

Sofort fällt mir das Messer ein. Meine Güte, haben die den etwa damit … Igitt, Waltraud!

Und das Ding habe ich angefasst!

Automatisch wische ich mir die Hände an meinem Rock ab.

Haben die das Messer da verloren? Und sind darum zurückgekommen?

Waltraud, Waltraud, danke deinem Schöpfer, dass dich damals in der Nacht niemand erwischt hat, wenn sogar ein Wachmann dran glauben musste, der war sicherlich trainiert und alles. Keine alte Frau.

Nur, bringt ein Dieb, der in einen Bauwagen einbrechen will, gleich einen Wachmann um, ist das nicht ein bisschen dicke?

Wenn die allerdings Sprengstoff gesucht haben, waren das keine Eierdiebe. Andererseits, die Jungen von der Eisdiele waren unverschämt, ganz bestimmt, aber *Mörder*?

Der dicke Niemeyer also. Auffällig genug hat er sich verhalten. Ist er also der Mörder.

Einen Moment stolpern meine Gedanken. Ein Mörder, der hier ein und aus geht.

Aber stopp, das stimmt auch wieder nicht, der hat mich damals nach der »frischen« Leiche gefragt. Wenn er selbst den Wachmann umgebracht hat, musste er doch wissen, dass der da nicht liegen konnte.

Ach nein, was für ein Durcheinander!

Kann alles ganz andere Ursachen haben, Waltraud, nicht alles auf dieser Welt hat mit der Baustelle Braunschweiger Straße zu tun. Vielleicht hatte dieser Sascha schlechten Umgang. Oder ist woanders irgendwelchen Gangstern auf die Spur gekommen. War sicherlich nicht seine einzige Arbeitsstelle.

Muss es mich etwas angehen? Mein Kopf schwirrt, genug gerätselt, macht mich ja ganz tüdelig.

Ich blättere um zu den Todesanzeigen, mal sehen, ob ich jemanden kenne. Nein, heute nicht. Gut so.

Dann merke ich, was ich tue. Makaber, Waltraud, wirklich.

Zu viele Tote, erst in den Nachrichten, dann in den Anzeigen. Ich werfe die Zeitung auf den Tisch. Es reicht.

Ein Blick in den Schrank zeigt mir, dass ich Brot kaufen muss. Ich schaue kurz nach draußen. Es regnet, mache ich wieder Pfützenslalom. Ist das erst zwei Wochen her, dass ich vor dem Café in der Sonne gesessen habe? Man könnte meinen, das war vor einem Jahr. Das war, als mir Anita geschrieben hat. Sollte ich ihr mal antworten? Aber was?

Ach, Waltraud, ist ja auch gerade nichts los in deinem Leben.

Gerade als ich mich abwenden will, sehe ich den Dicken auf unser Haus zustreben. Der wieder!

Thomas Niemeyer, der harmlose Spinner oder ein Mörder?

Mit schnellen Schritten ist er vor der Tür. Er schaut in mein Fenster, sieht mich und droht mir mit der Faust. Ich schrecke zurück. Habe ich die Kette vorgelegt? Nein, vergessen. Ich haste zum Eingang. Höre schon, wie die Haustür aufspringt. Er ist im Flur!

Bumm, bumm, bollert er gegen meine Wohnungstür.

Hilfe, will er sie aufbrechen?

Schnell! Mit zitternden Fingern schiebe ich die Kette vor.

Aber die Schritte entfernen sich polternd.

Puh, er wollte mich wohl nur erschrecken.

Das ist ihm gelungen. Ganz unglücklich macht mich das.

Nützt mir nichts, dass meine Nachbarn mir auf die Schulter klopfen und auch gegen diese Leute sind, wenn der erst mal drin ist im Haus.

So geht das nicht weiter.

Mich packt die Wut, unglaubliche Wut.

Was fällt dem Kerl eigentlich ein? Ich lasse mich nicht einsperren von diesem Schwein!

Ich will Brot holen, und daran wird mich so einer nicht hindern.

Kette weg, Tür auf.

Energisch trete ich in den Hausflur, den Schirm in der Hand. Damit kann ich gut zuschlagen, Junge, ich warne dich. Du wirst mich kennenlernen!

Zum Glück ist er schon auf dem Weg nach oben, muss ich das nicht beweisen. Ist vielleicht besser so.

»Marianne«, höre ich ihn noch auf der Treppe rufen, »sie haben Sascha aus der Weser gefischt, hast du schon gehört? Verdammter Mist.«

Frau Schneider antwortet leise, was, kann ich nicht verstehen.

»Aber Marianne!« Jetzt ist er wohl oben angekommen. »Wenn die Polizei uns …«

Klack, die Tür fällt zu.

Sascha? Der redet von dem toten Wachmann!

Geht mich nichts an, habe ich mir eben noch vorgemacht. Pah.

Ich schnaube verächtlich.

Das hast du sowieso nicht geglaubt, Waltraud.

Worum geht es eigentlich?

Da gräbt Gottfried einen Jungen aus, der vor zweiundsiebzig Jahren getötet wurde, jemand will Sprengstoff klauen, junge Leute bauen Bomben, einer stirbt dabei, da finde ich das Nazimesser von dem Dicken, der bedroht mich, auch weil ich es gefunden habe, das heißt, dass er in der Nacht an der Baustelle war, warum auch immer, Neonazis schmieren Sprüche an die Baustellenwand, und jetzt noch die angeschwemmte Leiche des Wachmanns.

Und mit allem hat dieser Thomas Niemeyer zu tun.

Was bedeutet das alles? Das mit dem »deutschen Frühling« kann ich nicht glauben, das ist mir zu verrückt. Rita redet auch viel, wenn der Tag lang ist.

Ich bin so in Gedanken, dass ich mitten in eine tiefe Pfütze trete. Das kalte Wasser spritzt gegen meine Waden.

Iih, pass doch auf, wo du hinläufst.

Zu spät, meine Füße sind klatschnass. Wieder überrollt mich eine Welle von hilfloser Wut. Ich stampfe mit Macht ins Wasser. Soll es doch spritzen, verdammt, verdammt, verdammt!

Ein Mädchen mit schwarzen Stachelhaaren und Ringen in Nase und Ohren bleibt verblüfft stehen. Dazu Ketten wie ein Galeerensträfling, denke ich. Sie reißt den Mund auf und starrt mich an.

»Was gaffst du?«, fauche ich sie an. »Warst du noch nie wütend?«

Was macht sie? Verzieht das Gesicht und beginnt schallend zu lachen, sodass die Ketten klirren und klappern.

»He, cool, Oma!«, ruft sie und springt davon, lässt dabei selbst keine Pfütze aus auf ihrem Weg.

Jetzt bin ich es, die gafft. Diese Punker! Ob die auf einem Nagelbrett schläft wie ein Fakir?

Ein Kichern steigt auf, es kitzelt in meinem Hals. Ich fange an zu lachen. Stehe da mitten im Regen in einer Pfütze und lache.

Jetzt halten sie dich für bekloppt, denke ich, aber das ist mir völlig wurscht.

So ein Armband mit Stacheln kaufe ich mir, grinse ich, als ich weitergehe, ich hätte sie fragen sollen, wo sie das herhat. Und dann soll mir dieser Thomas noch einmal gegen die Tür bollern.

Na warte.

24

Ich stehe beim Bäcker an und schaue nachdenklich auf die fertig geschmierten Brötchen.
Kann man auch selber machen, denke ich.

Der Junge im Blaumann vor mir, der sich gleich zwei einpacken lässt und dazu noch einen Kaffee, kommt sicherlich gerade von einer Baustelle und hat Mittagspause.

Ich erinnere mich an die pappigen Schulbrote, die Mutti mir immer mitgegeben hat. Oft genug habe ich die eingetauscht. Kläre hatte ja dauernd Hunger, die gab mir nen Groschen dafür, wo sie das Geld nur herhatte? Dafür habe ich mir dann Schokolade gekauft, später auch Zigaretten. Mutti hat das nie rausgekriegt.

Diese Brötchen hier hätte ich nicht weggegeben.

Da kommt mir ein Gedanke. Was, wenn ich …

Oh, ich bin dran, trödel nicht, Waltraud!

Hinter mir stöhnt jemand genervt. Da drehe ich mich um und sage von ganz oben herab:

»Pass auf, Mädchen, ich kann *noch* langsamer!«

»Ich hätte gerne ein halbes Graubrot und …« Mach es, Waltraud! »Äh … vier belegte Brötchen«, bestelle ich.

Beschwingt eile ich nach Hause, renne in die Küche und fülle die große Thermoskanne mit frischem Kaffee. So bepackt mache ich mich auf den Weg zu Yildirims. Dort steht die Haustür offen, ein kleiner Container auf der Straße ist angefüllt mit allerlei dreckigem Zeug. Aus dem offenen Fenster klingen Musik und Männerstimmen.

Einen Augenblick zögere ich.

Bin ich nicht zu aufdringlich?

Aber dann marschiere ich mit festem Schritt die schmutzige Treppe hoch. Es stinkt immer noch nach kaltem Rauch, aber auch nach frischer Farbe. Ich drücke oben auf die Klingel, auch wenn alles offen steht, ist ja immerhin eine fremde Wohnung. Schon steht Herr Yildirim in der Tür.

»Oh, Frau Friese, guten Tag«, grüßt er erstaunt. »Kann ich Ihnen weiterhelfen?«

Er winkt einladend, und ich trete näher.

»Guten Tag, ich hoffe, ich störe nicht.«

Plötzlich habe ich Angst vor meiner eigenen Courage. Eben noch schien es mir so eine gute Idee, hierherzukommen. Unsicher betrete ich den großen Wohnraum. Ein anderer Mann lässt den Malerpinsel sinken, als er mich sieht.

»Mein Bruder Metin«, stellt Herr Yildirim ihn vor. »Das ist Frau Friese, Metin.«

»Oh, Sie sind das, die hier alle gerettet hat! Orhan hat von Ihnen erzählt«, lächelt er.

Erwartungsvoll blicken beide mich an. Ich hole tief Luft.

Da habe ich mir mein Sprüchlein auf dem Weg hierher so oft vorgesagt, aber jetzt ist alles weg.

»Ich dachte, äh, ich bringe Ihnen etwas für die Kaffeepause«, beginne ich etwas unbeholfen, fange mich aber wieder. »Sehen Sie, Sie haben hier so viel Dreck und alles. Ich kann Ihnen ja nicht helfen beim Renovieren, geht eben nicht mehr. Da dachte ich«, ich packe die Brötchen und den Kaffee aus, »ich dachte, darüber würden Sie sich vielleicht freuen.«

Puh.

Herr Yildirim, also Orhan, wischt seine Finger an der Hose ab und greift dann meine beiden Hände, drückt sie fest und strahlt mich an.

»Oh, vielen Dank, Frau Friese, das wäre nicht nötig gewesen. Wirklich nicht, aber eine Pause können wir gut brauchen. Vielen Dank!«

Metin hat inzwischen die Musik leiser gedreht und kommt aus dem Nachbarraum mit Stühlen.

»Setzen Sie sich bitte.«

Auf einmal ist es ganz einfach. Wir reden über die Mühe, alles wieder sauber zu bekommen, über die Nachbarn und über Gott und die Welt. Ich bedauere nicht, dass ich für diese Menschen gesammelt habe.

Beide beißen mit Freude in die Brötchen. Gut, dass ich noch daran gedacht habe, welche ohne Schweinefleisch zu nehmen, wäre sonst ziemlich peinlich geworden.

Ich nehme nur einen Schluck Kaffee, davon gibt es genug, sie haben auch eine große Kanne dabei.

»Sie sprechen so gut Deutsch«, wundere ich mich.

»Na klar«, antwortet Metin ein bisschen spitz, »wir sind doch Bremer.«

Ich merke, wie ich rot werde. Bin ich da in ein Fettnäpfchen getreten?

Orhan beschwichtigt. »Es gibt Familien, die legen da keinen großen Wert drauf, das ist leider so. Aber unsere Eltern sind ja schon in Bremen geboren, und die haben uns sehr gedrängt, nicht nur vernünftig Deutsch zu sprechen, sondern auch einen guten Schulabschluss zu machen. Sie selbst konnten nie einen Job finden, der ihnen gefiel, weil sie eben all das nicht hatten.«

»Auch *Ihre* Vorfahren kamen irgendwann mal von woandersher, Frau Friese«, wirft Metin ein. »Das vergessen Typen wie dieser Niemeyer nur leider immer.«

»Haben Sie denn noch Probleme mit dem? Er hat Sie gestoßen und verletzt, war es nicht so?«, fragt Orhan.

»Ach, das, das ist gut verheilt.«

»Aber?«

Oh, er hört zwischen den Zeilen.

Kann ich sie mit meinen Sorgen belästigen? Sie haben schon genug mit alldem hier zu tun. Aber mein Ärger über Thomas Schmiersack sitzt tief. Ist ja noch keine Stunde her, dass er mich wieder erschreckt hat.

»Er besucht regelmäßig eine Mitbewohnerin im Haus«, bleibe ich trotzdem vage.

»Und bei der Gelegenheit bedroht er Sie, nehme ich an.«

Ich nicke.

»Scheißkerl, das ist genau seine Masche, alte Leute und Kinder. Scheißkerl«, knurrt Metin durch die Zähne.

»Sie kennen den auch?«, frage ich erstaunt.

»Er wohnt hier gegenüber.« Metin weist mit dem Kopf Richtung Garten. »Ich bin oft hier. An uns beide traut er sich nicht ran, aber eine Zeit lang hat er die beiden Mädchen bedroht.«

Dann grinst er spöttisch. »Jetzt lässt er das.«

»Wie …?«

Beide Männer lachen.

»Wir haben ihn besucht, Frau Friese. Wir sind eine große Familie mit vielen Männern.«

»Wird Zeit, dass wir noch mal hingehen, Metin. Und wenn er es dann noch einmal wagt, Sie zu belästigen, Frau Friese, dann rufen Sie mich an. Aber ich glaube nicht, dass das nötig sein wird.«

Zur Bestätigung heben beide ihre Kaffeetassen.

Warum geht es so leicht mit Yildirims?, frage ich mich auf dem Heimweg. Und mit Jamal und Lisa, ergänze ich.

Die würden nie genervt schnauben an der Kasse, oder? Vielleicht haben diese Ausländer … halt, Waltraud, die Bremer mit ausländischen Wurzeln, musst du sagen, ach egal, vielleicht haben diese Menschen eine andere Art von Respekt vor dem Alter.

25

Der Schlaf will heute nicht kommen. Ich glaube, mir fehlt der tägliche Spaziergang mit Gottfried. Der macht mich müde, sorgt der Hund schon für, und die frische Luft tut auch gut.

Stattdessen habe ich mich nach dem Besuch bei Yildirims aufs Sofa gelegt und bin glatt eingeschlafen. Wahrscheinlich, weil ich so erleichtert war, dass da endlich wer ist, der diesem Niemeyer etwas entgegensetzen kann. Natürlich habe ich viel zu lange gelegen, kein Wunder, dass ich jetzt nicht müde bin. Außerdem ist der türkische Kaffee um einiges stärker als meiner, gestehe ich mir ein, während ich mich zum x-ten Mal hin und her wälze. Mir tun schon alle Knochen weh.

Steh auf, Waltraud, mach dir eine heiße Milch mit Honig, und diesmal lässt du dich nicht ablenken, egal was draußen passiert, damit dir die Milch nicht wieder überkocht. Vielleicht gibt es etwas Interessantes im Radio, die bringen nachts oft die besten Sendungen.

Ächzend setze ich mich auf. Zwanzig nach drei, sagt mein Wecker. Still ist es im Haus. Mach keinen Krach, die andern wollen schlafen, befehle ich mir, während ich mir etwas überziehe. Ja, der Sommer ist vorbei, jetzt ist es nachts schon empfindlich kühl, da braucht man schon einen warmen Morgenmantel. Gut, dass ich an dem Teil nicht gespart habe, denke ich, fahre mit der Hand über den kuschelig weichen Stoff.

Ich schlürfe die heiße Milch, aber sie macht mich nicht müde.

Unruhig wandere ich durch die Wohnung, die Lampe brauche ich nicht, fällt trotz der Vorhänge genug Licht von der Laterne ins Zimmer. Irgendwo knarrt und knackt es. Ist das die Treppe?

Wer soll da sein mitten in der Nacht, Waltraud? Es ist doch alles dunkel. Und so früh geht Herr Schneider nun auch nicht aus dem Haus.

Aber klappt da nicht die Haustür?

Ich halte einen Moment den Atem an und lausche.

Stille.

Ach was, es ist ein altes Haus, Waltraud, das knackt schon mal. Du bist überreizt.

Ich stehe am Fenster und will den Stoff ein bisschen zur Seite schieben, um mal rauszugucken, dabei weiß ich, dass da draußen nichts ist um die Zeit.

Und doch! Ich höre etwas.

Flüstern.

Ganz nah.

Direkt vor dem Vorgarten ist das.

Wer steht mitten in der Nacht vor unserm Haus und flüstert? Späte Heimkehrer?

Mir läuft es kalt über den Rücken. Mein Atem stockt, unwillkürlich ziehe ich mich zusammen, sinke auf den Sessel am Fenster.

Das sind späte Heimkehrer, Waltraud, ganz bestimmt, guck einfach raus, dann siehst du es.

Aber die alte Angst überfällt mich mit Macht, presst mich in den Sessel, kein Glied kann ich rühren.

So nicht! Tu was, Waltraud!

»Jetzt!«, ruft es draußen gedämpft.

Klirr! Peng, es kracht!

Direkt vor mir!

Was? Was ist das?

Der Vorhang weht kräftig ins Zimmer. Wieder zurück nach draußen.

Oh weh, Scherben! Da, auf dem Boden!

Aber wie? Was?

Kalte Luft strömt in mein heißes Gesicht. Es stinkt. Wie Benzin.

»Scheiße!«, flucht eine junge Männerstimme. »Mach du!«

Ich reiße mich aus der Erstarrung, springe auf.

Etwas blitzt auf, wieder kracht und klirrt es.

Weg mit dem Vorhang!

Die Scheibe! Zersplittert!

Da, was ist das?

Da auf dem Boden. Eine Flasche?

Das brennt ja!

Nur weg damit, raus.

Ohne nachzudenken, greife ich das Ding, werfe es durch das kaputte Fenster.

Krach! Draußen knallt es mörderisch laut.

Der Vorhang fegt mir ins Gesicht.

»Auaa!«, schreit jemand.

Jemand rennt weg.

Ich reiße den Vorhang ganz zur Seite, was ist da draußen?

Auf der Straße lodert ein Feuer, gelbe Flammen flackern.

Ich stehe und starre. Was ist das?

Das ist, das ist ja …

Wie bei Zitroneneis.

Eine Bombe!

Eine Bombe?

Spinn nicht, Waltraud, das kann doch nicht.

Mein Mund ist trocken, wieder zittern meine Knie, ich falle zurück auf das Polster.

Eine Bombe hier? Werfen die eine Bombe in meine Wohnung?

Etwas in mir wimmert. Ich presse die Faust in den Mund, damit es aufhört. Aber ich kann es nicht stoppen.

Hör doch auf, Waltraud!

Ich kann nicht! Jetzt schlottere ich am ganzen Körper.

Eine Bombe? Wirklich?

Aber sieh hin, Waltraud, es brennt da draußen. Das ist das Ding, das du rausgeworfen hast.

Stell dir vor, es wäre in deiner Hand explodiert, du machst Sachen!

Mechanisch bewege ich meine rechte Hand, öffne sie, schließe sie, fühle wieder das Glas unter meinen Fingern.

Aber war doch gut so, sonst würde es jetzt hier drinnen brennen.

Mein Gott, wenn ich geschlafen hätte! Nicht auszudenken!

Ich wäre ... wie der Miros wäre ich?

Tot wäre ich!

Nicht doch, Waltraud, versuche ich mich zu trösten, du hättest es noch in den Garten geschafft, ganz bestimmt.

Bestimmt?

Wie denn? Im Schlaf?

Da klopft es heftig an meine Tür, zugleich klingelt es.

»Frau Friese!« Das ist Frau Groote, die Gute.

»Frau Friese, was ist mit Ihnen?«

Ehe ich aufstehen kann, höre ich, wie sich der Schlüssel im Schloss dreht.

Mit schnellen Schritten ist sie im Zimmer, sieht nur für einen Moment auf die Bescherung und beugt sich über mich, legt fest ihren Arm um meine zitternden Schultern.

»Oh, Frau Friese, sind Sie verletzt? Ist Ihnen etwas passiert?«

Ich kann nur den Kopf schütteln, antworten geht nicht, dazu sind meine Zähne zu fest aufeinandergepresst.

»Oh, was ist passiert?«, kreischt es da hinter mir. Ich wende mich mühsam um. Frau Schneider steht in der Tür, rot wie ein Puter. Wo kommt die so schnell her? Irgendetwas ist komisch an ihr, ich begreife nicht sofort, was es ist.

»Haben die etwa versucht, Feuer zu legen?«, schrillt ihre Stimme jetzt in höchsten Tönen.

Hör auf, denke ich, mir zerspringt der Kopf.

»Wir hätten alle verbrennen können! Sind die denn von allen guten Geistern verlassen?«

Sie tritt ans Fenster, die Scherben knirschen unter ihren Füßen, und schaut hinaus. Überall sind jetzt Lichter an, Menschen treten auf die Straße, rufen durcheinander, fragen sich, was geschehen ist. Ich sehe und höre alles, als ginge es mich nichts an.

»Sie hier unten hätten noch rauslaufen können, aber wir oben, wir wären hilflos verbrannt.« Klingt richtig vorwurfsvoll.

»*Frau Friese* hat nicht gezündelt, Frau Schneider«, fährt Frau Groote ihr über den Mund.

Dann mustert sie sie von oben bis unten und ergänzt ganz spitz: »Sie waren offensichtlich gut vorbereitet, Frau Schneider, Sie sind ja vollständig angezogen.«

Jetzt weiß ich, was mir eben aufgefallen ist: Frau Schneider hat einen Mantel an. Und darunter ganz normale Alltagskleidung. Nicht wie Frau Groote, die nur ihren Morgenmantel übergeworfen hat.

»Natürlich«, faucht Frau Schneider jetzt schnippisch. »Ich renne doch nicht nackt raus.«

»Schnell sind Sie ja, oder haben Sie von dem Anschlag gewusst? Das sind doch auch Ihre Freunde, die Freunde von Herrn Niemeyer. Und dass der hinter diesem Überfall steckt, dürfte wohl klar sein.«

Frau Groote verschränkt ihre Arme vor der Brust und blickt die Nachbarin herausfordernd an.

»Was?« Nun kreischt sie wieder. »Was muss ich mir hier sagen lassen? Das lasse ich mir nicht gefallen, das hat ein Nachspiel!« Sie dreht sich zum Eingang, in dem jetzt, noch ganz verschlafen, ihr Mann auftaucht.

Er war wohl nicht eingeweiht, denn er steht da in Boxershorts und T-Shirt. Seine Haare sind völlig verstrubbelt. Der ist wirklich gerade aus dem Bett gefallen.

»Man wirft mir vor, an dem hier schuld zu sein!«, empört sie sich.

»Hä? Du? Wieso?«, fragt er offensichtlich verwirrt. Erstaunt fixiert er seine Frau. »Warum hast du denn einen Mantel an, Marianne?«

»Falscher Text, Herr Schneider«, grinst Frau Groote bösartig und schielt zu ihrer Rivalin hinüber. Die springen sich gleich an die Gurgel, fürchte ich, will etwas sagen, aber ich kann nicht mehr. Sollen sie doch.

Doch ehe in meinem Wohnzimmer der Krieg ausbricht, erscheint am kaputten Fenster ein Mann mit Schutzhelm, Handschuhen und Overall und ruft herein: »Ist jemand verletzt? Brauchen Sie einen Arzt?«

Er sieht mich fragend an, ist nur ein paar Zentimeter entfernt. Ich schüttele den Kopf.

»Nicht nötig«, krächze ich, räuspere mich. Mein Mund ist immer noch trocken.

Er bückt sich, hebt etwas auf, einen Stein und eine Flasche.

»Erst die Scheibe zerdeppern und dann das hinterher«, nickt er. »Die Flasche ist nicht hochgegangen, Glück gehabt. Sind Sie sicher, dass kein Brandherd mehr in Ihrem Zimmer ist?«

Er bückt sich durch die Fensteröffnung und sucht den Boden ab.

»Hat gar nicht gebrannt«, murmele ich und starre auf die Flasche in seiner Hand. »Die habe ich rausgeworfen«, erkläre ich.

»Die? Eher die andere. Es gab offensichtlich zwei davon. Diese wurde wahrscheinlich durch den Vorhang zurückgehalten. Sie haben den Vorfall beobachtet?«

Als ich nicke, fragt er weiter: »Hat es einen Sog gegeben? Ist der Vorhang nach außen geweht, meine ich?«

Als ich wieder bestätigend nicke, fährt er fort:

»Das dachte ich mir. Diese Flasche ist gar nicht zur Explosion gelangt, sie ist wieder nach außen gedrückt worden.«

Er steckt die Flasche in einen Plastikbeutel und kneift ihn zu.

Jetzt lächelt er mich offen an.

»Sie sind eine beherzte Frau, das hat Ihnen viel Unglück erspart, aber der Mensch, der die andere Flasche abbekommen hat, der wird jetzt ein Problem haben.«

»Wie meinen Sie das?«, drängt sich jetzt die Schneider wieder nach vorne. Klingt sie wirklich besorgt, oder kommt mir das nur so vor?

Der Fremde öffnet von außen das zweite Fenster und schwingt sich in die Wohnung.

»Entschuldigen Sie, dass ich mich nicht vorgestellt habe. Sven Sauer, Feuerwehrmann, ich wohne in der Nähe. Meine Kollegen müssen auch gleich hier sein.«

Er deutet auf die Straße.

»Die andere Flasche ist dort draußen explodiert, und da muss jemand gestanden haben. Es gibt massive Blutspuren. Sicherlich werden wir den Verletzten bald finden. Wem ein Molli um die Ohren fliegt, der geht nicht einfach zum Tanzen, ist ja klar.«

Ein was? Oh, ja, die Bombe.

Mein Verstand will noch nicht so richtig. Was sagt dieser Mann?

Massive Blutspuren?

Oh Gott! Mechanisch greife ich nach der Hand von Frau Groote, sehe sie entgeistert an. Was habe ich getan?

Du hast dich gewehrt, Waltraud.

Aber … Wenn der stirbt, Waltraud! Weil du das Ding rausgeworfen hast.

»Nehmen Sie sich das nur nicht zu Herzen, Frau Friese«, beschwört mich Frau Groote. Sie kann tatsächlich meine Gedanken lesen.

Im Hintergrund flüstern die Schneiders miteinander, aber ich mag nicht hinhören.

Irgendwann kommt die Feuerwehr und dann die Polizei. Ich erzähle mühsam, was es zu erzählen gibt, sehe immer wieder auf das kaputte Fenster, durch das der Wind nun kalt hereinweht.

Neue Scheiben.

Ich brauche neue Scheiben.

Aber woher nur so schnell?

Das kann doch nicht alles offen stehen über Nacht, kommen diese Kerls womöglich zurück oder der dicke Niemeyer.

Werden sich rächen wollen für den, der da gestanden hat. Wenn sie selbst Rache wollen für einen, der seit zweiundsiebzig Jahren tot ist. Da kriege ich gleich wieder eine Gänsehaut.

Das halte ich nicht aus, ich gehe in ein Hotel. Oder nach oben in den dritten Stock in meine alte Wohnung, auch wenn die leer ist. Besser oben auf dem Fußboden schlafen als hier mit diesem Loch in der Wand.

Da habe ich mich endlich, endlich sicher gefühlt nach diesem Nachmittag bei Yildirims, und nun das.

Aber so schnell konnten Orhan und Metin gar nicht sein, Waltraud, du warst ja erst heute Nachmittag bei ihnen. Erst heute Nachmittag.

Herr Sauer kann auch Gedanken lesen. Er besorgt von irgendwo eine Plane und klebt das kaputte Fenster ab.

»Soll ich Ihnen die neuen Scheiben bestellen?«, fragt er dann noch hilfsbereit. »Vielleicht diesmal gleich doppelt verglast?«

Nachbarn sind ein Geschenk des Himmels, denke ich.

Wenn sie nicht Schneider heißen, Waltraud.

26

Sie haben ihn gefunden, den, dem ich die Flasche … also den, der sich verletzt hat. Ist nicht weit gekommen. Ich kann es immer noch nicht begreifen, dass ich dieses Ding wieder rausgeworfen habe. Na, geworfen ist übertrieben, kann ich gar nicht mehr, ist ja immer das Problem mit Gottfrieds Stöckchen, dass ich nicht mehr richtig werfen kann. Macht meine Schulter eben nicht mehr mit.
Ich habe das Ding doch eher rausgekullert, ist nur bis zum Vorgarten gerollt. Das war ein Glück für den Jungen, so ist er nur schwer verletzt und nicht tot. Weil, wenn er das richtig ins Gesicht bekommen hätte … Nein, Waltraud, lass das. Kriegst du wieder Albträume von.

Tobias heißt der. Den Nachnamen weiß ich nicht, muss ich auch nicht. Stell dir vor, ich kenne die Eltern, wie soll ich denen denn je begegnen? Nein, ist besser so. Ist auch noch so ’n junger Kerl. Knapp achtzehn gerade mal.

Ob der wirklich wusste, was er tat? Man kann es nicht glauben. Ob der tatsächlich eine alte Frau verbrennen lassen wollte? Oder hat er nur zu viele Filme gesehen oder am Computer gespielt? Hat er gedacht, die Alte kann doch rausrennen, passiert ihr schon nichts? Was weiß denn so ein Lümmel davon, wie mühsam es ist zu rennen, wenn man alt ist.

Die Polizei sagt, das waren Amateure, genau wie der Zitroneneis, dumme Jungs, keine, die sich wirklich auskennen mit Bomben. Na, ich danke. Für mich war das schlimm genug.

Ob ich mal mit dem reden kann? Ich möchte so gerne wissen, was er sich dabei gedacht hat. Aber vielleicht lässt mich die Polizei nicht zu ihm, er wird sicherlich bewacht im Krankenhaus. Was er genau hat, hat man mir nicht erzählt. Aber er wird es überleben, irgendwie tröstet es mich.

Hätte ich nicht von mir gedacht. Ich hätte eher erwartet, dass ich einen Hass habe auf den, immerhin wäre ich beinahe gestorben.

Ich kann es nicht erklären, aber es macht mich fast froh. Also, dass er nicht sterben wird.

Ich wollte ihn nicht verletzen, aber ich habe es getan. Da kann mir niemand was draus drehen, das weiß ich ja. Auch, dass es sonst mich getroffen hätte. Nur, so einfach schwarz – weiß, richtig – falsch, ist es eben nicht.

Ach je, ich drehe mich im Kreis mit meinen Gedanken. Ich kann mich nicht losreißen von diesem Bild der brennenden Flasche.

Immer wieder öffne und schließe ich meine Finger, stelle mir vor, das Ding wäre in meiner Hand explodiert. Dann wäre ich jetzt nicht mehr, das hätte ich bestimmt nicht überlebt. Sekunden waren das, ach was, Sekunden, Bruchteile von Sekunden.

Ein Wunder, Waltraud.

Zwei Wunder.

Allein, dass ich wach war, ist doch schon ein unglaublicher Zufall.

Lieber Himmel, frage ich mich auf einmal, passt da etwa einer auf mich auf? Auf mich? Auf die alte, unbedeutende Waltraud Friese aus der Braunschweiger Straße? Wer? Ein Schutzengel?

Ach, Waltraud, jetzt spinnst du aber!

Ich will lachen, aber das klappt nicht so richtig. Im Gegenteil.

Plötzlich kommen mir die Tränen mit Macht. Ich kann es nicht zurückhalten, ich schluchze und schniefe, mein ganzer Körper schüttelt sich.

Nu, nu, ist ja gut, versuche ich mich zu beruhigen. Aber ich kann nicht aufhören.

Macht doch nichts, sieht mich ja keiner, erlaube ich es mir endlich. Ach, erlauben, ich kann es sowieso nicht ändern.

Irgendwann bin ich leer geweint. Erschöpft lehne ich mich im Sessel zurück. Wann habe ich das letzte Mal so geweint? Das habe ich mir irgendwann abgewöhnt, hieß doch immer gleich: »Zimperliese. Stell dich nicht an.«

Ein bisschen schäme ich mich, dass ich mich so habe gehen lassen, aber es hat mir gutgetan. Ich fühle mich befreit. Mein Kopf ist klarer. Mein Atem geht leichter.

Kann es sein, dass mich etwas geweckt hat, dass das weder ein Wunder noch ein Zufall war? Immer wieder stelle ich mir diese Frage. Weil, dass Frau Schneider ausgehfertig in der Tür stand, Minuten nach der Explosion, das irritiert mich, je mehr ich darüber nachdenke. Es war halb vier am Morgen. Kein Mensch ist da angezogen. Ich dachte, ich hätte die Haustür gehört. Kann es sein, dass sie gerade nach Hause gekommen ist? Dann muss sie die Jungen doch gesehen haben. Es sollen zwei gewesen sein. Kennt sie die etwa? Besorgt klang sie ja, als der Feuerwehrmann von einer Blutlache sprach. Aber wer zündet ein Haus an, in dem er selbst wohnt? Und ihr Mann schlief da oben. Das ist doch verrückt.

Niemand hat es geschafft, sich anzuziehen, Frau Groote nicht und auch Herr Schneider nicht.

Da stimmt etwas nicht. Ganz und gar nicht. Und das macht mir Angst. Aber die Polizei hat sie ziemlich in die Mangel genommen, habe ich gehört. Denen ist das natürlich auch aufgefallen.

Ich weiß nicht, was dabei rausgekommen ist, mir erzählt man das ja nicht. Will ich aber wissen, ob ich in Zukunft Angst haben muss vor dieser Frau. Ob Yildirims Männer ihr auch mal einen Besuch abstatten sollten? Aber die Frau ist aus härterem Holz als Thomas, fürchte ich.

27

Endlich bekomme ich neue Scheiben, dabei ist doch schon Freitagnachmittag. Das hat dieser Herr Sauber, oder wie der heißt, alles geregelt. Ich war viel zu durcheinander nach dem Schrecken.
Die Nachbarn von nebenan und gegenüber stehen alle dabei. Man könnte meinen, die haben noch nie einen Glaser bei der Arbeit gesehen. Stimmt vielleicht sogar.

Ach guck, jetzt stellt irgendwer sogar ein paar Biertische und Bänke auf die Straße. Was haben die denn vor? Sieht aus wie beim Straßenfest. Vor ein paar Jahren gab es mal eines, aber da bin ich nicht hingegangen, habe mich nicht getraut.

Wo kommen denn auf einmal die Tassen und Gläser her? Lisa und Jamal tragen schon eine Thermoskanne mit Kaffee nach draußen. Hugo trappelt jauchzend hinterher.

»Kommen Sie raus, Frau Friese, wir feiern, dass nicht mehr passiert ist«, ruft Lisa mir zu.

Feiern?

Aber Zeit zum Nachdenken lassen sie mir nicht. Dabei will ich zu Grete, die hat mich ganz besorgt angerufen vorhin und gefragt, wie es mir geht.

»Rufen Sie Frau Tietjen an und laden Sie sie ein«, schlägt mir Frau Groote vor, die auch auf einmal auf der Straße steht.

Ach ja, warum eigentlich nicht? Die Leute haben recht, ich lebe noch – wenn das kein Grund zu feiern ist!

Gut, dass Werder erst morgen spielt, haben wir auch kein Gedränge und Gegröle von den Fußballfans. Obwohl, die meisten, die hier durchkommen, sind friedlich.

Grete kommt nicht alleine, Mechthild hat sich bei ihr untergehakt. Die beiden scheinen sich ja sehr angenähert zu haben, bemerke ich ein bisschen spitz.

Eifersüchtig, Waltraud?

Auch Orhan Yildirim bringen sie mit. Er bedankt sich bei allen Nachbarn mit Handschlag für die Hilfe, egal ob die gespendet haben oder nicht. Ist vielleicht auch nicht so wichtig. Als er mir die Hand gibt, wird er ernst.

»Es tut mir sehr leid, Frau Friese, dass wir das hier nicht verhindern konnten, da waren die Kerle schneller als wir. Aber glauben Sie mir, der wird Sie nicht mehr belästigen. Er hat es geschworen.«

»Was haben Sie mit ihm gemacht?«, frage ich mit einer Mischung aus Schrecken und, ja, Schadenfreude.

»Was ich nicht weiß, macht mich nicht heiß. Ist das nicht ein deutsches Sprichwort?«

Er lacht schallend, zwinkert mir noch einmal zu und setzt sich.

Das hätte ich mir auch nicht träumen lassen, dass ich mal mitten auf der Straße sitze mit Leuten, die ich nur vom Sehen her kenne. Zehn, zwölf Menschen sind es sicherlich, und immer wieder kommt jemand dazu, und wir rücken zusammen, damit Platz ist für alle. Immer wieder bestätigen sie mir, wie mutig und toll ich reagiert hätte.

»Mutig war das nicht«, antworte ich. »Ich habe gar nicht nachgedacht. Sonst hätte ich das vermutlich nicht getan.«

»Weiß man denn, was das für Täter waren? Stimmt es, dass wir hier im Viertel Neonazis wohnen haben?«, fragt jemand.

»Ob es eine in der rechten Szene verankerte Gruppe ist, weiß ich nicht«, erklärt Mechthild, »aber es gibt ein paar junge Männer, die an dem hier beteiligt sind.«

Sie weist mit einer ausholenden Handbewegung auf mein kaputtes Fenster.

Jetzt ist es still am langen Tisch, alle hören interessiert zu.

»Mein Neffe, Thomas Niemeyer, hat vor ein paar Monaten damit begonnen, junge Leute um sich zu sammeln. Er behauptet ernsthaft, die Zeit sei reif für den großen Machtwechsel. So, wie sich die Araber im Nahen Osten ihre Freiheit erkämpfen, so müssten wir das hier auch tun. Als ob man das vergleichen kann. Er hält sich selbst für die Wiedergeburt des ›Führers‹.«

»Der ›deutsche Frühling‹«, platze ich raus. Also doch.

»Der spinnt doch«, ruft Lisa quer über den Tisch.

Andere lachen laut, schütteln die Köpfe.

Mechthild lächelt verkniffen.

»Das sehe ich auch so. Wenn Sie mich fragen, ist er geistesgestört im medizinischen Sinne. Dass die Jugendlichen ihm überhaupt folgen, liegt nicht daran, dass sie ihn akzeptieren. Aber er hat Geld. Echtes Geld, wenn Sie verstehen.«

Hä? Ach so.

Herr Petersen nickt bedächtig. »Oh ja, den Niemeyers gehörte mal die halbe Straße, hat mein Vater erzählt. Die sollen sich während der Nazizeit mächtig bereichert haben«, flüstert er mir zu, er möchte wohl nicht, dass Mechthild ihn hört, ist ja trotz allem ihre Familie.

»Er hat den Löwenanteil des Vermögens unserer Eltern geerbt«, erzählt sie weiter. »Thomas musste nie arbeiten, er ist verludert, weil er nie eine Aufgabe hatte im Leben.«

Sie klingt neidisch, kann ich verstehen, aber nach Hartz IV sieht sie trotzdem nicht aus.

He, Waltraud, die Frau hat dir nichts getan.

»Was wissen Sie über diese Jungen? Wie viele sind es eigentlich?«, erkundigt sich eine Nachbarin.

»Wie viele? Ach, vielleicht fünf, sechs. Ich weiß wenig über die Gruppe. Mein Kontakt zu Thomas ist sporadischer Art, ich ertrage ihn kaum, seine Angeberei und sein völlig wirres Gerede. Ich bin ihm eher aus dem Weg gegangen. Aber nachdem mich Frau Tietjen über seine letzten Machenschaften informiert hat, habe ich ihm einen Besuch abgestattet.« Sie zieht eine Grimasse. »Er hat unmäßig geprahlt mit seiner

›Kameradschaft Hermann‹, wie er sie nennt. Wenn er recht hat, sind sie gefährlich. Sie trainieren angeblich regelmäßig auf dem Land oder im Garten von Gesinnungsgenossen. Schießübungen und alles.«

Der Keller von Thomas Niemeyer. Alle Achtung, Rita Gebhard! Ich sollte ihr aufmerksamer zuhören.

Trotzdem. Ich sehe wieder die beiden Jungen vor der Eisdiele sitzen.

»Dieser Miros kam mir gar nicht gefährlich vor, aber vielleicht bin ich auch naiv«, werfe ich ein.

»Vermutlich sind sie das auch gar nicht, eher abenteuerlustige dumme Jungen. Thomas lügt und übertreibt, wenn er über diese Dinge redet, man kann es schwer auseinanderhalten. Immerhin haben wir einen Verfassungsschutz ...«

»Die? Die mischen da doch mit«, unterbricht jemand, lacht spöttisch.

»Pst, ausreden lassen.«

»Ruhe doch!«

»Nach meinen Recherchen ist eine ›Kameradschaft Hermann‹ nicht aktenkundig. Vielleicht war alles nur ein Spiel von gelangweilten Bürgersöhnchen, das schrecklich aus dem Ruder gelaufen ist. Sie konnten Thomas eben ausnehmen wie eine Weihnachtsgans. Nur ist Miros jetzt tot, Matthias wird nie wieder gesund werden, und auch der Dritte, ein Tobias Sowiewer, der liegt schwerverletzt im Krankenhaus.«

»Wieso hat die Polizei Ihren Neffen denn nicht verhaftet?«, ereifert sich Frau Petersen.

Mechthild zuckt die Achseln. »Verhört haben sie ihn wohl, aber man muss ihm das alles erst mal beweisen.«

Vielleicht hätte ich ihn doch anzeigen sollen, überlege ich.

»Ich finde, Sie beschönigen das unerträglich, Frau Solar«, ruft da einer von der Seite sehr verärgert. »Die Kerle wollten das Haus von Frau Friese anstecken, das sind keine dummen

Jungen, Mörder sind das. Dagegen müssen wir uns wehren, notfalls auch mit Gewalt.«

Laute Rufe geben ihm recht. Andere wiegeln ab, heftiges Gemurmel überall. Die Stimmung droht zu kippen.

»Das schon, aber ob sie wussten, auf was sie sich da einlassen?«, wirft Jamal ein. »Das sind doch halbe Kinder.«

Er streicht seinem kleinen Hugo über den Kopf.

Hat er denn keine Angst um sich und Hugo?, frage ich mich, er könnte doch eines der nächsten Opfer sein.

»Ein schwacher Trost für Familie Yildirim oder Frau Friese«, spottet Herr Petersen.

Da hat er recht, denke ich, sage aber nichts.

»Bitte, ruhig«, mahnt Grete Tietjen. »*Frau Solar* hat keine Bomben gebastelt, sie hat uns lediglich informiert. Und ich persönlich bin gegen Gewalt, da stellen wir uns doch auf die gleiche Stufe mit diesen Personen.«

Die Diskussion wird laut und heftig, mir ist nicht wohl dabei. Aber ich weiß auch keine Lösung. Ich will mich unbemerkt davonschleichen, solche Streitereien mag ich nicht.

Aber als ich leise aufstehe, jammert der kleine Hugo: »Nicht gehen, Bagga-Oma!«

Schlagartig wird es still.

Da stehe ich am Tisch, und alle gucken mich an.

Sag ich jetzt, ich muss zum Klo?

»Ich, äh … ich mag das nicht, wie Sie sich anschreien, hilft doch nichts«, bringe ich mühsam raus.

Betretenes Schweigen breitet sich aus.

»Bleiben Sie hier, Frau Friese, wir versuchen, uns gesittet zu benehmen«, verspricht einer der radikalen Wortführer. Zweifelnd setze ich mich wieder.

Da klettert Hugo auf meinen Schoß und klatscht quietschend in die kleinen Hände. Alle lachen befreit auf. Na gut, vielleicht bleiben sie friedlich, denke ich.

»Was wissen *Sie* eigentlich, Herr Yildirim?«, fragt Lisa. »Sie wohnen doch mit diesen Menschen im selben Haus.«

»Der Jan, der über mir wohnt, der ist nicht so schlimm. Wenn er mich alleine trifft, grüßt er ganz normal, aber wenn seine Freunde da sind, wird es schon mal ungemütlich. Vor allem, wenn sie besoffen sind, dann hören sie laute Musik mit schlimmen Texten. Ich kenne sie nicht richtig, nur vom Sehen im Treppenhaus. Die haben schon oft blöde Sprüche drauf.« Dann grinst er bitter, zeigt seine breiten, kräftigen Hände. »Sehen Sie, ich bin ein starker Mann, ich kann mich gut wehren. An mich trauen die sich nicht ran, auch der Niemeyer nicht. Ich glaube, die Jungen sind ziemlich feige, wenn man sie einzeln erwischt. Nur um meine Frau und vor allem die Kinder mache ich mir immer Sorgen.«

Nachdenklich schaut er auf den kleinen Hugo. »Aber Kramers passen auf, die sind oft am Tag zu Hause. Das hilft«, ergänzt er noch.

Eine Weile sitzen alle in sich gekehrt am Tisch. Lisa füttert Hugo mit einem Keks, ich trinke einen Schluck Kaffee.

Da kommt mit zögerndem Schritt Herr Schneider auf uns zu. Erstaunt blickt er in die Runde, er weiß wohl nicht, wie er sich verhalten soll, aber erst mal grüßt er freundlich.

»Setzen Sie sich zu uns, Herr Schneider«, fordert ihn Frau Groote auf. »Wir feiern, dass nicht mehr passiert ist, und überlegen, was wir nun machen sollen. Vielleicht können Sie uns erzählen, was Sie wissen.«

Und was mit Ihrer Frau ist, denke ich, aber das verkneife ich mir dann doch.

»Oh, ich bin selbst von der ganzen Sache überrascht worden. Die Polizei hat mich wegen Marianne befragt, dabei hatte ich einen wichtigen Termin, aber da nehmen die keine Rücksicht drauf. Unternehmer gelten eben nichts in diesem roten Bremen.«

Er guckt missmutig. Ärgert es ihn, dass er sich um seine Frau kümmern muss? Da war mein Hans-Georg sogar fürsorglicher.

»Hallo, Herr Schneider, es ging um einen Mordversuch, schon vergessen?«, ruft Herr Petersen empört.

Wieder droht die Stimmung zu kippen. Aber Herr Schneider redet völlig ungerührt weiter.

»Meine Frau ist erneut bei der Polizei. Sie muss diese jungen Attentäter irgendwie gekannt haben. Ich verstehe das alles nicht.«

Er fährt sich durch die strubbeligen Haare, die nun erst recht abstehen, als wäre er gerade aus dem Bett gefallen.

»Ich bin von morgens bis abends aus dem Haus, ich baue gerade eine eigene Firma auf, da habe ich kaum Freizeit. Ich weiß gar nicht so genau, was Marianne den ganzen Tag macht.«

Seine Stimme verliert sich. Er schaut schweigend auf die Tasse, die ihm jemand hingeschoben hat.

»Kennen Sie Thomas Niemeyer?«, fragt Grete.

»Vom Namen her, er ist um zwanzig Ecken mit Marianne verwandt. Nach Aussage der Polizei hängt er in dem ganzen Schlamassel mit drin. Aber ich kann nicht glauben, dass meine Frau an einem Brandanschlag auf das Haus beteiligt ist, schließlich wohnen wir hier. Sie hätte doch nicht ihre eigene Wohnung abfackeln lassen.«

Plötzlich lacht er böse.

»Sie ist viel zu verliebt in ihre Sachen, ihren Nippeskram, das hätte sie nie zugelassen, dass davon etwas zu Schaden kommt.«

»Und *Sie* waren ja auch noch oben«, bemerkt Mechthild süffisant.

Aber der Spott tropft an ihm ab. Er nickt nur.

»Ja, ja, ich bin durch den Knall aufgewacht und habe mich erst später gewundert, dass Mariannes Bett ganz unberührt gewesen ist. Ich habe keine Ahnung, wo sie in der Nacht war.«

»Die perfekte Ehe«, murmelt Frau Petersen, aber das kann nur ich hören.

»Haben Sie denn nicht über diese Neonazis geredet?«, mischt Grete sich ein. »Das ist hier schließlich schon eine ganze Weile Thema.«

Herr Schneider schüttelt den Kopf. »Nein, wie gesagt, ich bin mit meinem Kopf im Moment woanders, aber Marianne hat nie etwas erzählt. Ich weiß auch nicht, wie weit sie wirklich verstrickt ist in das Ganze.« – »Was ist eigentlich ›das Ganze‹?«, schiebt er plötzlich nach.

»Eine faschistische Clique, die hier glaubt, arabische Zustände schaffen zu können«, fasst Mechthild knapp zusammen.

»Wie?« Herr Schneider guckt ungläubig. »Nein, wirklich, meine Dame, das kann ich nicht glauben, dass Marianne so einen Schwachsinn unterstützt. Echt nicht.«

Jetzt wehrt er heftig ab.

Ist er wirklich so unwissend? Es fällt mir schwer, das zu glauben, auch wenn er einen offenen Eindruck macht. Aber was heißt das schon. Manche lügen dir frech ins Gesicht.

»Ist Ihre Frau denn noch auf der Wache?«, erkundige ich mich.

»Ja, aber wir werden einen Anwalt einschalten, wenn man sie nicht in Kürze wieder gehen lässt, sie hat nichts Verbotenes getan. Mit einem verrückten Nazi verwandt zu sein ist schließlich nicht strafbar.«

Klingt trotzig.

»Interessiert es Sie denn nicht, wo ihre Frau war?«, fragt einer.

»Doch, aber das geht Sie nun wirklich nichts an«, erklärt er, steht auf und geht ins Haus.

Komischer Mensch, denke ich. Beunruhigt schaue ich zu Frau Groote hinüber. Die sieht unserem Mitbewohner hinterher, hat eine steile Falte zwischen den Augen. Dann wendet sie sich mir zu und schüttelt missmutig den Kopf.

»Ich fürchte, Frau Friese, die Kuh ist noch nicht vom Eis.«

Die Kuh? Frau Schneider? Ich pruste los vor Lachen.

28

Der Tritt von marschierenden Soldaten dröhnt in meinem Kopf. Da, sie biegen um die Ecke, ängstlich verstecke ich mich hinter der Gardine, beobachte entsetzt die gleichförmigen Viererreihen. Tschack, tschack, tschack, knallen die Stiefel aufs Pflaster.

»Hermann! Hermann!«, schreien sie. Dazu tragen sie Fackeln. Sie wollen zu Hermanns Grab, ein Opfer darbringen. Und dieses Opfer soll ich sein, auf einem riesigen Flugblatt haben sie mir das angekündigt.

Aber warum sehe ich denn alles in Schwarz-Weiß? Die müssen doch braune Hemden tragen, und die Fahne ist doch rot.

Ich fahre hoch, starre entgeistert um mich.

Oh Gott, habe ich geträumt? Das war ja entsetzlich.

Aber da grölen tatsächlich Männerstimmen vor meinem Fenster.

Hilfe, was ist das? Kommen jetzt die Neonazis, um die Opferstätte zu besetzen, sich zu rächen?

Was schreien die? Wollen die mich überfallen?

Allmählich werde ich richtig wach, verstehe, was die da draußen brüllen: »Werder, Werder!«

Ach, Waltraud, Werder spielt. Das sind Fußballfans.

Fußball? Schon wieder?

Ängstlich lausche ich auf den Lärm von der Straße, so ganz beruhigt bin ich immer noch nicht. Die Rufe werden leiser, brechen ab. Jetzt singen sie irgendein Lied.

Waltraud, ganz ruhig, es ist Fußball, mehr nicht.

Erleichtert falle ich zurück, warte, bis mein Atem sich wieder beruhigt hat.

Himmel, was für ein Albtraum!

Wieder sehe ich die marschierenden Kolonnen vor mir. Ich begreife, dass das Bilder aus alten Filmen sind, die sich in meinen Traum geschlichen haben. Sonst träume ich ja in Farbe, fällt mir jetzt erst auf.

Da bin ich wieder auf dem Sofa eingedöst nach dem Mittagessen, sollte ich nicht, tut mir hinterher immer der Rücken weh, aber ich war zu müde, um hinüber ins Schlafzimmer zu gehen.

Fußball, mehr nicht. Befreit atme ich auf.

Aber weiß man es? Da sollen auch welche dabei sein, die radikal sind. Obwohl, hier ist noch nie etwas passiert.

Ich schlurfe müde zum Fenster. Ja, das sind nur Fans, die meisten gehen ganz ruhig vorbei, sind immer nur wenige Gruppen, die so schreien, meistens gehen die gar nicht durch die schmalen Straßen.

Aber jetzt denke ich doch wieder über diese Schmiererei auf dem Bauzaun nach.

Wie stellen die sich das überhaupt vor, eine Opferstätte? Wird doch täglich gebaut, geht doch gar nicht. Außerdem ist der Bauzaun seit dem Einbruchsversuch mit dicken Ketten verschlossen, da kommt keiner mehr rein.

Auch Gottfried nicht. Hihi.

Ich sehe in den Himmel, der ewige Regen hat endlich aufgehört, sieht richtig schön draußen aus.

Ich mache mir einen Kaffee und setze mich in den Garten, beschließe ich. Ich muss erst mal wach werden und den Traum verdauen. Immer noch benommen schüttele ich meinen Kopf. Nee, nee, Waltraud, das muss doch mal ein Ende haben. Macht mich ganz krank, diese Träumerei.

Ich lasse mich in meinen Gartenstuhl sinken, puh, das tut gut, und umfasse die heiße Tasse. Hier sitze ich gerne, unter Frau Grootes Balkon fühle ich mich geschützt, kann ich mir einbilden, ich sei für mich alleine.

Vom nahen Stadion dringt Geraune herüber, sonst ist es ziemlich still.

»Strengt euch an, Jungs«, denke ich, obwohl mich Fußball nicht sonderlich interessiert. Aber man kann nicht direkt am Stadion wohnen, *ohne* den Bremern die Daumen zu drücken. Geht einfach nicht.

»Rück endlich raus damit, Marianne. Wieso treibt sich dieser Thomas hier dauernd herum? Hast du was mit dem?«, schallt plötzlich eine ärgerliche Männerstimme von oben herunter.

»Red keinen Unsinn, Lukas, mit *dem* doch nicht, was soll das?«

»Was heißt: mit *dem* nicht? Mit einem anderen also? Warst du in besagter Nacht bei deinem Lover?«

Oh, Schneiders haben Ehekrach. Müssen sie den auf dem Balkon austragen? Aber heutzutage haben die Leute keine Hemmungen mehr, brüllen einem überall ihr ganzes Innenleben in die Ohren, wenn sie telefonieren. Die haben einfach keine Scham mehr. Was ist nur los mit den Menschen? Manchmal bin ich froh, dass ich alt bin und das alles nicht mitmachen muss.

»Also?«, fragt Herr Schneider scharf. »Was will der hier?«

»Er rekrutiert ein paar junge Männer für unser, äh … Security-Team. Er glaubt, das ist für irgendeine spinnerte rechte Revolution, aber, wirklich, Lukas, das ist so idiotisch, das glaubt er doch nur alleine.«

Frau Schneider lacht perlend, aber es hört sich falsch an.

»Security-Team? Was ist das, bitte sehr?«, fragt Herr Schneider bissig.

Ja, nicke ich, das wüsste ich auch gerne.

»Nun ja, wie der Name sagt, eine Gruppe junger Männer, die im Sicherheitsbereich Geld verdienen wollen, denen helfe ich bei der Ausbildung.«

»Du???«

»Stell dich nicht so an, Lukas. Warum nicht? Ich war lange genug bei der Polizei, schließlich kenne ich den Job.«

Mir steht der Mund offen. Frau Schneider war bei der Polizei?

»Unehrenhaft entlassen, noch vor der Verbeamtung, erinnere ich mich«, höhnt ihr Mann.

»Na und, das war doch ein linkes Spiel von dem *lieben* Kollegen Schulte, der sich bei der Stellenbesetzung hintergangen fühlte, die typischen Machtspielchen eben. Das weißt du alles nur zu Genüge.«

Er schnaubt demonstrativ.

»Spar dir deine Männersolidarität«, keift sie jetzt verärgert.

Einen Moment hört man nur wüstes Geschrei aus dem Stadion.

»Das ändert nichts daran, dass ich mich auskenne«, fährt Frau Schneider fort. »Und da brauchst du gar nicht den Mund zu verziehen, ich war auf allen Lehrgängen bei den Besten. Auch das ist dir bekannt.«

Im Stadion wird laut gepfiffen. Bitte jetzt kein Tor, denke ich, dann verstehe ich doch nichts mehr, das wird gerade spannend da oben.

Verflixt, etwas ist mir entgangen, aber jetzt übertönt Frau Schneider den Lärm vom Stadion.

»Meinst du, ich sitze den ganzen Tag tatenlos hier zu Hause rum und warte, bis du kurz vor Mitternacht nach Hause geschlurft kommst, um praktisch geradewegs ins Bett zu fallen? Meinst du, das befriedigt mich? Glaubst du, das habe ich mir unter Ehe vorgestellt?«

Ihre Stimme wird immer schriller und lauter.

»Ich kann es kaum glauben, dass du mir heute die Ehre deiner Gegenwart gewährst. Nicht mal zum Fußball bist du gegangen. Hast du Angst, dass du mich wieder bei der Polizei abholen musst? Schadet dem Geschäft, vermute ich.«

Wieder Gegröle vom Stadion. Aber Frau Schneider brüllt nun in den höchsten Tönen:

»Du machst deinen Kram, ich meinen, und wenn dir das nicht passt, dann komm gefälligst früher nach Hause und kümmere dich ein wenig um deine Frau, denn, hallo, mein Herr, Sie sind verheiratet, schon vergessen? Ich bin deine Ehefrau, Marianne. Weißt du das noch?«

Es scheppert laut, hat sie etwa mit etwas geworfen? Ich unterdrücke ein Kichern, wehe, die merken, dass ich mithöre. Aber dann sollen sie ihre schmutzige Wäsche nicht draußen waschen.

»Warum hat dich die Polizei nach dem Brandanschlag denn dann so lange dabehalten, wenn alles so harmlos ist? Die arme Marianne Schneider ein Opfer der bösen Männerwirtschaft Polizei?«

»Allerdings, Lukas, allerdings. Du brauchst gar nicht so zu spotten. Ich habe doch gemerkt, was für einen Spaß denen das gemacht hat. Immer wieder sind sie darauf herumgeritten, dass ich eine ehemalige Kollegin bin.«

Was Herr Schneider antwortet, kann ich nicht verstehen, er spricht ganz leise. Es muss ziemlich übel gewesen sein, denn seine Frau zischt:

»Du mieses Stück Scheiße! Schade, dass Thomas so eklig ist, sonst könnte ich es mir glatt doch noch überlegen. Schlechter als du kann er kaum sein.«

Rums, eine Tür knallt zu.

»Du miese Schlange«, flucht der Mann, aber seine Frau scheint den Balkon verlassen zu haben.

»Tooor!«, brüllt es da vom Stadion herüber und aus allen umliegenden Fenstern. »Tor für Werder!«

»Scheiße«, heult Herr Schneider auf. »Da gewinnen die mal, und ich sitze hier rum.«

29

Ich wollte ja genauer hinhören, was Rita alles weiß, aber ich kann es auch ein bisschen vorantreiben.

»Du kennst dich doch so gut aus, Rita«, beginne ich bei unserer nächsten Begegnung an der Weser. »Weißt du auch etwas über den Jan, der neben Frau Tietjen wohnt und verschwunden sein soll?«

»Ist das so ein dünner Blonder?«

»Oh, ich weiß es nicht genau.«

Verdutzt stocke ich.

»Sieh mal, Rita, da denke ich, nur uns Alte übersieht man auf der Straße, aber die jungen Leute sehen für mich auch alle gleich aus. Ich kann dir den Jungen nicht beschreiben, dabei gehe ich seit Monaten täglich an dem Haus vorbei.«

Aber jetzt erinnere ich mich, dass Grete etwas von blond gesagt hat.

»Wenn der das ist, dann hat er auch einen Hund, einen Mischling, Ferdi heißt der, den hast du sicherlich schon gesehen, so einen kleinen gefleckten, etwas kleiner als Gottfried, aber natürlich größer als Hexe«, sie lacht meckernd. Hexe hebt neugierig den Kopf. Nein, kleiner als Hexe geht wohl kaum, dann wäre es eine Ratte. Das war auch mal modern, dass die Leute eine Ratte mit sich herumtrugen. Igitt, mich schüttelt es. Aber eigentlich, schmutzig waren die nicht. Man weiß zu wenig über diese Tiere, denke ich.

»... lange nicht mehr gesehen.«

Was? Hör zu, Waltraud.

»Er ist vielleicht in Urlaub, sagt man«, berichte ich.

Frau Gebhard zuckt nur die Achseln.

»Ach, Urlaub«, seufzt sie sehnsüchtig. »Ich bin mit Friedrich immer in die Alpen gefahren zum Skilaufen. Aber das ist lange her. Mein Mann sagte immer zu mir: ›Rita, du könntest bei den Olympischen Spielen antreten.‹ Ach ja, Friedrich und ich, wir hatten viel Spaß.«

Sie bekommt ihren verträumten Blick, und ich weiß, jetzt ist mit ihr nichts mehr anzufangen. Auch gut, was will ich denn eigentlich erfahren? Was geht mich dieser Lümmel an, der badet jetzt vielleicht im Mittelmeer.

Aber an einen Hund Ferdi kann ich mich nicht erinnern. Vielleicht geht er zu anderen Zeiten los.

Gottfried unterbricht meine Grübelei. Er tobt mit Hexe um einen gewaltigen Berg Strandgut.

He, jetzt scharrt er aber gewaltig in diesem dicken Haufen. Er fängt an zu knurren und zu japsen. Was hat er da denn nur? Zerrt da wie wild an einem ollen Lappen rum. Solange es nicht wieder der Knochen einer alten Leiche ist.

»Lass das doch, Gottfried, das ist Müll!«

Ich will zu ihm und ihn mit dem Fuß beiseiteschieben, aber er hat das Stoffding jetzt aus dem Gestrüpp befreit und trägt es mit stolz erhobenem Kopf zu mir hin. Sieht aus wie ein Schuh. »Bah, Gottfried, der ist ja ganz schmutzig.«

»Wer verliert denn einen einzelnen Schuh?«, frage ich Rita. Aber der flattert ihr Cape um die Nase, und sie muss mal wieder ihren Hut festhalten. Eine Antwort habe ich eigentlich auch nicht erwartet.

Ist ein neuer Hut natürlich, aber er sieht nicht viel anders aus als der alte, auch mit einer Fasanenfeder. Wo kauft Rita solche Sachen nur in Bremen?

Gottfried packt seine Beute und trabt weiter am Ufer entlang. Hexe springt kläffend hinterher, will ihm den Fund abjagen, aber Gottfried grollt durch die zusammengebissenen Zähne. Hexe lässt nicht locker. Wild knurrend raufen die beiden Hunde um den Schuh. Sollen sie sich müde toben, denke ich. Nur soll er das nicht mit nach Hause schleppen, kriege ich nur Ärger mit Grete.

Besser, ich lasse ihn in Ruhe, vielleicht verliert er sein Interesse.

»Du hast viel Glück gehabt, Waltraud, das sag man. Hoffen wir, dass sich die Polizei jetzt endlich kümmert. Matthias hat übrigens inzwischen zugegeben, dass er den Wachmann, den man aus der Weser gefischt hat, kannte. Der hatte ihnen den Sprengstoff versprochen, aber dann wohl doch Angst bekommen. Daraufhin haben sie versucht, in den Bauwagen einzubrechen.«

»Haben die den Wachmann denn umgebracht?«, frage ich beklommen.

»Matthias bestreitet es, Waltraud. Aber ob er lügt? So schlecht, wie es ihm geht? Seine Mutter kommt fast täglich bei mir vorbei und weint sich aus, die arme Frau, aber der Junge ist nun übern Berg. Er kommt bald nach Hause. Trotzdem, ich sage dir, so richtig gesund wird er nicht mehr werden. Vielleicht sperren sie ihn auch ein, ich weiß es nicht. Richtig wäre es schon. Das darf man doch nicht zulassen, Bombenwerfer in unserer schönen Stadt. Aber andererseits, wenn man die Familie kennt, ist es nicht so einfach, wenn du verstehst, was ich meine.«

Muss schlimm sein für die Eltern, denke ich. Das eigene Kind im Gefängnis, ob man sich nicht ein Leben lang die Mitschuld gibt?

Aber die Eltern von Hermann Niemeyer waren sogar stolz auf ihre Kinder, dabei war der Manni doch ein Mörder. Also, wenn der Junge schuld war am Tod dieser Fremdarbeiter.

Nein, Waltraud, lass dieses schlimme Thema endlich mal beiseite. Ich will nach Hause, es reicht mir für heute.

»Rita, wir sehen uns am Donnerstag bei mir. Grete geht dann mit dem Hund.«

»Gottfried, wir gehen, lass den ollen Lumpen endlich.«

Ich gebe ihm ein Leckerli, und tatsächlich trabt er ohne Schuh weiter.

Plötzlich bleibe ich mitten auf der Straße stehen.

He, Waltraud, diese Flecken an dem Schuh, war das etwa Blut? Gehörte der womöglich dem toten Wachmann?

Igittigitt! Angeekelt sehe ich den Hund an.

Den hattest du im Maul, Gottfried!

Spinn nicht rum, Waltraud, selbst wenn, Sascha braucht keine Schuhe mehr.

Als ich zu Grete zurückkomme, bin ich müde, die Aufregung der letzten Wochen macht sich bemerkbar. Ich freue mich schon auf eine gute Tasse Kaffee. Aber als ich in die Wohnung komme, sitzen da schon Mechthild und Frau Groote am Tisch.

Nanu? Frau Groote habe ich hier noch nie gesehen. Sie haben lauter Zettel vor sich liegen und sind in eine heftige Diskussion verwickelt.

»Setzen Sie sich, Frau Friese«, begrüßt mich Grete ein bisschen nebenher, sie schaut mich kaum an, begrüßt Gottfried nur mit einem abwesenden Tätscheln. Ich bleibe irritiert stehen. Mechthild weist einladend auf den letzten freien Sessel.

»Wir besprechen gerade das neue Flugblatt, das wir in der Nachbarschaft verteilen wollen«, erklärt sie mir mit vor Aufregung gerötetem Gesicht. »Sie erinnern sich doch, dass wir das während des Straßenfestes besprochen haben.«

Ein Flugblatt?

Haben wir? Da habe ich mal wieder nicht aufgepasst.

Frustriert bleibe ich stehen, sehe auf die drei Köpfe, die sich wieder über die Papiere beugen, als ob ich nicht im Raum wäre.

Ich will kein Flugblatt machen, ich will in Ruhe einen Kaffee trinken und von Gottfrieds Gestöber im Strandgut erzählen. Vielleicht auch von dem merkwürdigen Schuh.

Keine Chance, Waltraud.

»Ich muss noch einkaufen«, murmele ich und wende mich schnell zum Gehen.

Den Spruch hättest du dir schenken können, Waltraud, das interessiert die Damen nicht die Bohne.

Das macht mich wütend und auch traurig. Als ob sie froh waren, dass ich gegangen bin. So eine wie mich können sie eben nicht gebrauchen. Die haben alle drei studiert und können so etwas viel besser, also, dieses Argumentieren und Schreiben. Natürlich kann ich richtig schreiben, bin ja nicht dumm, aber doch nicht solche Sachen, die man drucken kann.

An der nächsten Kreuzung bin ich ganz aus der Puste, bin richtig geflohen aus dem Haus. Und nun?

Ich bleibe abrupt stehen, als ich merke, was ich tue.

Wer sagt, dass ich unnütz bin, nur weil ich kein Flugblatt entwerfen will? Kann ich nicht etwas anderes machen?

Kopfschüttelnd stapfe ich nach Hause. Die Parolen auf dem Bauzaun schreien mich an, verspotten mich.

Muss ich mir das gefallen lassen?

Schnurstracks marschiere ich in den Keller, da sind noch Farbreste. Ich werfe mir die Schürze über, greife Pinsel und Farbeimer und bin schnell zurück. Ist schon Feierabend, kann mich kein Bauarbeiter aufhalten.

Einen Augenblick atme ich tief durch, zögere kurz, dann fange ich an, Kreise und Linien um die blöden Sprüche zu malen.

»Macht du da, Bagga-Oma?«, piepst es da neben mir. Ich zucke zusammen. Hugo schaut mit großen Augen zu mir hoch.

»Auch malen!« Er zappelt ganz aufgeregt.

Verlegen gucke ich mich um, vielleicht hätte ich warten sollen, bis es dunkel ist. Aber schon kommt Lisa ebenfalls mit einem Eimer und mehreren Pinseln herbei.

»Gute Idee, Frau Friese«, ruft sie schon von Weitem. Sie drückt dem Kleinen einen Pinsel in die Hand, und im Nu malen wir um die Wette. Schön ist es ja nicht, gebe ich zu, aber darauf kommt es gar nicht an. Zwar können wir die Schrift nicht ganz unkenntlich machen, aber sie fällt nicht mehr wirklich auf.

Bald sind wir umringt von Anwohnern. Einige schließen sich sogar unserem Gepinsel an. Schließlich gibt es nichts mehr zu tun, ich trete einen Schritt zurück und betrachte unser Kunstwerk.

»Das müssen Sie noch signieren, Frau Friese, dann kauft es die Kunsthalle«, ruft einer der Nachbarn.

»Waltraud Friese, der Picasso vom Peterswerder«, grinse ich übermütig und lache schallend los.

Hach, hat das Spaß gemacht, denke ich zufrieden.

30

Die gestrige Malaktion hat mich ganz fröhlich gemacht. Dass ich mich das überhaupt getraut habe! Aber verschwunden ist mein Ärger über die drei Frauen doch noch nicht.

Ich dachte, es geht vorbei. Aber meine Gedanken kreisen immer neu um diesen Nachmittag, wollen einfach keine Ruhe geben. Nicht mal Lust auf den *Kurier* habe ich. Aber der läuft mir ja nicht weg.

Gut, gut, sie haben mich nicht abgewiesen, sie haben gearbeitet, sie wollten etwas tun, damit auch ich wieder ruhiger schlafen kann, ich weiß es. Aber trotzdem fühle ich mich zurückgewiesen von den beiden Menschen, die ich am meisten mag.

Ich halte im Kauen inne und sehe auf mein Frühstücksbrot.

Wieso eigentlich?

Sie waren so weit weg, sie hätten mich nicht einmal beachtet, wenn ich nackt gekommen wäre, denke ich immer noch gekränkt.

Stell dich nicht so an, Waltraud, sie waren beschäftigt, es ist *nichts* passiert, was hast du nur?

Aber ich stelle mich an. Ich verrenne mich in einen Streit, der gar nicht stattgefunden hat, der nur in meinem Kopf tobt. Ich spüre, wie ich rot werde, hier für mich alleine am Frühstückstisch.

Waltraud, Waltraud, du benimmst dich wie ein kleines Kind.

Aber ich komme nicht raus aus der Ecke, in die ich mich selbst wie eine beleidigte Leberwurst hineinmanövriert habe. Am liebsten würde ich meine Tasse an die Wand werfen. Nur mit Mühe finde ich meine Fassung wieder.

Geh einen Tag weg hier, Waltraud, sonst zerschlägst du wirklich noch Porzellan. Wenn ich einer von den dreien jetzt begegne, richte ich möglicherweise mehr Schaden an, als ich in Jahren wiedergutmachen kann. Selbst wenn ich neunzig werde.

Nachdenklich sehe ich aus dem Fenster. Weggehen? Wohin? Schade, dass Anita in Italien ist, die könnte mich jetzt aufheitern. Am Meer haben wir uns damals getroffen. Am Meer.

Warum nicht? Wasser beruhigt.

Ich bin schon im Flur, da poltert es im Treppenhaus. Jemand schreit: »Nicht doch!«

Was ist da wieder los?

»Ganz ruhig!« Das ist Frau Schneider. Die hat mir gerade noch gefehlt.

Das sind mehrere Leute. Ob das ihr Security-Team ist?

Gehe ich jetzt raus?

Besser nicht, Vorsicht ist die Mutter der Porzellankiste, Waltraud. Vielleicht ist der dicke Thomas wieder dabei.

Ich horche, aber jetzt höre ich nur Schritte auf der Treppe, irgendwann klappt leise eine Wohnungstür. Stille.

Frau Schneider, ehemalige Polizistin, unehrenhaft entlassen. Was hat sie wohl angestellt? Das habe ich Grete gar nicht erzählt, fällt mir ein.

Geh los, Waltraud, du musst zum Bahnhof.

Als ich ins Treppenhaus komme, höre ich oben eine Tür ins Schloss fallen. Klack, abgeschlossen. Schritte. Kommt sie wieder runter? Aber nein, ihr Schlüssel klirrt erneut im Schloss.

Komisch.

Was macht die da oben? Treppengymnastik?

Vielleicht hat sie was vergessen, soll auch jüngeren Menschen passieren, Waltraud.

Ich habe das deutliche Gefühl, dass da etwas nicht stimmt, aber ich komme nicht drauf, was.

Zum Bahnhof, Waltraud.

Im Zug nach Bremerhaven werde ich allmählich ruhiger.

Mal langsam, Waltraud, was hat dich eigentlich so tief verletzt?

Wieder sehe ich die drei Frauen vor mir, wie sie eifrig diskutieren. Sie *haben* mich aufgefordert, mich zu ihnen zu setzen.

Ja, ja, sehr halbherzig.

Na und? Ich habe ihnen von meinen Albträumen erzählt. Sie wissen, dass ich das Thema nicht mag.

Ich reibe gedankenverloren meine Beine.

Wenigstens tut mir nichts mehr weh, ist alles gut verheilt, da habe ich noch mal Glück gehabt, hätte glatt im Krankenhaus landen können damals.

Ich denke an diesen Nachmittag zurück, als Karin Groote und Frau Tietjen mich besucht haben, und höre sie wieder eifrig politisieren.

Sie glauben daran, dass sie mit einem Flugblatt etwas ausrichten können. Sie meinen, es muss so laufen, wie sie das richtig finden. Und wo bleibe ich dabei? Sie haben mich und meinen Widerwillen einfach nicht zur Kenntnis genommen.

»Selbst wenn, Waltraud«, flüstert ein dünnes Stimmchen in meinem Kopf. »Was ist da so schlimm dran?«

Draußen saust die Landschaft vorbei. Jetzt spiegelt die Scheibe mein Bild. Ein mürrisches, verkniffenes Gesicht sieht mich an.

Bin ich das?

Erschrocken weiche ich zurück.

Eine verbitterte Frau, Waltraud. Das war wirklich das Allerletzte, was du dir fürs Alter vorgenommen hast.

Sollte nicht alles besser werden nach dem Frühjahr? Wenn es nur so einfach wäre mit dem Sich-Ändern.

Ich seufze tief auf.

Gib Frieden, Waltraud, befehle ich mir. So perfekt bist du auch nicht.

Zum Beispiel warte ich viel zu gerne darauf, dass andere handeln. Ist ja auch bequemer so. Aber das machen sie dann eben auf ihre Weise. Jede so, wie sie gestrickt ist, Waltraud, das gilt dann auch für Grete und Frau Groote. Lass ihnen ihre Flugblattschreiberei. *Du* besuchst dafür Yildirims und bemalst den Bauzaun. Unwillkürlich kichere ich, sehe den farbverschmierten kleinen Hugo wieder vor mir. Jede auf ihre Weise, Waltraud, gib Frieden.

Ich lehne mich zurück und atme aus.

Da fällt mir die Post ein, die ich vorhin einfach nur gegriffen habe, auch den *Kurier* habe ich eingesteckt. Mal sehen, was es Neues gibt. Ein Brief von der Polizei. Nanu? Hektisch reiße ich ihn auf.

»Anlässlich des Brandanschlages«, steht da, habe man eine Verhaftung vorgenommen.

Aha. Warum schreiben die so gestelzt, versteht doch kein Mensch.

Zum Glück steht dazu auch ein Artikel im *Kurier*, sodass ich begreife, worum es geht. Die haben den anderen Kerl gefasst, diese schrecklichen Brandbombenwerfer waren ja zu zweit.

Sebastian P., siebzehn Jahre alt. Siebzehn, auch noch so jung. Was denken die sich nur?

»Rechtsradikale Bande aufgedeckt«, schreibt der *Kurier*.

Mit Foto von meinem Fenster, da waren die Scheiben noch kaputt, habe ich gar nicht mitgekriegt, dass die da ein Foto gemacht haben. Man sieht aber nichts von meinem Wohnzimmer, man gut, denn richtig aufgeräumt hatte ich ja nicht nach diesem ganzen Trubel. So hätte ich das Zimmer nicht gerne in der Zeitung gehabt, denken die Leute doch gleich, die Alte kann nicht mehr für sich sorgen, muss ab ins Heim. Nein, so was, hätten die mich nicht vorher fragen müssen? Aber vielleicht nicht, ist ja nur das Haus von außen.

Na, wenigstens haben sie diese Gruppe aufgespürt, da gehörte auch der Miros dazu und der Zitroneneis, dieser Tobias, dem muss es ganz schlecht gehen, und jetzt dieser Sebastian.

»Endlich kann man im Peterswerder wieder aufatmen, da diesem ungeheuerlichen braunen Spuk ein Ende gemacht werden konnte. Unklar ist noch die Rolle von T. N. (44), Neffe des unter dem Bunker Braunschweiger Straße gefundenen Toten Hermann N. Polizeisprecherin Drömer betont, dass die Verwandtschaft alleine noch kein Verdachtsmoment liefere. Bislang fehlten eindeutige Beweise dafür, dass T. N. Anteil an den jüngsten Verbrechen habe.«

Wie bitte? Der muss doch nur den Mund aufmachen, und es kommt braune Soße raus. Verstehe ich nicht.

Haben die Jungen tatsächlich dichtgehalten?

Vielleicht erzählt uns aber auch der *Kurier* nicht alles. Oder die Polizei. Kein Wort von gestohlenem Sprengstoff oder dem ermordeten Wachmann.

Zweifelnd lasse ich die Zeitung sinken. Ist wirklich alles vorbei? Brauche ich mich vor Thomas nicht mehr zu fürchten? Mir keine Gedanken machen um Frau Schneider? Können Jamal und Hugo in Frieden bei uns wohnen? Dann brauchen Frau Groote und Grete auch kein Flugblatt mehr zu schreiben.

Ist damit alles vergessen? Ist es so einfach?

Warum traue ich dem Frieden nicht?

Braucht vielleicht eine Weile, ich habe mich so lange gefürchtet, das geht vielleicht nicht so einfach vorbei.

Wieder betrachte ich das satte Grün vor dem Fenster, vereinzelte Kühe, mal einen Bauernhof, kleine Ortschaften. So langsam freue ich mich auf den Ausflug. Wie dumm, dass ich dazu einen Anlass brauche. Warum mache ich das nicht öfters?

Die nächsten Stunden lassen mich alles vergessen, den dicken Niemeyer, die Baustelle, den dummen Streit, der Wind pustet mich durch und bläst allen Trübsinn weg, ich atme tief die würzige Seeluft ein.

Mmh. So schlecht ist die Welt doch gar nicht, Waltraud.

Mit diesem Hochgefühl schwebe ich nach Hause.

Vor meiner Wohnungstür liegt ein Blatt Papier.

Karin Groote! Mädchen, lass mich doch bitte einfach in Frieden. Müde hebe ich es auf.

WIR KÄMPFEN WEITER!
RACHE FÜR HERMANN, MATTHIAS, TOBIAS & MIROS!
FREIHEIT FÜR SEBASTIAN!
TOD ALLEN VERRÄTERN!

Mir zittern die Hände, kaum kann ich den Schlüssel ins Schloss stecken, hektisch hänge ich die Kette wieder vor. Die Schneider muss mir das hingelegt haben oder der dicke Thomas, wie sonst kommt das ins Haus? Frau Groote hätte das nicht liegen lassen.

Diese Bande! Hört das denn nie auf?

Herr Yildirim hat mir doch versprochen, dass Schluss damit sein soll. Oder steckt Thomas gar nicht hinter diesem Wisch?

Wer dann?

Aber als ich den restlichen Meersand aus meinen Schuhen schüttele, spüre ich wieder den Seewind im Gesicht, etwas von der Ruhe des Nachmittags legt sich auf mein wild klopfendes Herz. Ich atme lange aus.

Das lasse ich mir nicht nehmen, entscheide ich trotzig. Das war ein wunderschöner Ausflug. Fürchten kann ich mich wieder ab morgen.

Wenn überhaupt. Pah!

31

»Frau Friese, ach bitte, können Sie uns noch einmal helfen?« Lisa steht vor der Tür. »Ich habe mir eine Plombe rausgebissen, ich kann heute Nachmittag noch zur Zahnärztin. Nur …«

»Ich passe auf Hugo auf, Lisa«, unterbreche ich sie. »Mache ich doch gerne.«

»Er wird seinen Mittagsschlaf halten, vielleicht wacht er gar nicht auf, bis ich zurück bin.«

»Machen Sie sich keine Sorgen, Lisa. Er wird mir schon nicht ausbüxen.«

Sie lächelt, aber ein frohes Lächeln ist es nicht.

Tatsächlich schläft Hugo tief, als ich komme. Ich setze mich ins Wohnzimmer, will mein Buch aus der Tasche ziehen, da sehe ich das *Wochenmagazin* auf dem Tisch liegen. Oh, da gucke ich mal rein, lese ich sonst ja nur beim Arzt.

Ich greife nach der Zeitschrift, da rutscht ein Blatt heraus.

NIGGER RAUS AUS DEUTSCHLAND!
DEUTSCHLAND DEN DEUTSCHEN!
EUCH KRIEGEN WIR!

Ich starre auf das Papier. Wie kommt das in die Zeitschrift?

Dann begreife ich.

Die Faschisten!

Das sieht genauso aus wie der Wisch, den ich gestern bekommen habe.

Ganz vorsichtig lege ich das Papier zurück. Atme tief aus.

Es reicht.

Ihr rührt das Kind nicht an.

Tu endlich was, Waltraud.

32

Ich bin aufgeregt, wie vor einem Rendezvous. Verrückt eigentlich.
Ich bin auf dem Weg zu Zitroneneis. Er ist wieder zu Hause. Meine Knie sind ein bisschen weich, dabei weiß ich doch, dass er mir nichts tun wird. Trotzdem, er gehört zu dieser Clique der Mörder. Darum will ich ja auch mit ihm reden. Rita hat das mit dem Besuch eingefädelt. Alleine hätte ich mich nicht hingetraut, wäre mir zu aufdringlich gewesen.

»Geh nur, Waltraud, die arme Mutter freut sich über jede Art der Unterstützung, um den Jungen wieder ins richtige Fahrwasser zu bekommen«, versichert mir Rita.

Tatsächlich empfängt mich Frau Leberecht sehr herzlich. Verhärmt sieht sie aus, sie kann doch noch gar nicht so alt sein. Muss furchtbar sein, wenn das eigene Kind beinahe weggestorben wäre. Ist egal, wie alt der Matthias ist, Kind bleibt Kind.

»Ich bin so froh, dass Sie sich herwagen, Frau Friese. Sie glauben gar nicht, wie schrecklich einsam es um uns geworden ist. Die Nachbarn reden nicht mehr mit uns, außer Frau Gebhard, die Gute. Manche wechseln sogar die Straßenseite, können Sie sich das vorstellen? Dabei sind wir gar keine Nazis, und Matthias auch nicht, er ist doch nur von diesem Niemeyer verführt worden. Der hat mit Geld um sich geschmissen, und da sind sie ihm auf den Leim gekrochen, aber niemand hat auf uns gehört, keine Polizei, niemand. Es muss immer erst etwas passieren. Lieber Gott, er hätte tot sein können«, jammert sie etwas atemlos.

Ich auch, denke ich, aber das sage ich nicht, ich will ja was von ihr.

»Bitte kommen Sie herein, er weiß, dass Sie ihn besuchen wollen, aber ich kann Ihnen nicht versichern, dass er reden wird. Zum Glück spricht er jetzt wieder normal.«

Ich sehe sie erstaunt an. »Wieso? Ist es ihm auf die Sprache geschlagen?« Rita hatte etwas anderes erzählt.

»Nein, nein, seine rechte Hand ist verkrüppelt, und große Hautflächen am Bauch sind verbrannt, schrecklich, schrecklich, aber ich meinte seine Ausdrucksweise. Er hat vor dem, äh ... Unfall dauernd fanatisches Zeug geredet, von Überfremdung und solchen Sachen, Sie verstehen?«

Aber dann *ist* er doch ein Nazi, denke ich. Will sie es nicht begreifen, oder kann sie es nicht?

Es ist ihr Sohn, Waltraud.

»Er ist so tapfer, Frau Friese, er klagt nicht und weint nicht. Dabei sagt ihm sein Therapeut, dass er das ruhig darf. Der hilft ihm auch dabei, dass er wegkommt aus dieser rechtsradikalen Ecke. Wie konnte er da nur hineingeraten? Wir verstehen es nicht, wir haben immer SPD gewählt, schon meine Eltern und auch die von meinem Mann.« Ratlos schaut sie mich an, als erwarte sie von mir eine Erklärung.

»Ich weiß das auch nicht«, kann ich nur antworten, helfen tut ihr das natürlich nicht, aber was soll ich denn sagen? Ich kenne doch die Familie gar nicht.

Der Junge sitzt auf seinem Bett, eine Decke über die Beine gelegt. Blass und hager ist er.

»Matthias, Frau Friese ist hier. Möchtest du, dass ich dabeibleibe?«

Er sieht kurz hoch, schüttelt den Kopf.

Wie jung er aussieht, denke ich fast erschrocken, erinnere mich, dass er gerade mal achtzehn ist. Achtzehn. Fast noch ein Kind. Kaum älter als Hermann, der in den Krieg ziehen wollte, der Fremdarbeiter verraten hat. Ist Matthias auch so einer?

Aber da ist nichts mehr von der Wut, kein Stinkefinger, nur Leere. Vielleicht ist er auch nur müde?

»Ich habe dir ein Eis mitgebracht«, wage ich mich vor. »Zitroneneis, magst du doch, oder?«

»Woher wissen Sie das denn?«, fragt er verblüfft. Ganz vorsichtig lächelt er, als ich ihm den Becher hinstelle. Ach nein, er kann den Löffel nicht nehmen mit der kaputten Rechten. An was man alles denken muss. Er bemerkt meine Unsicherheit.

»Geht schon«, knurrt er, greift den Eislöffel mit der Linken, presst den Becher gegen die verbundene Rechte.

»Ich mag lieber Schokolade«, plappere ich weiter, nur um die Verlegenheit zu überspielen.

»Nein, ist mir zu süß«, erklärt er.

Na prima, so können wir den ganzen Tag weiterreden, ohne etwas zu sagen.

Geduld, Waltraud, ermahne ich mich, kannst nicht gleich mit der Tür ins Haus fallen, lass ihm Zeit. Vielleicht bricht das Zitroneneis ja das Eis.

Ach, Waltraud, sei nicht albern.

Seine Mutter hat alles vorbereitet, Kaffee steht auf dem Tisch, ich schenke mir eine Tasse ein.

»Matthias«, beginne ich zögernd, »ich bin gekommen, weil ich mit dir reden möchte. Ich verspreche dir, ich gehe damit nicht zur Polizei, alles bleibt unter uns.«

Er nickt.

Gut.

»Matthias, ich will wissen, warum ihr mich töten wolltet.«

Rums, diplomatisch ist anders, Waltraud. Wo ist dein schön zurechtgelegter Text?

Er wirft sich heftig in die Kissen zurück.

»Ich habe Ihnen nichts getan«, wehrt er sofort trotzig ab. Jetzt guckt er böse.

Toll, Waltraud. Da kannst du gleich wieder gehen.

So schnell gebe ich nicht auf, nehme einen neuen Anlauf.

Ich zeige auf seine Verbände und erkläre eindringlich: »Ich sollte verbrennen, Zitro... äh, Matthias. Du weißt, wie weh das tut, und dasselbe wolltet ihr mir antun. Mir! Warum mir? Ich will wissen, warum. Ich will es begreifen, verstehst du das? Warum ich? Du warst es nicht, ich weiß, aber du kennst die Jungen, die die Flaschen geworfen haben. Erklär es mir bitte. Ich will es verstehen«, bedränge ich ihn. »Ich will wieder in Frieden schlafen können, Matthias.«

Erschrocken sieht er mich an, legt vorsichtig den Löffel weg. Lange starrt er auf sein Eis, es verläuft allmählich, erinnert mich an den Tag vor der Eisdiele, als wir uns zum ersten Mal begegnet sind. Kommt mir vor, als wäre es Jahre her und nicht erst ein paar Wochen. Von der Straße klingt Autolärm ins Zimmer, Matthias' Mutter telefoniert irgendwo.

Ich warte. Was soll ich noch sagen?

Er atmet tief auf, rührt mit dem Eislöffel in der Pampe herum, malt Kreise und Linien, wirft mir einen scheuen Blick zu. Ich weiche nicht aus, halte seinen Blick fest. Ich merke, wie er mich eingehend betrachtet, das ist mir nicht einmal peinlich. Im Gegenteil. Sieh mich an, Junge, denke ich. Ich sollte euer Opfer werden, sieh mich an, und antworte mir, warum. Aber ich durchbreche die Stille nicht.

Lass ihm Zeit, Waltraud. Warte ab.

»Weil Sie mit allem zu tun haben«, flüstert er. »Weil, wir haben gedacht ...«, seine Stimme wird noch leiser, fast verstehe ich ihn nicht, »... eine alte Frau, darauf kommt es nicht an.«

Das Blut steigt ihm ins Gesicht, er schaut wirr im Zimmer herum, nur nicht in meine Richtung.

Wie bitte? Ich kann es nicht glauben. Mein Kopf ist leer, was sage ich dazu? Kann man dazu überhaupt etwas sagen?

»Es ... es tut mir leid«, presst er mühsam heraus.

»Ach, Junge«, seufze ich hilflos, berühre leicht seinen Arm. »Ach, Junge.«

Wieder ist es still im Zimmer. Irgendwie sogar friedlich, denke ich verwirrt. Komisch, dass ich nicht wütend bin nach dem, was er da eben gesagt hat. Dass ich mit meinem Beinahe-Mörder so zusammensitzen kann! Nun ja, *er* war es ja nicht. Trotzdem.

Da platzt Frau Leberecht ins Zimmer.

»Ist denn noch Kaffee da?«, fragt sie geschäftig.

Ach nein, jetzt hat sie alles kaputt gemacht, denke ich und verziehe verärgert den Mund. Da sehe ich, wie auch Matthias seinen Mund verzieht. Unsere Blicke treffen sich, ein witziges Bild müssen wir abgeben, beide mit der gleichen ärgerlichen Grimasse. Ich muss grinsen. Ein leichtes, flüchtiges Lächeln erscheint auch auf seinem Gesicht.

»Alles bestens, Mama«, murmelt er. Beflissen schüttelt Frau Leberecht an der Kaffeekanne, um sich selbst zu überzeugen, gießt mir ungefragt noch etwas in die halb volle Tasse.

Erwartungsvoll sieht sie uns an, öffnet schon den Mund, um etwas zu sagen oder fragen, aber Matthias kommt ihr zuvor.

»Lass uns noch eine Weile alleine, Mama, bitte.«

Sie wirft mir einen fragenden Blick zu. Ich nicke nur, ist vielleicht unhöflich, aber jetzt kein Gespräch anfangen, keine Erklärungen abgeben, zwinge ich mich.

»Sie meint es nicht so«, sage ich so dahin, als sich die Tür hinter ihr schließt. Er schnaubt kurz, schaut mich wieder prüfend an.

»Alles fing damit an, dass der Sascha uns den Sprengstoff nicht geliefert hat«, erklärt Matthias nach einer kurzen Pause. »Er hatte es versprochen. Aber dann hat er kalte Füße bekommen. Ein Feigling eben. Er hat seine Antwort gekriegt, der Verräter hat es nicht besser verdient. Wir wollten uns das Zeug selbst holen, aber wir sind nicht in den Bauwagen gekommen. Dabei hatten wir sogar seine Schlüssel. Irgendwie link das Ganze. Da mussten wir uns das eben selbst bauen. Den Rest kennen Sie.«

Er hebt kurz seine verbundene Hand.

»Was wolltet ihr denn um Gottes willen mit dem Zeug? Bomben basteln?«

»Klar.«

So viel Trotz in dem einen Wort. Ich schrecke zurück.

»Wir wollten erst gar nichts von Ihnen, Frau Friese. Das kam, weil Sie das Messer mitgenommen hatten, das wir verloren hatten. Das mussten wir wiederhaben, Sie wissen ja, warum.«

Er wirft mir einen lauernden Blick zu.

Weiß ich das?

Ich mache wohl ein dummes Gesicht, denn nun schaut er irritiert.

»Haben Sie sich das Messer denn nicht angesehen?«, fragt er erstaunt.

Ich schüttele nur den Kopf.

»Krass, wir dachten, Sie wissen Bescheid.«

Jetzt weiß er offensichtlich nicht weiter.

Frag etwas, Waltraud, ehe er sich zurückzieht.

»Woher wusstet ihr denn, dass ich das Messer hatte?«

»Ach, das war einfach. Bei Ihnen war als Einzige Licht, und wir haben die Haustür gehört. War ja sonst ganz still in der Straße. Nachher war dann Ihr Bild in der Zeitung. Da war alles klar. Wir wollten uns das Messer später noch mal zurückholen, aber wir haben es nicht gefunden. Ich nicht natürlich, ich habe damit ja gar nichts mehr zu tun, ich habe nur davon gehört.«

Also doch, schießt es durch meinen Kopf, da war tatsächlich wer in meiner Wohnung. Unwillkürlich ziehe ich die

Schultern hoch, nur mit Mühe kann ich die aufsteigende Wut zurückdrängen. Was sind das nur für Menschen? Haben die denn vor gar nichts Respekt?

Waltraud, sei nicht naiv. Was ist ein Einbruch gegen Bomben?

Es ist die Vorstellung, dass ein Fremder all meine Sachen begrapscht. Das hat so was … Obszönes, ja das ist es.

Matthias kratzt den letzten Rest Eis aus dem Becher.

»Das mit der ›Kameradschaft Hermann‹ war Thomas' Idee. Hermann war sein Onkel, auf den war er furchtbar stolz. Muss ein starker Typ gewesen sein.«

Der Junge seufzt auf. Meint er das tatsächlich? Hat er keine anderen Vorbilder? Aber ich halte den Mund.

»Das war der andere Grund, Frau Friese. Ihr Vater Hubert hat ja den Hermann umgebracht. Und da dachten wir eben, das müssen wir rächen.«

»Aber nein, Matthias, ich bin mit Hubert gar nicht verwandt.«

»Was? Nicht? Aber der wohnte doch im selben Haus.«

Misstrauisch sieht er zu mir herüber.

»Matthias, ich wohne erst seit zwölf Jahren hier, ich habe nie von einem Hubert Friese gehört, es gibt sicher Dutzende Frieses in Bremen.«

Verwirrt fährt er sich durch die Haare.

»Alles falsch, oh shit, oh shit!«, stöhnt er.

Lange schweigen wir.

»Da haben wir eine schöne Scheiße gebaut«, murmelt er. Soll ich das als Entschuldigung nehmen?

Er schaut aus dem Fenster, schüttelt den Kopf. Was geht da drin vor, möchte ich gerne wissen.

»Thomas redete immer vom ›deutschen Frühling‹. Ehrlich, Frau Friese, das hat niemand von uns geglaubt, dazu ist die Zeit noch nicht reif in Deutschland. Wir hatten was anderes vor. Afghanistan oder Pakistan, da wollten wir hin. Richtig weg. Das hier war nur zum Üben. Thomas sollte uns den Flug bezahlen, dazu mussten wir ihm was erzählen. Also, dass wir uns da ausbilden lassen wollten für den Kampf hier.«

Er zuckt die Achseln. Schweigt wieder.

»Aber der Brandsatz bei mir«, werfe ich ein, »Frau Schneider wohnt doch auch ...«

Er unterbricht mich lachend. »Ach, die!«

Er stockt, hält sich die Hand auf den Bauch, sein Atem pfeift, das Gesicht verzerrt sich schmerzvoll.

»Frau Schneider wohnt über mir«, erkläre ich, um ihm Zeit zu lassen. »Wenn ich ihr jeden Tag im Haus begegne, will ich wissen, was ich von ihr zu halten habe. Dieser Niemeyer verkehrt auch dauernd bei uns. Der hat mich in den Dreck gestoßen. Ich habe Angst vor diesem Kerl. Glaubst du, dass er den Wachmann umgebracht hat?«

»Das war nicht Thomas, der ist viel zu feige dazu. Ich weiß nicht, wer es war.«

Jetzt lügt er, denke ich. Das kam zu schnell. Ich spüre es, er weiß mehr über diesen Mord. Was sonst hat er vorhin angedeutet? Worüber soll ich Bescheid wissen, wenn nicht, dass das Messer die Tatwaffe ist. Und wenn *Matthias* es war? Als ich ihn zum ersten Mal traf, hätte ich ihm so allerlei zugetraut. Er war nicht immer so ein Wrack. Aber Mord?

»Die Schneider und der dreckige Niemeyer«, schnaubt er verächtlich. »Die haben sich wunders wie aufgespielt. Revolution in Deutschland ist voll Blödsinn, das weiß doch jeder.«

»Weißt du, wo sie in der Brandnacht war?«

»Nein, ich war schon im Krankenhaus. Aber die lief immer mal nachts rum, die wollte Leute für ihr Security-Team finden. So nannte die das. Voll krass, wirklich. Aber ich glaube, das war ganz anders.«

Wieder mustert er mich prüfend. Jetzt überlegt er, ob er mir das erzählen kann, denke ich und beiße mir auf die Zunge, um ihn nicht zu unterbrechen. Ich wundere mich sowieso, dass er so gesprächig ist. Kommt vielleicht durch die Medikamente, die machen ja Gott weiß was mit einem.

Nun gibt er sich einen Ruck, beugt sich leicht zu mir her und raunt verschwörerisch:

»Ich glaube nämlich, die ist ein V-Mann.«

Er lehnt sich zurück, nickt mir wichtig zu.

Ich verstehe nur Bahnhof.

»Ein V-Mann?«

»Oh, echt. Eine vom Verfassungsschutz, ein Spitzel. Ich habe das dem Thomas immer wieder gesagt, aber der will es nicht glauben.«

»Ach, nein«, entfährt es mir. »Die war mal Polizistin.«

»Echt wahr?«, fährt er auf, sackt aber schnell wieder stöhnend zusammen. Jetzt grinst er breit durch den Schmerz. »Ich wusste es. Ich hab's ja immer gesagt. Eine Informantin. Dieses Schwein!« Er ballt wütend die Faust. »V für Verräter, habe ich Thomas gesagt«, schiebt er aggressiv nach.

»Sie ist nicht mehr bei der Polizei«, versuche ich den Jungen zu beschwichtigen.

Lieber Himmel, was mache ich hier, liefere ich Frau Schneider nun ans Messer? Ich denke an den Wachmann, den Matthias eben auch einen Verräter genannt hat, und mit denen machen die wohl kurzen Prozess.

Liebe Güte, Waltraud, pass auf, was du sagst.

Matthias fährt nachdenklich fort: »Ich weiß von dem Brandanschlag eh nur von einem anderen Kameraden. Den Namen nenne ich Ihnen nicht, das mache ich nicht.«

Wieder dieser Trotz in der Stimme.

»Ich will keine Namen, Matthias, ich will es verstehen.«

Er nickt wieder. Schaut mich erneut lange an.

»Hauen Sie ab, Frau Friese«, sagt er plötzlich heftig. »Ich habe jetzt nichts mehr mit denen zu tun, ich habe es meiner Mutter versprochen. Und überhaupt, Afghanistan kann ich vergessen«, wieder hebt er seine verletzte Hand.

»Aber die anderen haben Sie jetzt auf dem Kieker, Frau Friese. Weil, Sie haben alles kaputt gemacht. Sie haben uns an die Bullen verraten. Die ganze Kameradschaft ist hin. Und jetzt noch Sebastian und Tobias.«

Ich falte den Drohbrief auseinander und halte ihm den Wisch wortlos hin.

Er schaut drauf, stöhnt kurz, verzieht das Gesicht.

»Ja, ja, ich sage es ja, hauen Sie ab.«

Er wischt sich mit der Hand über die Stirn, sein Blick wird unsicher, verschwommen. Es geht ihm schlechter. Ich sollte bald mal gehen. Aber er redet weiter, seine Worte kommen stoßweise. Immer wieder tippt er auf das Blatt in meiner Hand.

»Verstehen Sie nicht? Das muss man rächen. Das ist eine Frage der Ehre.«

»Was haben die vor?« Erschrocken zucke ich zurück.

Er zögert, vielleicht hat er Angst, dass er schon zu viel gesagt hat.

Oha, habe ich mich hier etwa selbst in Gefahr gebracht? War das eine dumme Idee, hierherzukommen?

Klar, er landet im Gefängnis, wenn ich zur Polizei gehe, begreife ich. Wenn ihm das bewusst wird, wer weiß, was ihm einfällt. Der kann seiner Mutter viel versprechen.

Zu spät, Waltraud. Jetzt gibt es kein Zurück mehr.

Er antwortet nicht mehr, greift nach einer Schachtel und fummelt eine Tablette heraus. Schweiß steht auf seiner Stirn. Der Junge muss ins Bett, denke ich.

Schade, ich hätte ihn gerne noch gefragt, was sie mit Jamal vorhaben, aber dazu reicht seine Kraft nicht mehr.

»Entschuldigung, Frau Friese«, nuschelt er. »Ich bin müde.«

Ich stehe auf, drücke ihm die gesunde Hand und verabschiede mich.

»Vielen Dank, Matthias, dass du mit mir geredet hast. Ich werde das nicht weitererzählen.«

33

»Abhauen«, murmele ich, als ich aus dem Hause trete, wie denkt er sich das? Sollte ich nicht besser zur Polizei gehen? Was von alledem ist der Polizei denn *nicht* bekannt? Vieles stand sogar im *Kurier.*

Nur habe ich Matthias versprochen, nichts zu erzählen.

Vorschnell, Waltraud.

Aber sonst hätte er vielleicht gar nichts gesagt.

Es will mir nicht in den Kopf, dass die Polizei von alldem keine Ahnung haben soll. Die haben Matthias doch sicherlich auch befragt, und so standfest ist der nicht, dass er einem Verhör trotzen kann. Wieso lässt man die Lümmel alle frei rumlaufen, wenn die so gefährlich sind?

Alle nicht, Waltraud, dieser Sebastian ist immer noch in Untersuchungshaft. Die Polizei hat mir geschrieben, dass ich beruhigt sein kann.

Wer ist denn da überhaupt noch, um mir etwas anzutun? Wie groß ist denn diese Kameradschaft eigentlich?

Das Wichtigste hast du nicht gefragt, Waltraud.

Was ist also dran an Matthias' Geschichten? Alles Aufschneiderei?

Afghanistan! Also wirklich! Er ist vielleicht einfach ein bisschen verschroben.

Aber genau das macht diese Gruppe so bedrohlich, wird mir klar, die Jungen sind radikal und unberechenbar. Vielleicht weiß sogar Thomas Niemeyer nicht, was die alles vorhaben.

Ich bin so in Gedanken, dass ich einen jungen Mann anremple, der da am Zaun steht und aufmerksam in den Blumenschmuck des Vorgartens schaut.

Nanu? Was guckt der denn da? Was ist denn so spannend an den Astern, dass er sich da so versenkt? So 'n junger Kerl, die interessieren sich doch sonst nicht für Blumen.

Vielleicht hat er was verloren, geht es mich etwas an?

Ich entschuldige mich höflich, da wirft er mir einen finsteren Blick zu, richtig böse guckt der unter seiner Kapuze vor. Meine Güte, kann doch mal passieren, dass man wen anrempelt, muss er doch nicht gleich so finster dreinschauen.

»Habe ich dir wehgetan?«, frage ich unsicher.

»Nein«, knurrt er.

Ich habe das Gefühl, er will noch etwas sagen, aber er wendet sich wieder den Blumen zu.

Kopfschüttelnd gehe ich weiter. Da höre ich hinter mir ein vertrautes Kläffen. Ich drehe mich um.

Oh, Rita und Hexe! Rita zieht eine Einkaufskutsche hinter sich her, der Hund zerrt an der Leine, wollen die zu mir? Nein, Waltraud, Rita wohnt hier. Eine Nachbarin von Matthias, hat sie oft genug gesagt.

Hoffentlich ist sie jetzt nicht eingeschnappt, dass ich so ohne Gruß an ihrem Haus vorbeigegangen bin.

Waltraud, sie war doch gar nicht zu Hause.

Rita wartet an ihrer Gartenpforte auf mich. Es ist das Haus mit den Astern. Hexe schnüffelt an den Beinen des jungen Mannes, der nun wie angewurzelt dasteht und mal zu Rita, mal zu mir hinguckt.

Jetzt schaut er schnell zu dem Fenster von Matthias hoch. Gehört der etwa auch zu denen?

Waltraud, das bildest du dir ein. Er hat in die Luft geguckt, mehr kannst du von hier aus doch gar nicht erkennen. Mach mal halblang, nicht alle jungen Männer sind Neonazis.

Als ich näher komme, stößt er sich plötzlich vom Zaun ab, ruft etwas und rennt wie gehetzt die Straße lang.

Hexe kläfft aufgeregt hinterher, reißt Rita fast die Leine aus der Hand.

»Wer war das denn?«, fragt Rita verwirrt. »Hast du gehört, was er gesagt hat: ›Verdammte Weiber‹, hat er gesagt.

Unverschämtheit, diese jungen Menschen haben kein Benehmen mehr. Aber was machst du hier, Waltraud, wolltest du zu mir? Warum hast du nicht vorher angerufen, ich war eben beim Mini-Shop, mein Kühlschrank ist wieder leer, man glaubt ja nicht, was man als alleinstehende Frau alles braucht. Ich wundere mich immer, wie schnell ich wieder losmuss, geht es dir auch so?«

Jetzt bin ich bei ihr angelangt. Ich drücke ihr die Hand.

»Gut, dass ich dich treffe, Rita. Ich war bei Matthias. Ich bin so verwirrt.«

»Verwirrt? Wegen Matthias? Was hat er dir denn erzählt? Komm erst mal rein, ich habe Tiefgefrorenes in der Tasche, das muss schnell in den Kühlschrank, sonst taut es mir noch auf. Komm schon, Hexe, ungezogenes Tier heute, was ist nur los?«

Hexe schnüffelt aufgeregt im Vorgarten herum.

Vielleicht …

»Der Junge hat so neugierig hier hereingesehen, vielleicht hat er etwas verloren«, mutmaße ich und schaue nun auch interessiert über den Zaun.

»Ach was, diese Kerls haben doch keine Hemmungen, die bleiben nicht am Zaun stehen, die gehen einfach rein in den Vorgarten, wenn sie etwas suchen. Komm schon, ich muss mich mal setzen.«

Ich werde unsicher. »Passt es dir denn, wenn ich so unangemeldet bei dir reinschneie?«

Rita lacht. »Waltraud, ich vermute, du hast schon mal eine Wohnung gesehen, die nicht wie geleckt aussieht. Ich putze nicht mehr für Besuch, wem es nicht gefällt, wie es bei mir üblicherweise ist, der muss wegbleiben, habe ich auch zu Friedrich immer gesagt, komm nun also und mach keine Gewese bitte, und du, Hexe, hör auf zu schnüffeln und komm rein.«

Ihre Wohnung ist gar nicht unaufgeräumt, eine Zeitung liegt auf dem Tisch neben dem benutzten Kaffeebecher. Aber sie lebt schließlich hier, ist doch kein Schauraum eines Möbelgeschäfts. Ich mag das, wenn es nicht so geleckt ist. Strickzeug liegt auch rum.

»Ach, kannst du noch stricken, Rita? Ich habe irgendwann damit aufgehört, meine Finger sind nicht mehr beweglich genug. Vielleicht fehlt mir auch nur die Geduld.«

Dabei ist Rita die hektischere von uns beiden, denke ich.

»Es beruhigt mich, Waltraud, verstehst du, ich hetze immer so viel herum, und wenn ich mich dann müde aufs Sofa setze, ohne etwas in der Hand, meine ich, das geht nicht, das ist vom Teufel. Hat meine Mutter immer gesagt, Müßiggang ist aller Laster Anfang, na, den Spruch hast du sicherlich auch zur Genüge gehört, schrecklich eigentlich, na ja, und darum stricke ich, damit ich zur Ruhe komme – aber du wolltest mir etwas erzählen. Willst du nicht mit in die Küche kommen, dann kann ich erst mal die Einkäufe verstauen und uns etwas zu trinken machen, da muss ich nicht alles hin- und herschleppen.«

Vorsichtig berichte ich Rita, was Matthias mir erzählt hat. Es bedrückt mich so, ich muss doch irgendwohin damit. Auch das Blatt mit der Drohung lege ich auf den Tisch.

»Was mir nicht in den Kopf will, Rita, ist, warum diese Jungen ausgerechnet mich auf dem Kieker haben. Selbst wenn ich die Tochter von diesem Hubert wäre, das macht doch keinen Sinn.«

Rita malt schweigend mit dem Kaffeelöffel Linien auf die Tischdecke, schnippt mit leisem »Bäh« angewidert gegen das Papier. So nachdenklich kenne ich sie gar nicht.

»Ich glaube, Waltraud, dein Fehler dabei ist«, fängt sie langsam an, »dass du diese Menschen verstehen willst. Ich hatte die Gelegenheit, nicht das Vergnügen, muss ich betonen, diesen Matthias näher kennenzulernen. Das ist nicht vernünftig, was der erzählt. Da gibt es keine ... äh, Logik, verstehst du, was ich meine? Wenn die dich zum Feind erklärt haben, dann bist du der Feind, völlig egal ob das einen Sinn macht oder nicht, weil die einfach einen Feind brauchen.«

Sie steht auf, knallt eine Packung Milch auf den Tisch und gießt mir ungefragt Kaffee in einen Becher.

»Außerdem«, fährt sie fort, ohne in ihrer Bewegung innezuhalten, »stimmt es, dass du diese Gruppe kaputt gemacht hast. Natürlich hast du nicht gewusst, dass du das tust, aber wie gesagt, sie brauchen einen Feind, und in dem Fall kann ich das sogar ein bisschen nachvollziehen. Also, nicht, dass ich es richtig finde, lieber Gott, nein, Waltraud, aber du verstehst, was ich meine. Allein vier von denen sind außer Gefecht, einer sogar tot, wie viele sind da überhaupt noch übrig, stell dir mal vor, wie die das getroffen haben muss, und du hast tatsächlich mit allen Fällen zu tun, Waltraud. Wahrscheinlich kratzt das an deren Ehre, Männer lassen sich nicht gerne von Frauen besiegen. Zumindest nicht, wenn es keine richtigen Männer sind, wenn du verstehst, was ich meine, und wir reden von Jugendlichen, die sind doch noch nicht trocken hinter den Ohren, was wissen die denn vom Leben. So sehe ich das jedenfalls.«

Sie lacht bitter. »Ich glaube, die sind nicht sehr mutig, und wir sind alte Frauen, die kann man schubsen. Afghanistan, lieber Gott, ich wette, Matthias hätte sich gleich am ersten Abend in die Hosen gemacht vor Angst, die sind doch alle verwöhnt bis zum Gehtnichtmehr. Vielleicht machen die das deswegen, damit sie mal was erleben.«

»Da ist noch was, Rita.«

Ich berichte von dem Zettel in Lisas Zeitung.

»Was sagen sie denn dazu?«, erkundigt sich Rita.

»Ich habe sie nicht gefragt«, gebe ich zu. »Sah doch so aus, als würde ich da rumschnüffeln. Meinst du, das war falsch?«

Rita zuckt mit den Achseln.

Wir schweigen einen Augenblick. Hexe seufzt im Schlaf, zuckt mit den Beinchen.

»Ach, ich weiß nicht, Waltraud. Ich habe mich immer aus der Politik rausgehalten. Ob das so richtig war, manchmal habe ich so meine Zweifel, aber nun ist es wohl an der Zeit, dass wir uns kümmern müssen. Das geht eindeutig zu weit, was die machen. Und du pass gut auf dich auf, Waltraud, vielleicht solltest du wirklich verreisen, warum nicht, gönn dir mal was, so klein ist deine Rente auch wieder nicht, und mitnehmen kannst du doch nichts am Ende. Wozu also sparen? Für die Enkel? Die sollen selbst sehen, wo sie bleiben, uns hat man auch nichts geschenkt. Aber du hast ja nicht mal welche.«

»Ich renne nicht weg vor denen, Rita«, behaupte ich großspurig.

Ein bisschen dicke, Waltraud, musst du vor Rita wirklich die Heldin spielen?

»Außerdem, wer sagt mir, dass es vorbei ist, wenn ich nach zwei, drei Wochen zurückkomme, denn Überwintern auf Mallorca, das kann ich mir nicht vorstellen. Nein, das ist nichts für mich.«

»Dann bleibt dir nur der Gang zur Polizei, zu irgendetwas müssen die ja gut sein, da schreiben sie mal nicht nur Falschparker auf, sondern tun mal was für uns kleine Leute.«

»Aber glaubst du denn, dass das alles hier vor denen verborgen bleibt? Sie haben diesen Sebastian verhaftet, den verhören sie mit Sicherheit gründlich, sie haben den Bauzaun fotografiert, das habe ich selbst gesehen, sie haben Frau Schneider stundenlang festgehalten, mit der haben die doch nicht Karten gespielt.«

»Frau Schneider, das ist eine komische Frau, wenn du mich fragst. Welche Rolle spielt die eigentlich? Glaubst du das, dass sie vom Verfassungsschutz ist?«

Ich zucke die Achseln. Ich kann mir niemanden vorstellen, der so etwas macht.

»Aber sie läuft wieder frei rum, nicht wahr? Wenn der nächste Brandsatz in deine Wohnung fliegt und du bist nicht zufällig wach, was dann?«

»Sie zündet nicht ihr eigenes Haus an, das stimmt einfach nicht.«

Ratlos blicken wir uns an. Vielleicht hat Rita recht, und man kann das nicht verstehen.

»Immerhin habe ich Thomas im Haus nicht mehr gesehen«, wage ich leichten Optimismus. »Yildirims müssen ihm gewaltig eingeheizt haben.«

»Gut, dass sie dir helfen, Waltraud. Nimm das ruhig mehr in Anspruch, möchte ich dir raten. Aber vielleicht ist Thomas gar nicht der Boss der Gruppe. Diese beiden üblen Zettel sprechen ja eher dagegen. Wenn er vor Yildirims so viel Angst hat, und daran zweifle ich nicht, Waltraud, im Gegenteil, ich kann es mir gut vorstellen, dann hätte Thomas diese Warnungen nicht verteilt.«

Wieder schnippt sie gegen den Drohbrief.

»Entweder er weiß nichts von diesen Schmierereien, oder er kann nicht frei entscheiden, was er tut oder lässt, wenn du verstehst, worauf ich hinauswill.«

Erschrocken schaue ich auf.

»Aber wer?«

Rita zuckt die Achseln.

Wie auf Kommando sehen wir beide auf die Uhr. Ich stehe auf, es wird Zeit.

»Ich bin froh, dass ich dich getroffen habe, Rita, es ist mir schon etwas leichter ums Herz, wirklich. Und morgen Nachmittag kommst du zu mir zum Kaffee, wie verabredet.«

»Gehst du nicht mit Gottfried?«, fragt Rita vorsichtig. »Habt ihr Krach?«

»Ach nein, nicht so richtig, aber ich, ach nein, ich, äh … weiß auch nicht …«

Ich wiegele ab, das will ich Rita nicht erzählen. Sie fragt auch nicht weiter nach. Nett von ihr, denke ich.

Polizei, grübele ich. Rita hat recht. Aber was soll ich denen denn sagen? Dass ich mich immer noch bedroht fühle? Von wem denn eigentlich? Mit Gefühlen können die nicht gut umgehen, habe ich die Erfahrung gemacht, die haben gerne Tatsachen. Wie soll ich die denn liefern? Der blöde Drohbrief? Kann jeder geschrieben haben.

Ach, ich vermisse doch Gretes Rat und auch den von Frau Groote, das sind kluge Frauen, die könnten mir weiterhelfen.

Geh los, Waltraud, kläre das endlich, bedränge ich mich selbst.

Morgen, heute habe ich genug von aufwühlenden Gesprächen.

Ich habe das Gefühl, mir platzt der Kopf. Mehr geht einfach nicht.

Morgen, versprochen.

34

Oh, war die Post endlich da. Spät heute. Stöhnend bücke ich mich und hebe die Briefe auf. Für mich wird wohl wieder nichts dabei sein, das meiste ist für Frau Groote. Arztzeitungen und so was. Man kriegt eine Menge mit über die Leute, wenn man sieht, was die für Post bekommen. Der Postbote schmeißt alles nur durch den Briefschlitz, ist immer in Eile. Früher hatten die auch mal Zeit für ein Schwätzchen, aber heutzutage, immer nur rennen und laufen, macht doch keinen Sinn, dieses Gehetze. Wird man nur krank von. Aber kostet natürlich weniger Rente, wenn man vorher stirbt, ist ja auch wieder praktisch für den Staat.
Ach, guck mal, Frau Schneider bekommt einen Modekatalog. Hat sie da den türkisgrünen Nagellack her? Bis vor ein paar Jahren habe ich gerne Modezeitungen durchgeblättert beim Friseur oder Arzt, aber jetzt interessiert es mich nicht mehr. Bin ich zu alt für die Sachen.

Schau an, doch ein Brief für mich. Vom Immobilienbüro. Hoffentlich endlich wer für meine Wohnung im Dritten. Ist gerade ungünstig zu verkaufen mit der Baustelle nebenan, aber die ist ja bald vorbei, sagen sie.

Ob das die Bekannten von Frau Schneider sind? Dann sei ihr die Hektik von neulich verziehen. Obwohl, will ich an solche Leute wie sie verkaufen? Ich seufze auf, das mag ich eben nicht an dieser Angelegenheit. Nur, das Geld brauche ich dringend.

Oh ja, ein Besichtigungstermin, schon übermorgen. Da sollte ich hochgehen und nach dem Rechten sehen. Ich schaue auf die Uhr, das schaffe ich noch, bevor Rita kommt. Lüften muss ich. Ich habe die Fenster zugelassen wegen dem Dreck, sonst muss ich dauernd feudeln, muss ich mir nicht antun. Das können die Leute hoffentlich verstehen, dass das nicht wie geleckt da ist. Meine alte Freundin Helga konnte richtig arrogant werden. »Bei mir kann man vom Fußboden essen«, sagte sie tatsächlich mal, und dabei guckte sie demonstrativ auf ein paar Wollmäuse unter meinem Heizkörper.

»Bei mir nicht«, habe ich ihr geantwortet, »ich benutze den Tisch.«

Da war sie eingeschnappt. Helga. Ist nun dement, Alzheimer, vermute ich. Hat sie nun davon. Obwohl, hat das eine ja nichts zu tun mit dem anderen.

Ich stecke den Brief in meine Jackentasche, greife nach dem Schlüssel und keuche die drei Stockwerke hoch. Was für ein Glück, dass ich das nicht mehr jeden Tag tun muss. Wenn ich bedenke, dass ich das mehr als zwölf Jahre gemacht habe, jeden Tag in den Dritten. Na gut, war am Anfang noch kein Problem, als ich noch jünger war.

Unwillkürlich trete ich leiser auf, als ich im zweiten Stock ankomme. Immer noch fürchte ich, dass dieser Thomas aus der Wohnung geschossen kommt. Aber da ist alles still. Selbst Frau Schneider scheint heute weggegangen zu sein. Gut so.

Gefällt mir nicht, dass ich mich in meinem eigenen Haus fühle wie ein Dieb. V-Mann sei sie, sagt Matthias. Hm, muss es nicht »V-Frau« heißen?

Waltraud, das ist nun wirklich egal. Spitzel, was muss man für ein Mensch sein, um so etwas durchhalten zu können? Ich schüttele angewidert den Kopf. Leute beschleichen und ausspionieren, igitt, wer macht das denn freiwillig? Immer lügen, immer auf der Hut, das wäre nichts für mich, schon nach zwei Tagen, ach, nach zwei Stunden wäre ich aufgeflogen.

Puh, endlich oben, erst mal verschnaufen.

So, mal sehen, wie das hier aussieht. Muss ich feudeln oder reicht fegen?

Es ist dunkel im Flur. Alle Türen sind geschlossen. Ich hebe die Hand zum Lichtschalter. Stocke.

Moment mal, Waltraud, du hast immer alles offen stehen. Ist doch unpraktisch, so dunkel. Hast du wirklich beim letzten Besuch alle Türen zugemacht? Ist gar nicht deine Art.

Ich erinnere mich nicht. Es ist sicher schon drei, vier Wochen her.

Noch etwas ist anders, ist mehr so ein Gefühl. Nur was? Irritiert schüttele ich den Kopf.

Das Schloss, murmele ich. Hatte ich wirklich nur einmal umgeschlossen beim letzten Mal? Ich schließe immer zweimal um.

Verwirrt öffne ich die Wohnzimmertür, trete ein. Oh ja, es riecht streng in der Wohnung. Sieht nicht nach Regen aus, da kann ich das Fenster eine Weile auflassen.

Ich gehe in den leeren Raum, es hallt unangenehm, klingt geradezu unheimlich. Nur der Motorenlärm vom Bagger dröhnt selbst durch die geschlossenen Fenster. Mein Herz klopft laut, etwas beunruhigt mich, aber was?

Unsinn, Waltraud, hier ist nichts, was hast du denn?

Da lache ich auf einmal laut los. Frau Schneider! Die hat sich doch die Wohnung angesehen!

Also wirklich, Waltraud, manchmal siehst du Gespenster.

Da plötzlich klappert etwas.

Im Schlafzimmer.

Was …?

Mir bleibt die Luft weg, Gänsehaut überzieht meine Arme. Ich schlucke kräftig, aber der Kloß bleibt in meinem Hals.

Das muss das Fenster sein, hat sie sicher offen gelassen. Die Frau sah mir auch nicht sehr zuverlässig aus, ich sage nur: Türkisgrüne Fingernägel! Mit Sternchen!

Waltraud, als ob das etwas miteinander zu tun hat.

Hat es wohl. Zeigt sich ja gerade.

Resolut wische ich alle Bedenken zur Seite und marschiere mit festem Schritt zum Schlafzimmer hinüber. Mit besonders festen Tritten, denn da ist nichts, Waltraud.

Da verharre ich mitten in der Bewegung. Da stöhnt jemand.

Das kann nicht, Waltraud!

Wer ist da?

Meine Hände werden schweißnass, Panik steigt in mir auf.

Was mache ich?

Ich stehe. Lausche. Eine kleine Ewigkeit.

Was geht hier vor?

Plötzlich schlägt die Panik um in Wut. All meine Angst ist aufgebraucht. Ich muss es jetzt wissen. Dies ist meine Wohnung, da hat niemand zu stöhnen und zu klappern.

»Komm raus, wer sich da versteckt!«, brülle ich in den leeren Raum.

Zwei Schritte, ich stehe an der Tür, atme noch einmal tief durch, drücke die Klinke runter und reiße sie auf. Nein, ich *will* sie aufreißen, aber sie bewegt sich nicht.

Nanu? Abgeschlossen? Das gibt es nicht! Noch nie habe ich diese Tür abgeschlossen, gab es dazu überhaupt einen Schlüssel?

Aber ja, er steckt ja. Von außen. Moment mal, wie kann da drin wer stöhnen, wenn der Schlüssel außen steckt?

Was um alles in der Welt …

Ich drehe den Schlüssel um und öffne mit einem Ruck die Tür.

Eine Matratze. Und darauf ein Mensch. Ein junger Mann.

Eine dürre Gestalt mit langen, blonden Haaren, Jeans, T-Shirt, ganz verdreckt und verknautscht.

Ungläubig starre ich ihn an.

Ganz langsam wendet er mir sein Gesicht zu, sieht mit glasigem, verschleiertem Blick zu mir her.

»Hä?«, lallt er. Der ist auch erstaunt.

Wer ist das? Habe ich den nicht schon mal gesehen?

»Wer sin' Sie denn?«, nuschelt er unglaublich müde, ich verstehe ihn kaum.

Langsam atme ich aus, löse meine verkrampften Fäuste. Wer auch immer das ist, eine Gefahr ist er nicht für mich.

»Wer sind Sie, und was machen Sie hier?«, frage ich ein bisschen piepsig.

Pieps nicht, Waltraud. Meint der noch, dass du Angst hast.

»Versteckt«, murmelt er. »Die ham mich versteckt.«

»Wer, *die*?«

Er schüttelt sich wie ein nasser Hund, scheint nun etwas wacher zu werden, sieht mich aufmerksamer an.

»Sie haben einen Schlüssel?«, fragt er plötzlich klarer, energischer. »Lassen Sie mich raus hier?«

Verblüfft nicke ich.

»Das ist meine Wohnung«, erkläre ich. »Natürlich habe ich einen Schlüssel. Sonnabend kommen Leute, um die zu besichtigen.« Waltraud, das geht den doch nichts an.

»Sonnabend? Wann ist Sonnabend?«

»Übermorgen.«

Er scheint einen Moment unsicher, als ob er nicht weiß, was Übermorgen ist oder Sonnabend. Ob der ein bisschen zurückgeblieben ist?

Er streicht die Haare aus seiner Stirn und richtet sich zum Sitzen auf. Dabei schwankt er leicht. Aber er fängt sich wieder, sieht sehnsüchtig zur Tür.

»Oh, bitte! Lassen Sie mich raus!«, fleht er mich plötzlich an. »Lassen Sie mich gehen! Bitte!«

»Aber ja«, antworte ich unsicher. »Sie müssen hier raus, ist doch *meine* Wohnung. Wie sind Sie überhaupt hier reingekommen?«

Was wird hier eigentlich gespielt?

»Entführt«, lallt er wieder. »Die haben mich entführt.«

Da fängt er auf einmal an zu weinen. »Lassen Sie mich wirklich gehen? Kann ich nach Hause? Wirklich?«

Sein ganzer Körper schlottert nun, die Tränen strömen ihm übers Gesicht, Schnodder läuft aus seiner Nase, gleich bricht er zusammen, fürchte ich.

Armer Kerl, was ist nur mit dem? Was hat er gesagt? Entführt? Spinnt der arme Junge?

Eine leise Stimme meldet sich in meinem Kopf.

»Hau ab hier, Waltraud. Nimm den Jungen und hau ab hier, aber schnell. Wer weiß, was dahintersteckt, aber besser, du bleibst nicht hier im dritten Stock, wo du nicht mehr wegkommst. Raus hier.«

»Kommen Sie, stehen Sie auf. Machen Sie schon, wir müssen weg hier. Wir sehen nachher weiter, aber erst mal müssen wir raus hier.«

Nervenaufreibend langsam krabbelt der Junge auf die Füße, ob er krank ist?

»Nun komm schon«, drängele ich, lausche angespannt auf das Treppenhaus. Fehlt noch, dass uns gerade jetzt irgendwer überrascht.

»Ferdi«, schnieft er plötzlich. »Sie haben Ferdi ersäuft!« Wieder strömen ihm die Tränen übers Gesicht.

Ferdi? Wer ist … Moment mal, wer war noch Ferdi?

Egal.

Weg hier, Waltraud, mach nur, dass du wegkommst.

Ich muss mich etwas überwinden, denn der Junge stinkt ziemlich ungewaschen, doch ich lege ihm meinen Arm um die Schulter und lenke ihn Richtung Flur.

Waltraud, schließ das Schlafzimmer wieder ab, wer weiß, wozu es gut ist.

Ich muss ihn stützen, denn er kann kaum die Füße voreinandersetzen. Doch wir schaffen es bis ins Treppenhaus.

Warte, Waltraud, lass alles so, wie du es vorgefunden hast, alle Türen zumachen, das Schloss nur einmal umschließen, und jetzt vorsichtig die Treppe runter.

Hoffentlich kommt nicht gerade jetzt jemand nach Hause. Oder wenn, dann bitte Frau Groote. Die könnte uns helfen, denn der Junge braucht einen Arzt, dem fehlt doch was. Ob ich Doktor Hansen anrufe?

Später, Waltraud, erst mal heil die drei Treppen runter.

Zum Glück ist der Junge dürr wie ein Strich, den kann sogar ich halten.

Ist auch nötig, denn plötzlich, wir sind gerade im ersten Stock, knallt und poltert es von der Baustelle besonders laut, das ganze Treppenhaus wackelt. Der arme Kerl schreit auf und klammert sich mit aller Kraft am Geländer fest, starrt mich mit weit aufgerissenen Augen an und wimmert: »Nein, nein, nicht schießen, nicht schießen.«

Mühsam löse ich seine verkrampften Finger und flüstere: »Nichts passiert, niemand schießt. Komm, wir sind gleich unten.«

Wie mit einem kleinen Kind muss man mit dem reden, oder wie mit Gottfried, wenn er sich vor dem Staubsauger fürchtet.

»Komm schon, noch eine Treppe, dann haben wir es geschafft, mach schon, sonst werden wir noch erwischt.«

Langsam steigt die Angst wieder in mir hoch. Was mache ich mit dem? Die ihn da versteckt haben, können sich an drei Fingern abzählen, dass *ich* den Jungen gefunden habe. Wer sonst hat denn einen Schlüssel?

He, wo hatten die denn einen Schlüssel her?

Klärt sich alles, Waltraud, bring den Ärmsten erst mal in deine Wohnung, weiter schafft der das doch gar nicht, klappt mir jeden Moment zusammen.

»Nun mach schon«, flehe ich ihn an, »wir müssen uns beeilen.«

Spürt er meine Angst? Er rafft sich auf und stolpert neben mir her bis in meine Wohnung. Ich lege ihn auf dem Sofa ab, renne zurück zur Tür und lege die Kette vor.

So. Erste Station geschafft.

Und nun? Ob er einen Kaffee verträgt?

In dem Moment klingelt es, und draußen kläfft Hexe.

Ach herrje, Rita! Die habe ich völlig vergessen.

Was nun?

Hilft nichts, ich muss sie reinlassen, sonst ruft sie die Feuerwehr, das Überfallkommando und Sonstnochwen, weil sie mit dem Schlimmsten rechnet. Verstecken kann ich den Jungen nicht mehr.

Wieso eigentlich verstecken, Waltraud? Ist doch Unsinn. Rita kann mir vielleicht raten, was ich machen soll. Und zu zweit und mit Hexes scharfen Zähnchen, das gebe ich im Stillen zu, ist es mir mit diesem merkwürdigen Besucher auch wohler.

35

»Aber das ist doch Jan!«, ruft Rita erstaunt aus, als sie meinen Gast sieht.
Der Junge fährt erschrocken hoch, starrt auf die alte Frau neben mir und kreischt in hellster Panik:

»Ich habe nichts getan, ich war es nicht, das war der Tobias, lasst mich gehen, so lasst mich doch gehen!«

Aber er hat gar nicht die Kraft, aufzustehen. Schluchzend fällt er wieder aufs Sofa zurück. Hexe schnuppert kurz an seinen Beinen, interessiert sich aber dann nicht weiter für ihn.

»Der ist völlig fertig«, flüstere ich. »Ich wollte ihm erst mal einen Kaffee machen und dann einen Arzt oder die Polizei anrufen.«

Ich informiere sie mit wenigen Worten, wie ich Jan gefunden habe.

»Das gefällt mir nicht, Waltraud. Weißt du, als ich herkam, lungerte dieser junge Mensch an der Baustelle herum, der, den wir gestern vor meinem Haus getroffen haben und der sich, wie du dich erinnern wirst, sehr, ich betone, *sehr* befremdlich aufgeführt hat. Mir schien es so, als beobachte er dieses Haus.«

Oh nein, ausgerechnet jetzt. Ich hatte gehofft, wir könnten diesen Burschen ohne viel Aufsehen gehen lassen. Aber was, wenn diese Spinner ihn in die Finger kriegen?

Stell dir vor, Waltraud, die bringen den um, und du hast den einfach so loslaufen lassen!

Langsam mit den wilden Pferden, Waltraud. Denk logisch.

Was soll das mit Jan zu tun haben, dass dieser Bengel da draußen rumstromert? Vielleicht interessiert er sich einfach für die Baustelle, wäre er ja nicht der Einzige. Woher soll er wissen, dass ich Jan gerade heute gefunden habe?

Zu viele Zufälle, Waltraud.

Trotzdem schaue ich schnell hinaus, ob ich jemanden sehe, der mir verdächtig vorkommt, aber die Straße ist leer.

»Hoffentlich hat er es nicht auf Jamal und Hugo abgesehen, das ist natürlich auch möglich, nach allem, was du mir gestern erzählt hast«, überlegt Rita. »Vielleicht solltest du sie warnen.«

»Nicht nötig, zum Glück sind sie nicht zu Hause, sie besuchen Hugos Oma. Die richtige.«

»Ich mache uns jetzt mal Kaffee, der Junge braucht das, und wir auch«, entscheide ich. Kaffee hilft.

Das ist also dieser verschwundene Jan, denke ich, während ich Wasser in die Maschine fülle. Von ihm hat Matthias nichts erzählt, fällt mir auf.

Was weiß ich von dem?, frage ich mich, während ich Tassen auf das Tablett stelle. Die Bombenbastler sind in seine Wohnung eingedrungen, da war er also schon weg, das ist inzwischen mehrere Wochen her. Wo war er die ganze Zeit? Wie steckt er drin in all dem Schlamassel?

Frag ihn, Waltraud, raten bringt nichts.

Ich höre, wie Rita ihm berichtet, was wir über die Kameradschaft wissen, aber seine Antworten verstehe ich nicht. Wieso ist er so schlaff, ist doch ein junger Mensch.

»Jan, erst mal vorweg: Niemand hier will dir etwas Böses. Du siehst aus, als könntest du Hilfe brauchen«, wende ich mich direkt an ihn, als ich ins Wohnzimmer zurückkomme. »Sollen wir die Polizei anrufen, oder einen Arzt?«

Wieder schreckt er zusammen. »Nein, nein, keine Polizei, ich habe nichts gemacht«, wimmert er.

Meine Güte, was für ein Jammerlappen! Rita, die neben ihm auf dem Sofa sitzt, tätschelt ihm beruhigend das Bein.

»Wenn man dich entführt hat, muss sich wer kümmern«, antworte ich entschieden. »Und wieso bist du so schlapp? Hier, trink erst mal einen Kaffee, vielleicht hilft das ja.«

Dankbar nimmt er den Becher an. Tatsächlich bringt ihm der Kaffee ein bisschen Farbe ins Gesicht.

»Ich brauche keinen Arzt«, antwortet er etwas energischer. »Ich habe Medikamente bekommen, irgendwelche Schlafmittel, damit ich oben keinen Lärm mache.«

»Wer hat dich überhaupt da oben eingesperrt? Immerhin ist das *meine* Wohnung.«

»Frau Schneider, vor, äh ... zwei, drei Tagen, glaube ich. Also, mein Zeitgefühl ist etwas durcheinander.«

Ach nein, Frau Schneider. Habe ich es nicht geahnt?

Mir geht ein Licht auf. Darum wollte die sich die Wohnung ansehen, diese miese Person! Der ging es gar nicht um Käufer, der ging es nur um ein Versteck.

Obwohl, das ist schon eine ganze Weile her, das war an Frau Grootes Geburtstag. Was stimmt nun?

Hexe schnauft laut. Jan beugt sich zu ihr herunter und streichelt sie liebevoll. Für einen Moment ist alle Angst aus seinem Gesicht verschwunden. Guck, so kann er auch sein, denke ich erstaunt.

Da fällt mir noch etwas ein.

»Das war das Gerumpel auf der Treppe vor ein paar Tagen. Darum ist die Schneider da oben hin und her gelaufen. Ich dachte, die macht eine Art Treppengymnastik.« Ich nicke zufrieden. »Und vorher? Wo warst du die Wochen davor?«

»Ich weiß es nicht. Irgendwo auf dem Land. Aber das war nicht Frau Schneider, das war der Thomas.«

»Ich verstehe nur noch Bahnhof«, bemerkt Rita. »Ich dachte, die beiden gehören zusammen.«

Auch mir schwirrt jetzt der Kopf.

»Der hat mich da festgehalten, und ... und ... äh, ja, es ging mir nicht gut.« Seine Stimme wird immer leiser, wieder liegt dieser ängstliche Zug in seinem Blick.

Lieber Gott, begreife ich endlich, die haben den misshandelt, darum ist der so fertig. Armer Kerl, vielleicht rufen wir doch einen Arzt?

Allmählich röten sich seine Wangen, er richtet sich ein bisschen auf, kommt wohl wieder zu Kräften. Na, was für ein Glück, wäre kein Vergnügen, wenn der mir hier auf dem Sofa völlig zusammenklappen würde.

»Sie können mich nicht festhalten, lassen Sie mich gehen«, beharrt er wieder. »Ist nicht meine Schuld, dass ich in Ihrer Wohnung war. Ich muss gar nicht mit Ihnen reden, ich gehe jetzt nach Hause.«

Huch, nun wird er sogar heftig, vielleicht doch kein Glück, dass der Kaffee so schnell wirkt.

Rita schaltet sich ein:

»Junge, schau mal, nach Hause, das geht nicht, weil, also, deine Wohnung, die ist nicht mehr in Ordnung. Wie soll ich dir das begreiflich machen?«

Gut, dass Rita so umständlich ist, denke ich, denn wie erklärt man so etwas vorsichtig genug? Der bricht uns endgültig zusammen, wenn wir ihm die Wahrheit sagen, aber hilft ja nichts, er muss das wissen. Ich hole tief Luft und ergänze:

»Da hat es gebrannt. Da kannst du so ohne Weiteres nicht zurück. Der Miro und der Zitro... äh, nein, der Matthias, die haben da etwas gebastelt, und das ist ihnen explodiert.«

»Was?«, haucht er entgeistert.

»Weißt du nichts davon?«

Er schüttelt nur den Kopf.

»Aber du kennst die beiden?«

Er wirft den Kopf zurück, sieht uns aus schmalen Augen an.

»Ich sage nichts mehr, ich gehe, muss ja nicht in meine Wohnung zurück. Sie können mich nicht festhalten.«

Mühsam steht er auf, torkelt ein paar Schritte. Rita und ich sehen uns an.

Was tun wir?

Ruf endlich die Polizei, Waltraud!

Ja, aber wenn er freiwillig geht, ist er lange weg, ehe die hier sind.

Denn recht hat er, wir müssen ihn laufen lassen. Ist vielleicht auch besser so, der bringt uns nur in Teufels Küche.

Er wirft einen müden Blick nach draußen und erstarrt mitten in der Bewegung. Er stützt sich mit der Hand am Fensterrahmen ab und flüstert: »Der Bolle, oh, verdammte Scheiße, der Bolle!«

Ich schaue nun auch hinaus und sehe den Asternbewunderer von gestern drüben am Vorgarten stehen. Ungeniert beobachtet er das Haus. Als er uns bemerkt, hebt er drohend die Faust.

Jan lehnt kreidebleich an der Wand, er sieht uns nicht, stammelt nur immer wieder: »Der Bolle, die bringen mich um, jetzt bringen sie mich um!«

Plötzlich fährt er mich an: »Warum haben Sie mich nicht da oben gelassen? Da war ich sicher vor denen. Jetzt bringen die mich um!«

Ach nein, wer wollte denn gerade eben noch weg, will ich sagen, verkneife es mir aber. Nützt doch nichts.

»Umbringen? Damit sind die aber schnell bei der Hand, diese dummen Kinder. Waltraud wollten sie auch ermorden«, ereifert Rita sich. »Du siehst, wir sitzen alle im gleichen Boot, wenn du verstehst, was ich meine. Dann kannst du auch reden. Warum wollen die dir etwas tun? Nun sag's schon.«

Sie klopft mit der Hand auf das Sofa neben sich, fordert ihn auf, sich wieder zu setzen. Nerven hat sie, das muss ich ihr lassen.

Jan schaut mich einen Augenblick fast respektvoll an.

»*Sie*? Warum das denn? Sie sind doch nur 'ne alte Frau.«

Nur? Also wirklich.

Vielleicht sollte ich diesen Lümmel am Kragen packen und auf die Straße schubsen, klapprig oder nicht, dann sind wir ihn los.

Geht nicht, Waltraud. Denk an Sascha. Der ist tot. Tot mit ganz großem T, Waltraud. Die fackeln nicht lange.

Langsam lässt sich Jan wieder aufs Sofa sacken und packt nach kurzem Zögern endlich aus:

»Ja, ich kenne die alle, wir waren ja zusammen, also, Freunde, Kameraden, meine ich, aber dann wollte ich aussteigen, also, weil mir das zu heiß wurde, auch wegen Sascha. Von dem wissen Sie?«

Als wir nicken, fährt er fort: »Der Thomas hat mich gekidnappt, damit ich den Mund halte. Aber da hat mich die Schneider rausgeholt und erst mal hier versteckt. Die hat mich zufällig gefunden. Darum werden die mich kaltmachen, damit ich nicht noch mal abhaue.«

»Der Sascha ist aus der Weser gefischt worden, das weißt du?«

Er nickt, starrt nur auf den Tisch.

»Die wollen mir das anhängen«, klagt er nun wieder ängstlicher. »Aber ich war's nicht, ich schwöre es, ich war's nicht!«

»Wer dann?«, dränge ich.

Er schüttelt den Kopf.

»Sag ich nicht. Dann kann ich gleich 'nen Strick nehmen. Ich darf auch nicht, ich bin doch in dem Programm.«

»Programm?«

»Also, für Aussteiger aus der Szene, die Sch… äh, also das wurde mir versprochen, dass ich da Schutz bekomme, aber ich soll nicht reden darüber.«

»Und wie war das nun mit Frau Schneider und Thomas? Dieses Verhältnis ist mir noch nicht klar, wenn du verstehst, was ich meine«, erkundigt sich Rita nun.

»Die Schneider gehört gar nicht dazu. Im Gegenteil, sie ist Polizistin und hilft mir. Sie weiß gar nichts von Sascha und dem Sprengstoff. Nur eben, dass ich … äh, ja, eben bei diesen Neonazis mitgemacht habe. Ich bin da nur zufällig reingerutscht, ich bin gar nicht rechtsradikal. Das war nur, weil der Thomas uns immer eingeladen hat, das war eben spannend mit den Waffen und so. Aber ich habe nichts gegen Ausländer. Die Yildirims wohnen bei mir im Haus, ich habe gar nichts gegen die.«

Wie bitte? Frau Schneider soll nichts mit der Kameradschaft zu tun haben? Ist dieser Jan so naiv, oder lügt er?

»Dieser Niemeyer ist aber häufig bei Frau Schneider oben«, werfe ich vorsichtig ein.

»Ja, ja. Es wird geflüstert, dass sie der eigentliche Boss ist, dass der Thomas sich immer bei ihr die Befehle holt, weil er so oft hierherkommt. Aber das stimmt nicht, sie ist nur verwandt mit dem, hat sie mir selbst gesagt. Ich glaube, der heimliche Boss ist die Rike, weil …«

Er sieht uns beide an und murmelt dann: »Das darf ich nicht sagen, das geht nicht, dann bin ich dran.«

»Warum ist Frau Schneider denn nicht mit dir zur Polizei gegangen? Warum versteckt sie dich, dazu noch in einer fremden Wohnung, ist doch leichtsinnig«, hake ich nach. Finde ich naheliegend.

»Sie *ist* doch Polizistin. Sie sagt, sie versteckt mich, bis, äh, also, bis die Bullen die andern alle aufgreifen können, sie brauchen erst Beweise. Und weil, ich kann nicht mehr ungeschützt hier herumlaufen, verstehen Sie?«

Was ist das nur für ein Junge, frage ich mich. Man kriegt ihn nicht zu fassen. Mal macht er sich vor Angst ins Hemd, dann wieder ist er trotzig wie ein Kind. Und der hellste Kopf ist das auch nicht, scheint mir.

Was machen wir nun mit dem?

36

Jan hebt den Kopf. Lauscht er? Und schon spitzt Hexe ihre Ohren.

Kommt da wer?

Oh, Mist. Die Polizei! Ich wollte doch eben anrufen. Wie bin ich da nur drüber weggekommen? Der Junge hat sicher nicht umsonst solche Angst vor diesem Bello, oder wie hieß der? Ob die Bande das Haus bewacht, damit Jan nicht fliehen kann? Lungert dieser Kerl vielleicht deswegen hier rum?

Waltraud, dann bist du ein Esel. Ruf die Polizei an, beeil dich.

Dabei höre ich gar nichts.

Trotzdem.

Die Kette! Habe ich die Kette wieder vorgelegt, nachdem ich Rita in die Wohnung gelassen habe?

Ach je, Waltraud, guck nach, schnell. Erst die Kette, dann der Anruf, Waltraud, mach schon.

Aber ehe ich noch die Tasse abstellen kann, springt Hexe kläffend auf, rast zur Wohnungstür.

Es klingelt, dann klopft jemand.

Wir sehen uns stumm an.

»Glaubst du, die *klingeln*?«, frage ich Jan.

Der schnaubt nur verächtlich, schüttelt den Kopf.

»Erwartest du jemanden?«, flüstert Rita. Warum flüstert sie, Hexe bellt das ganze Viertel zusammen.

»Nein.«

Ich stehe auf.

»Aber ich kann schlecht so tun, als sei ich nicht zu Hause«, erkläre ich, weise mit einer Handbewegung auf den Hund.

»Aus, Hexe!«, schimpfe ich, scheuche sie ins Wohnzimmer zurück und schließe die Tür zum Flur. Muss nicht jeder gleich sehen, wer bei mir zu Besuch ist.

Ich öffne vorsichtig die Eingangstür einen Spalt und pliere hinaus.

Frau Schneider!

Schnell, mach zu, Waltraud!

Zu spät.

Die Frau knallt mir die Wohnungstür fast an den Kopf, sodass ich zurücktorkele.

»He, he, was soll das!«, stammele ich noch, aber schon ist sie an mir vorbei. Sie stürmt ins Wohnzimmer.

Ich schwanke hinter ihr her, will sie am Arm fassen, unverschämte Person, das ist mein Zuhause, aber sie stößt mir ihren Ellbogen in die Seite, dass mir die Luft wegbleibt. Japsend falle ich in meinen Sessel. Jan hat sich in den letzten Winkel des Sofas gepresst. Hat er etwa Angst?

Dazu passt aber nicht sein verschlagenes Grinsen. Er schließt die Augen zu Schlitzen, zeigt anklagend auf mich und beschwert sich sofort mit wehleidigem Ton:

»Sie hat mich gezwungen, herunterzukommen. Ich hatte gar keine Wahl. Ich kann nichts dafür.«

Was ist das für ein mieser Heuchler, denke ich. Soll sie ihn doch mitnehmen, nur weg mit dem Jammerlappen. Der kriecht wohl in jede Öffnung, die sich bietet.

Hallo, Waltraud, nicht so unflätig.

»Du kommst sofort mit, Jan«, befiehlt Frau Schneider mit eisiger Stimme. Aber so ruhig ist sie nicht. Ich sehe, wie ihr die Röte den Hals hinaufsteigt, ihre Hände schließen sich zu Fäusten, öffnen sich wieder, auf, zu, auf, zu. Die kocht, die Frau, denke ich, hat sich aber gut in der Gewalt.

Hexe spürt wohl die Bedrohung, sie fährt Frau Schneider knurrend an den Knöchel, zerrt an ihrem Hosenbein. Aber diese furchtbare Frau tritt fest zu, dass das arme Tier durch die halbe Wohnung fliegt und winselnd unterm

Vorhang liegen bleibt. Eiskalt wendet sie sich an Rita: »Sie sorgen dafür, dass der Hund sich nicht rührt.«

Rita will aufspringen, knallrot ist ihr Gesicht, aber ehe sie etwas tun oder sagen kann, ruft Jan verstört: »Nicht! Der arme Hund! Meinen Ferdi habt ihr auch ersäuft! Killer! Ihr seid alle Killer.«

»Nun hab dich mal nicht so, Junge«, schnarrt Frau Schneider. »Erstens, das mit deiner Töle war Thomas, und zweitens, wenn hier einer ein Killer ist, dann du. *Du* hast Sascha erstochen, schon vergessen?«

Jan sinkt zurück, stiert sie entgeistert an

»Wie? Sascha? Wer hat Ihnen das ...? Was wissen *Sie* über Sascha? Was ist das hier?«, stammelt er, fängt wieder an zu heulen. Wollte der etwa auch nach Afghanistan?

»Sie, Frau Friese, schützen einen Mörder. Damit bringen Sie sich nur in Schwierigkeiten. Sie wollen sicherlich nicht mit der Polizei in Konflikt kommen. Sie werden uns jetzt also gehen lassen und sich ruhig verhalten.«

Wieder wendet sie sich an Jan, winkt ihm nur.

Die rechnet gar nicht damit, dass wir ihr *nicht* gehorchen, wird mir klar. Was denkt die eigentlich, wer sie ist? Heiße Wut steigt in mir auf. Es geht gar nicht mehr darum, ob Jan aus dem Haus ist oder nicht, es geht darum, dass diese Frau mich behandelt wie einen Putzlumpen.

»Moment mal, Frau Schneider. Wenn Jan ein Mörder ist, rufen Sie bitte die Polizei. Wer einen Mörder versteckt, macht sich strafbar.«

So kann ich auch reden, meine Liebe.

»Ich *bin* Polizistin, Frau Friese«, lächelt sie arrogant.

»Gewesen«, antworte ich schnippisch. »Entlassen. Unehrenhaft.«

Ha! Wie ich das genieße!

Sie wird bleich, tritt einen kleinen Schritt zurück und schluckt heftig.

»Was?«, haucht Jan, starrt sie erschrocken an.

»Wer hat Ihnen denn das erzählt? So ein Unsinn! Natürlich bin ich Polizistin.«

»So? Und wo ist Ihre Hundemarke?«

Sie zögert, lacht verkrampft. »Frau Friese, die habe ich oben. Ich wusste ja nicht, dass ich sie jetzt brauche, ich bin im Moment, äh … nicht im Dienst. Aber wenn es eine Straftat zu vereiteln gilt«, schiebt sie schnell nach, »bin ich natürlich immer im Dienst.«

»Gut, dann rufe ich bei Ihren Kollegen an und frage nach.«

Ich greife nach dem Telefonhörer, doch sie schlägt auf meine Hand.

Aua!

»Sie mischen sich in laufende Ermittlungen ein, Frau Friese«, bläst sie sich auf.

»Reden Sie doch nicht so geschwollen, als ob Sie eine Kartoffel im Hals haben«, fauche ich, denn meine Hand tut weh, und ich will nicht zugeben, dass ich mich vor ihr zu fürchten beginne. Die ist ja brutal, diese Frau. Die bringt es fertig und schlägt mich zusammen. Aber wer vor solchen Leuten klein beigibt, hat schon verloren, denke ich immer noch aufgebracht.

»Und jetzt geben Sie mir meinen Wohnungsschlüssel wieder, den vom dritten Stock, den Sie mir gestohlen haben.«

»Nicht gestohlen, Sie irren, Frau Friese. Der Staat hat das Recht, Wohnraum zu beschlagnahmen, wenn Gefahr im Verzug ist oder diese Maßnahme einem höheren Interesse dient.«

»Welche Gefahr denn, Frau Schneider? Wo wollen Sie denn eigentlich hin mit Jan? Wieso verstecken Sie einen Mörder, wenn er überhaupt einer ist?«

»Der junge Mann ist Kronzeuge. Er muss geschützt werden vor den Angriffen derer, gegen die er aussagen soll, aber das übersteigt vielleicht Ihr Verständnis von rechtlichen Dingen«, erklärt sie wieder von oben herab.

»Sie haben den Jungen entführt und in meiner Wohnung versteckt. Nach meinem Verständnis von rechtlichen Dingen, Frau Schneider, nennt man so etwas Freiheitsberaubung und Hausfriedensbruch.«

Sie bedenkt mich mit einem Blick, der trieft vor Verachtung. Alleine für diesen Blick möchte ich sie schlagen.

»Bemühen Sie sich nicht um Dinge, von denen Sie nichts verstehen, Frau Friese«, näselt sie.

Jan sieht fassungslos von mir zu Frau Schneider. Er flüstert monoton: »Ich glaub's nicht, Ich glaub's nicht.«

Da, ich meine, ich höre nicht richtig, beginnt Rita, schallend zu lachen! Sie lacht, dass ihr die Tränen kommen. Verblüfft sehen wir sie an. Was ist in sie gefahren?

»Frau Schneider«, japst sie schließlich, »wie Sie reden! Sie sollten im Theater auftreten, im Krimitheater, Sie sind zu komisch.«

Wieder lacht sie los. Das steckt an, und obwohl ich nicht verstehe, was so witzig sein soll, beginne auch ich zu kichern. Bei mir ist das aber eher Galgenhumor. Hexe traut sich mit schüchternem Schwanzwedeln wieder näher und sinkt neben Ritas Bein auf den Boden, die Ohren gespitzt.

Frau Schneider läuft rot an vor Wut. Ihre überhebliches Gehabe ist verschwunden.

»Schluss jetzt. Komm, Jan!«, versucht sie die Situation wieder in den Griff zu kriegen.

Da mischt sich Rita wieder ein, diesmal ganz ernsthaft: »Wissen Sie eigentlich, Frau Schneider, dass die jungen Leute, die sich ›Kameradschaft Hermann‹ nennen, die Leute von Ihrem Bekannten Thomas Niemeyer, Frau Schneider, dass die wissen, dass Sie ein V-Mann sind, besser müsste ich V-Frau sagen, aber Sie verstehen, was ich meine, nicht wahr?«

Frau Schneider erstarrt, sieht uns alle drei nacheinander an, zum ersten Mal wirkt sie getroffen.

Oh, Rita, fantastisch!

»Diese jungen Leute, Frau Schneider«, flötet Rita, zupft aufreizend langsam ihren kleinen Schal zurecht, »sind ziemlich ungehalten über Ihr doppeltes Spiel. Verrat nennen sie das, und Sie wissen ja, was diese verwirrten Chaoten mit Verrätern meinen tun zu müssen. *Sie* sind es, Frau Schneider, die Schwierigkeiten bekommen könnte, begreifen Sie das?«

»Wer, wieso? Moment mal. Sie bluffen. Wer sind Sie eigentlich? Sie können mir viel erzählen.«

»Wie bitte?«, unterbricht Jan kreischend. Er springt wie von der Tarantel gestochen auf und schreit mit einer Energie, die ich ihm nie zugetraut hätte:

»Ein V-Mann? Ein Spitzel sind Sie? Und ich habe Ihnen vertraut! Sie wollen mich ausliefern, um sich selbst sauber zu halten, was? Sie, Sie … du mieses Schwein!«

Blitzschnell ist die Frau beim Sofa, schlägt Jan so fest ins Gesicht, dass er schwer aufs Polster zurückfällt, und giftet:

»Halt den Mund, blöder Kerl. Oder willst du, dass ich deine Kameraden herhole? Was meinst du denn, was die mit einem wie dir machen? Glaubst du, dass diese lieben Omis hier dich beschützen können? Wie naiv bist du eigentlich?«

Sprachlos sehe ich auf Jan, der wieder in sich zusammengesunken ist. Seine Wange ist knallrot, man sieht die Spuren von Frau Schneiders Fingern.

Hilfe, die langt aber zu!

Und wie schnell sie sich gefangen hat. Ist der denn nicht beizukommen?

Mir ist zum Heulen. Es ist der Mut der Verzweiflung, der mich antreibt, nicht aufzugeben. Außerdem will ich nicht hinter Rita zurückstehen, Ehrensache. Hoffentlich zittert meine Stimme nicht so wie meine Nerven, denke ich, als ich die kurze Stille durchbreche:

»Einer dieser jungen Bombenwerfer schleicht hier ums Haus, wie wir vorhin festgestellt haben, Frau Schneider. Wenn Sie also mit Jan rausgehen, werden Sie nicht weit kommen, Sie sitzen in der Falle.«

Ich grinse sie hämisch an. Tut das gut!

Aber das Grinsen gefriert mir im Gesicht.

Es knallt furchtbar, die Tür schlägt gegen die Wand.

Sie brechen herein wie eine wilde Horde.

Zwei Kerle!

Wer? Was?

Hexe springt auf. Bellt wütend.

»Ruft den Köter zurück«, blafft Thomas Niemeyer, »oder ich knall ihn ab!«

Tatsächlich fuchtelt er mit einer Art Pistole durch die Luft.

Neben ihm ein schmaler Mensch, Kapuze tief in die Stirn gezogen, Skimütze vorm Gesicht, ich sehe nur die Augenschlitze.

Der Spion von gestern.

Ich stöhne auf.

Aber …

Hilfe! Da kommt ja noch wer!

Eine dritte vermummte Gestalt tänzelt in den Raum, schleicht hinter meinen Sessel.

Oh nein!

Meine Nackenhaare stellen sich auf. Ich ziehe die Schultern hoch.

Geh weg da!, will ich schreien, aber mein Mund ist trocken.

Ich höre, wie Jan die Luft durch die Zähne zieht.

»Oh verdammt, Rike!«, ächzt er mit weit aufgerissenen Augen, heftet ängstlich seinen Blick auf die Figur hinter mir. Ich spüre ihren Atem in meinem Nacken und weiß instinktiv, die muss ich fürchten.

Für einen Moment herrscht tiefe Stille.

Jetzt sitzen wir alle in der Falle, Waltraud.

37

»Zieh mal die Vorhänge vor, Bolle«, befiehlt Thomas. »Es geht ja niemanden an, was wir hier zu tun haben.«

Der Junge gehorcht wortlos, baut sich danach wieder neben dem Eingang auf.

»Marianne, du setzt dich da an der Wand auf den Boden«, herrscht er Frau Schneider an.

»He, Moment mal ...«, braust sie auf.

Meine Güte, prügeln die sich jetzt?

»Hinsetzen!« Er fuchtelt wieder mit der Waffe herum.

»Lasst das doch«, mischt sich die Person hinter mir ein.

Das ist ja eine Frau!

Erschrocken will ich zu ihr herumfahren, aber sie drückt mir die Hand auf die Schulter.

»Sitzen bleiben«, befiehlt sie mit samtweicher Stimme, aber so drohend, dass es mir eiskalt den Rücken herunterläuft. Wie ein Tiger, der schnurrend die Krallen zeigt.

Waltraud, pass auf!

»Wir machen hier nicht lange rum«, schnurrt der Tiger mit tödlicher Ruhe. »Die beiden Alten brauchen wir nicht mehr, die können weg. Den Verräter nehmen wir mit, und du ...«, sie macht einen schnellen Schritt auf Frau Schneider zu. Gott sei Dank ist die hinter mir weg! »... Du wirst uns deine Unterlagen ausliefern, ehe wir Fischfutter aus dir machen.«

Sie lacht. Wahrhaftig, sie lacht, aber mir bleibt das Herz stehen vor Angst.

»Die können weg«? Was heißt das: Die können weg? Verstehe ich das richtig?

Mein Mund ist trocken, ich sehe die Panik in Ritas Gesicht und weiß, so sehe ich auch aus.

»Unterlagen, Rike? Was für Unterlagen?«, dehnt Frau Schneider arrogant. Hat die denn keine Angst?

»Dein billiger Versuch, dich bei deinen Bullengenossen wieder lieb Kind zu machen«, spottet die gemeine Stimme. »Das hast du dir schön gedacht, Marianne. Du lieferst eine Gruppe Neonazis an die Bullen aus, den Oberfeigling als Kronzeugen dazu, und schon ist deine Weste wieder weiß, und du kriegst deinen Job zurück. Haha, meine Liebe ...«

Huch, jetzt fährt sie die Krallen richtig aus!

»Für wie blöde hältst du uns eigentlich?«

So war das?

Dann war Frau Schneider gar nicht gegen uns!

Hilf Himmel, wir haben einen furchtbaren Fehler gemacht, wir hätten uns verbünden müssen!

Zu spät, Waltraud.

Frau Schneider kaut auf ihrer Unterlippe herum. Die hat noch nicht aufgegeben, aber was kann sie denn machen?

Rita krächzt komisch.

Rita!

»Keiner bewegt sich!«, faucht Jan. Er hat Ritas Schal gegriffen und scharf zugeschnürt. »Ich drehe der Alten die Gurgel zu, wenn ihr mich nicht sofort gehen lasst.«

Ritas Gesicht läuft rot an, verzweifelt zerren ihre Hände an Jans Fingern.

Er bringt sie um, das kann doch nicht!

Den Kerl habe ich hierhergebracht!

Hilf ihr, Waltraud!

»Jan, der Dummkopf. Bring sie nur um. Ich sagte doch, die muss weg. Da brauchen wir uns nicht selbst die Finger schmutzig zu machen«, höhnt diese Rike.

Ich stöhne auf.

Tu was, Waltraud! Ritas Gesicht verfärbt sich blau, ihre Augen treten aus den Höhlen.

Die Kaffeekanne! Ich knalle sie mit aller Kraft in Jans Gesicht. Kaffee spritzt auf Jans Knie.

Er fährt aufjaulend zurück, Blut schießt aus seiner Nase. Seine Hände lassen den Schal los. Rita reißt sich das Tuch vom Hals, schnappt röchelnd nach Luft.

Hinter mir brechen die drei Angreifer in grölendes Gelächter aus.

»Jan, der Held«, dröhnt Thomas, »besiegt von einer alten Vettel. Du wirst es noch weit bringen in deinem Leben.«

Sie brüllen vor Lachen.

Alte Vettel?

Ich fahre herum, da biegt sich diese Rike juchzend vor mir, schlägt sich auf die Schenkel, hält mir ihren Kopf hin.

Jetzt!

Die Wut verleiht mir ungeahnte Kraft.

Rums! Ich lasse die Kanne mit aller Wucht auf Rikes Hinterkopf niedersausen.

Das Porzellan zerspringt, braune Brühe läuft ihr über die Skimütze.

Sie schreit, fällt auf die Knie.

Nicht fest genug, Waltraud, sie rappelt sich doch gleich wieder auf!

Da tritt Frau Schneider zu.

Einmal.

Heftig.

Rike schnappt nach Luft, klatscht auf den Boden, liegt still.

Peng!

Es knallt furchtbar, Frau Schneider schreit auf und kippt um.

Hilfe!

Hat er sie erschossen? Ist sie …?

»Es reicht«, keucht Thomas. »Keiner bewegt sich, ich schieße sofort!«

Resigniert senke ich die Arme, halte die scharfen Scherben noch in der Hand. Hat alles nichts genützt. Ich möchte schreien.

Frau Schneider liegt über Rike. Sie bewegt sich nicht, aber ich sehe, dass sie atmet.

Gott sei Dank, sie ist nicht tot.

Noch nicht, Waltraud.

Sie ist die Einzige hier, die uns hätte retten können, denke ich verzweifelt.

Marianne, wenn du stirbst, werde ich mir das nie verzeihen können, all das, was ich gedacht und gesagt habe, Ich will mich in aller Form bei dir entschuldigen, bitte bleib am Leben! Stirb nicht hier in meinem Wohnzimmer! Ich will doch weiter hier leben können.

Weiter hier leben, ach, Waltraud, wie denn?

Du gehörst weg, du hast es doch gehört.

Sie sind gekommen, um uns zu töten. Nur weil Rike am Boden liegt, hat sich daran doch nichts geändert.

Jetzt müssen sie uns ja erst recht umbringen, jetzt wo wir gesehen haben, wie er auf Marianne geschossen hat, wir sind doch Zeugen, kann er doch nicht zulassen.

Meine Gedanken rasen. Der Schuss ist kaum verhallt.

Die beiden Männer stehen breitbeinig nebeneinander, Thomas hält die Waffe jetzt direkt auf mich gerichtet.

Ich höre Rita neben mir stöhnen, schaue nicht hin, mein Blick klebt an der Waffe des Dicken.

Wann drückt er ab?

Mir wird kalt.

Hätte ich mich nur noch mit Grete und Karin Groote versöhnt, denke ich plötzlich. Mir kommen die Tränen.

Weg damit.

Ich will nicht heulen, denke ich hysterisch. Das gönne ich ihm nicht. Ich will nicht heulen, ich will …

Es klingelt.

Wir fahren alle zusammen.

Wer ist das? Hilfe?

»Nicht aufmachen!«, befiehlt der Niemeyer.

Hexe springt auf, wedelt mit dem Schwanz. Wieder klingelt es. Da dringt Hundegebell in die Wohnung. Das ist Gottfried, erkenne ich sofort.

Hexe rast laut bellend in den Flur.

»Frau Friese, sind Sie da? Ist alles in Ordnung bei Ihnen?«

Ach je, Frau Groote.

Die kann ich doch nicht auch noch in Gefahr bringen!

Aber wenn ich nicht reagiere, kommt sie mit dem Reserveschlüssel, wir haben unsere Abmachung. Hätte ich das nur nie bei Grete Tietjen abgeguckt. Wenn Karin Groote hier etwas passiert, nicht auszudenken. Schon schlimm genug, dass Rita …

Ehe jemand von uns etwas tun kann, hören wir den Schlüssel im Schloss, und mit wildem Gebell stürmt Gottfried ins Zimmer. Er stutzt kurz, als er die vielen Menschen bemerkt, bleibt knurrend vor Thomas stehen.

Frau Groote atmet zischend aus, als sie die Versammlung sieht. Zögernd macht sie einen Schritt ins Wohnzimmer und zieht die Tür hinter sich zu, lehnt sich gegen das Holz.

»Braucht die Person ärztliche Hilfe?«, fragt sie, auf Marianne weisend. »Oh, zwei Opfer sogar. Ich bin Ärztin, ich hole meinen Koffer.«

Sie will sich abwenden, aber Thomas sagt nur: »Bolle!«, da greift der Kerl Frau Groote am Arm und stößt sie mitten in den Raum.

Mir ist, als würde in der Küche etwas klappern, aber Frau Groote räuspert sich laut und fragt in die Stille: »Erklärt mir jemand, was dieser Karneval soll?«

»Quatschen Sie nicht rum«, blafft Thomas sie an. »Ihr Pech, dass Sie hier reingeraten sind. Stellen Sie sich dahinten an die Wand«, befiehlt er und wedelt vielsagend mit seiner Waffe. Langsam, irgendwie lauernd, gehorcht Frau Groote, wirft noch einen prüfenden Blick auf die beiden Menschen am Boden und fragt mich: »Ist sonst alles in Ordnung mit Ihnen, Frau Friese?«

Sonst? Ich spüre ein hysterisches Lachen in mir aufsteigen.

In *Ordnung*?

Da weist dieser Bolle stumm mit dem Kopf Richtung Flur, sieht Thomas dabei an. Der nickt nur.

»Verdammt«, zischt Frau Groote leise durch die Zähne.

Bolle verschwindet und kommt kurz darauf zurück. Mit Grete Tietjen, die ihren Rollator schiebt.

»Nicht so hektisch, junger Mann«, schimpft sie dabei. »Ich kann nicht so schnell.«

Es wird voll im Raum. Kaum kann sie sich an Rikes Beinen vorbeidrängen. Erschrocken schaut sie auf die liegenden Gestalten, wirft mir einen prüfenden Blick zu.

»Die war in der Küche«, erklärt Bolle, zeigt auf Grete.

»Was haben Sie da gemacht?«, fährt Thomas sie an.

»Nichts«, antwortet Grete kurz angebunden, blickt missmutig auf seine Waffe.

Thomas öffnet den Mund, sagt aber nichts mehr.

Gegen eine Tietjen kommt man eben nicht an.

Meine Gedanken überschlagen sich. Wenn der Niemeyer diese Pistole nicht hätte, dann müsste es möglich sein, die beiden zu besiegen.

Müsste, hätte, Waltraud, er *hat* dieses Ding!

Wie soll man an ihn herankommen? Wie oft kann er denn damit schießen?

Egal, Waltraud, wie stellst du dir das denn vor?

Nur weil wir viele sind, heißt das nicht, dass wir gegen solche Gegner gewinnen können. Die Einzige hier, die kämpfen könnte, ist Frau Schneider, wir anderen stehen doch eher im Weg herum.

Auch Jan hat jeden Widerstand aufgegeben. Er presst sein T-Shirt gegen die blutverschmierte Nase, wiegt sich vor und zurück.

Ach je, der ganze Sofabezug ist eingesaut.

Wenn es nicht mehr zu verlieren gibt, Waltraud.

Grete schiebt sich in die Nähe des Fensters, hockt sich ächzend auf den kleinen Sitz des Rollators. Sie zupft ein wenig am Vorhang, versucht tatsächlich, ihn ein wenig aufzuziehen. Was macht sie da? Warum? In Zeitlupentempo bewegt sie den Stoff in Richtung Wand. Ich schaue schnell wieder weg, besser, ich lenke die Aufmerksamkeit nicht auf sie, auch wenn ich nicht verstehe, was sie eigentlich vorhat.

Mach die Kerle nicht nervös, denke ich furchtsam, der Thomas bringt es fertig und ballert wild drauflos, wenn er sich bedroht fühlt.

Von uns? Von drei alten und einer jungen Frau?

Aber was kann er machen, uns der Reihe nach abknallen wie auf dem Schießstand? Und dann einfach aus dem Haus gehen und Abendbrot essen?

Darüber mach dir keine Gedanken, Waltraud, was er hinterher macht, das muss dich nicht beschweren.

Und was macht er mit Rike? Was ist wohl mit der? Ob Frau Schneider sie totgetreten hat?

Kann man das? Mit einem Tritt? Mir wird kalt vor Entsetzen.

Wie gerne möchte ich Grete und Frau Groote noch einmal etwas Nettes sagen, aber wie geht das, wenn einer eine Pistole auf dich richtet?

Ob Gottfried helfen kann? Nein, Waltraud, der wird sofort erschossen, was glaubst denn du?

Aber auch Thomas scheint unsicher zu sein, wie es weitergehen soll.

Da rückt Grete mit dem Rollator ein Stück an die Wand. Was um des Himmels willen hat sie vor?

Ich schaue zu dem Spalt im Vorhang.

Da!

Da ist ein Etwas!

Ah!

Peng! Es knallt!

Hat Thomas geschossen?

Es klirrt scheppernd, das Etwas fällt durchs Fenster!

Ein Mann!

Krach!

Die Tür knallt auf!

Mehr Männer!

Einer hechtet zu Thomas, schlägt ihm die Waffe aus der Hand, wirft ihn mit einem schnellen Dreh auf den Boden. So schnell passiert das, dass ich erst jetzt schreie.

Da, ich glaube es nicht, springt Marianne vom Boden hoch, begreife das jemand, ich dachte, die wäre halb tot, und boxt dem Bolle mit aller Macht in den Bauch.

»Sorry«, sagt sie zu den Fremden, »das musste sein.«

Dann lässt sie sich langsam wieder an der Wand zu Boden rutschen, und nun sehe ich, dass ihre Hose blutverschmiert ist. Frau Groote kniet neben ihr nieder und redet mit ihr.

Jetzt wimmelt es von Männern, sie haben Thomas und Bolle hinausgeschleppt, drehen Rike vorsichtig auf die Seite, Sanitäter wuseln herum und kümmern sich um Jan und Rike. Ich sitze in dem Trubel und versuche zu begreifen, wo all die Leute auf einmal herkommen.

»Ich habe mir die Freiheit genommen, die Polizei zu rufen, als ich mich in der Küche versteckt habe«, erklärt Grete mit ihrer unbeschreiblichen hanseatischen Untertreibung und zieht kurz ihr Handy aus der Tasche. »Wir haben, als wir kamen, den Schuss gehört, und dass etwas nicht stimmte, war uns klar, da Sie tagsüber nie die Vorhänge zuziehen, Frau Friese. Den Rest habe ich dann vom Flur aus erkennen können, ehe Frau Groote mich durch das Schließen der Tür schützen wollte. Leider funktioniert ein Rollator nicht lautlos.«

»Sie haben uns gerettet, Frau Tietjen«, seufze ich und drücke ihr herzlich die Hand.

»Na, na, Frau Schneider war noch nicht besiegt, die hat eine erstklassige Ausbildung, scheint mir. Mich würde sehr interessieren, was für eine Rolle sie in dem Theater wirklich gespielt hat.«

Ich sehe zum Sofa hinüber, wo die Frau sich ausgestreckt hat. Frau Groote hat ihr Bein behandelt, nicht mal ins Krankenhaus wollte sie.

»Das ist übertrieben, es ist keine Kugel im Bein«, hat sie immer nur geknurrt.

Eine harte Frau. Ja, sie hat uns gerettet, und ich habe sie falsch eingeschätzt, aber das heißt nicht, dass ich sie mag. Das nicht.

»Jetzt brauchst du wieder neue Scheiben, Waltraud«, klagt Rita etwas ungehalten, als uns der kalte Windzug trifft. Sie reibt ärgerlich an den Flecken auf dem Sofa.

»Das schöne Möbelstück. Wo Blut so schlecht rausgeht. Kaltes Wasser musst du nehmen, kaltes, Waltraud.«

Ich ziehe die Augenbrauen hoch und lächele aufatmend:

»Wenn's weiter nichts ist, Rita, wenn du verstehst, was ich meine.«

38

Endlich sind die Polizisten weg, aber es ist trotzdem voll in der Wohnung. Grete hat mich gefragt, ob auch Mechthild kommen darf, denn sie ist an dem ›ganzen Fall‹, wie Grete das sagt, doch sehr interessiert. Etwas grummelnd habe ich zugestimmt.

Frau Groote betrachtet mich grübelnd. Wo ist ihr freundliches Lächeln geblieben? Ist doch sonst nicht ihre Art.

Sonst hast du dich ihr gegenüber auch anders verhalten, Waltraud.

Puh, ich komme wohl nicht drum herum um die Auseinandersetzung. Da ist sie eisern, sie lässt nicht locker, bis alles geklärt ist. Während Grete so tut, als sei nichts geschehen. Ist auch nicht immer richtig, gebe ich zu.

Die Hunde beginnen eine wilde Jagd durch mein Wohnzimmer, ein unbeschreiblicher Trubel herrscht, man versteht sein eigenes Wort nicht. Erst will ich schimpfen, aber dann steckt mich die Fröhlichkeit der Tiere an, und ich muss lachen. Frau Groote entspannt sich. Solange ich lache, scheint sie zu denken, kann es so schlimm nicht sein.

»Aus! Platz!« Grete und Rita benutzen ihre Befehlsstimme, und es kehrt Ruhe ein. Einmal knurrt Gottfried noch die Wohnungstür an, aber dann rollt er sich zufrieden neben Hexe zusammen.

Für so viel Besuch bin ich nicht gerüstet, stelle ich verblüfft fest. Jahrelang bin ich mit einem Sessel und dem Sofa ausgekommen. Werde ich ändern, beschließe ich, als ich in die Küche gehe, um Stühle zu holen. Ich merke, wie froh mich das macht.

Frau Groote kommt zu mir in die Küche, hilft mir mit dem zusätzlichen Zeug.

»Was ist los mit Ihnen, Frau Friese?«, fragt sie. »Sie machen sich plötzlich so rar, ohne jede Erklärung.«

»Ich muss mich doch nicht bei Ihnen abmelden«, blaffe ich.

Sie fährt zurück, als hätte ich sie geschlagen. Eine steile Falte bildet sich zwischen ihren Augen.

Wolltest du nicht etwas *Nettes* sagen, Waltraud?

Da haben die Vorsätze in Todesangst ja nicht lange gehalten.

»Frau Friese, was habe ich Ihnen getan? Verstehen Sie nicht, dass wir uns Sorgen gemacht haben? Ich …«

Jetzt sucht sie nach Worten, ihre Arme hängen traurig neben ihrem Körper. Karin Groote weiß nicht weiter? Das habe ich ja noch nie erlebt.

Das war tatsächlich zu patzig, ist mir so rausgerutscht Eigentlich hat sie mir nichts getan, stimmt schon.

Ach, Waltraud, benimmst dich wie ein Kind.

Ich muss mich räuspern.

»Ja, ja, Sie haben recht, ich war … äh, eingeschnappt, aber das war es nicht alleine«, versuche ich eine Entschuldigung, »ich musste mal raus aus alldem hier, dem Lärm, dem Dreck, dazu dieser Thomas, diese Nazis, das alles ist mir plötzlich zu viel geworden. Da wollte ich auch mit Ihnen nicht mehr reden.«

Jetzt sprudelt es aus mir heraus, wie froh bin ich, dass ich darüber mit ihr sprechen kann. Ich will doch gar keinen Streit.

»Sie hatten auch nichts anderes mehr im Kopf«, füge ich etwas beschämt hinzu.

Da nimmt mich Frau Groote einfach in den Arm und drückt mich an sich. Einen Moment sperre ich mich, dann lasse ich es zu.

Nee, nee, so was, fast kommen mir die Tränen.

Aber ehe es peinlich wird, schiebt mich Frau Groote wieder von sich und sagt mit ganz normaler Stimme:

»Gut, dass wir das fürs Erste bereinigt haben, Frau Friese, und nun wollen wir mal sehen, was da im Wohnzimmer los ist. Das interessiert mich nämlich sehr. Auch wenn es mit dem Ihnen so verhassten Thema zu tun hat. Ich fürchte, Sie können dem nicht entkommen.«

Natürlich muss Frau Schneider viele Fragen beantworten. Sie ist ein bisschen blass um die Nase, aber sie gibt sich gelassen.

»Warum haben Sie Jan denn oben versteckt, Frau Schneider«, frage ich neugierig, als wir alle zusammensitzen. »Haben Sie denn nicht befürchtet, dass ich ihn finde?«

»Ehrlich gesagt, nein, Frau Friese, denn ich hatte schnell begriffen, dass Sie nicht gerne hinaufgehen.« Sie lächelt ein bisschen spöttisch, bildet sich eben doch was ein auf ihre tolle Polizeiausbildung. Hätte Grete ihr vielleicht nicht so enthusiastisch gratulieren sollen, na gut. Ist passiert.

»Es war ein Notfall, ich hatte Jan nach langem Suchen aufgespürt und konnte ihn schneller befreien, als ich erwartet hatte, und musste nun ein paar Tage überbrücken.«

»Ist Jan denn nun Saschas Mörder?«, fragt Mechthild nach.

»Ja, eindeutig. Jan ist ein Weichei, ein ganz labiler Typ. Aber um in der Gruppe bestehen zu können, musste er sich ständig aufspielen, den dicken Macker machen, verstehen Sie? Ich war nicht dabei, aber nach allem, was ich gehört habe, haben die anderen Jan in die Situation hineingetrieben, vermutlich als eine Art Mutprobe. Danach ist der Junge zusammengebrochen. Thomas hat ihn auf dem Land in einem Haus versteckt, sonst hätte Rike ihn sicherlich umgebracht. Ich vermute, dass auch Thomas mit dem Mord an Sascha nicht gut leben konnte.«

»Die ›frische Leiche‹«, fällt mir ein.

Die anderen sehen mich erstaunt an.

Oh, habe ich laut gedacht?

Ich erzähle von meiner ersten Begegnung mit Thomas am Bauzaun.

»Dann hat *er* Sascha nicht in die Weser geworfen«, schließe ich.

»Das passt«, wirft Mechthild ein. »Mit dem Mund ist er fix, aber sonst ist da nicht viel. Ich wette, die Drecksarbeit hat er den Jungs überlassen, es vermutlich sogar als Mutprobe getarnt.«

»Genau, und in der Zeit hat er Jan weggebracht«, bestätigt Frau Schneider. »Aber so soft ist Thomas auch wieder nicht, er hat Jan ziemlich übel misshandelt. Der war nervlich völlig fertig, und das war nicht nur wegen Sascha.«

Rita und ich nicken einvernehmlich, der Jan war wirklich angeschlagen. Mich graust es.

»Außerdem gehörte die Tatwaffe nun mal Thomas. Er hatte massive Probleme deswegen mit der Polizei, nachdem Sie, Frau Friese, das Messer gefunden hatten.«

Frau Schneider lacht fröhlich. »Junge, war der auf hundertachtzig deswegen, der hätte Sie am liebsten auf den Mond geschossen. Und die Jungs, die das Messer so leichtsinnig verloren haben, dazu. Aber er konnte Ihnen nichts tun, das wäre zu offensichtlich gewesen.«

»Ich hatte schon Angst vor ihm«, gestehe ich.

»Ja, ja, seine billigen Spielchen, alte Leute erschrecken, eigentlich jämmerlich«, wirft Frau Schneider verächtlich ein.

»Warum hat man ihn denn nicht festgenommen?«, wundert sich Grete.

»Die Polizei wollte die ganze Gruppe bei einer großen Sache erwischen, er war eine Art Lockvogel. Sie konnten niemandem die Tat mit Sicherheit nachweisen. Darum waren die auch so schnell hier vorhin, die haben ihn immer beschattet.«

Iih, was für ein schrecklicher Gedanke, immer guckt jemand zu, was man macht. Kann man nicht mal in Ruhe in der Nase bohren, denke ich, ziehe unwillkürlich etwas die Schultern hoch.

Waltraud, Mutti würde sich im Grab umdrehen, wenn du öffentlich in der Nase bohren würdest.

»Wie schätzen Sie denn die Radikalität der Gruppe ein?«, fragt Mechthild.

»Nicht hoch, auch wenn es anders wirkte. Aber das Ganze war in keinster Weise durchdacht. Die haben doch reagiert wie ein wilder Hühnerhaufen, nicht wie Terroristen. Ich weiß, wovon ich rede, ich habe viel im Bereich ›Radikale Jugendliche‹ gearbeitet. Ich habe diese Gruppe observiert, die waren eher naiv. Gut, man weiß nicht, wie sich das noch entwickelt hätte. Außer Rike, sie ist älter als die Jungen, schon Mitte zwanzig. Die ist die einzige Hardcore-Faschistin von der Gruppe. Die Frau ist echt gefährlich, die wurde in speziellen Camps geschult, und es tut mir nicht eine Sekunde leid, dass ich sie zusammengetreten habe. Die hätte uns alle eiskalt abgeknallt. Der ist noch viel zu wenig passiert.«

Grete grummelt etwas. Ich weiß, sie mag diese harten Frauen nicht.

»Aber ohne Ihren blitzschnellen Angriff, Frau Friese, hätte ich diese Chance gar nicht bekommen. Das war wirklich verblüffend. Ich gestehe, das hätte ich Ihnen nicht zugetraut.«

»Aber dann hat der Thomas Sie doch fast erschossen«, wirft Rita ein. »Hatten Sie davor keine Angst?«

»Nicht wirklich, ich habe mich eher gewundert, dass er geschossen hat, er kann mit dem Ding doch gar nicht richtig umgehen.«

Auf unsere zweifelnden Blicke hin ergänzt sie: »Sehen Sie, er stand nicht mal zwei Meter von mir weg und hat mich knapp ins Bein geschossen, eigentlich war es nur ein Streifschuss. Auf die Entfernung hätte ein Kind mich besser treffen können.«

»Nicht dass ich es ihm übel nehme«, lacht sie arrogant.

Vielleicht wollte er nicht besser treffen, denke ich und habe auf einmal einen Hauch von Verständnis für den Mann.

»Thomas Schmiersack« habe ich ihn mal genannt. Aber er konnte sie eben nicht abknallen wie ein Tier.

Immerhin.

»Wie entsetzlich, was für schreckliche Folgen das Ganze für die Jugendlichen hatte. Sie sagen, die Gruppe sei harmlos. Und was ist mit den Toten und Verletzten und den sicherlich längeren Gefängnisstrafen für die Übrigen? Wenn das harmlos ist, was haben wir denn von einer *schlimmen* Gruppe zu befürchten? Verstehen Sie, was ich meine?«, sorgt sich Rita.

»Dann sterben *Sie*, Frau Gebhard«, antwortet Frau Schneider ungerührt. »Heben Sie sich Ihr Mitleid für Familien wie die Yildirims auf. Wer mit dem Feuer spielt, kommt darin um.«

»Pfffft!« Frau Groote atmet hörbar aus. Sie guckt wieder grimmig drein. Nein, auch sie hat noch keine Freundschaft mit Frau Schneider geschlossen.

»Nun lassen Sie mich aber auch mal etwas fragen, Frau Friese«, wendet sich unsere ungeliebte Nachbarin an mich. »Woher wussten Sie eigentlich, dass ich Polizistin … äh, war?«

Das »unehrenhaft« lässt sie weg. Ich auch, geht die anderen ja nichts an.

»Von Ihrem Ehekrach«, antworte ich. »Haben Sie auf dem Balkon ausgetragen. Wenn Sie nicht wollen, dass alle Welt mithört, machen Sie so was in Zukunft nicht in aller Öffentlichkeit.«

Sie kaut mürrisch an ihrer Unterlippe, betrachtet mich mit einer Mischung aus Ärger und, ja, ist das Bewunderung?

Danke, brauche ich nicht von der. Ich bin sicher, sie hat uns eben ganz schön was vorgelogen. Ihre Rolle als V-Frau oder Spitzel, igittigitt, bleibt für mich undurchsichtig. Aber das ist wohl so bei dieser Art von Arbeit. Freunde macht man sich damit keine.

Vielleicht hat diese Rike sogar recht, und Frau Schneider hat das alles ganz alleine durchgezogen, um groß damit rauszukommen. Kann auch.

»Sie kriegen eine Menge mit, Frau Friese«, ringt sie sich ab, nickt anerkennend.

Frau Groote und Grete lachen beide.

»Allerdings, Frau Schneider, allerdings«, schmunzelt Frau Groote.

Ob ich Frau Schneider frage, wo sie in der Nacht des Brandanschlags gewesen ist?

Nein, Waltraud, das geht nur ihren Mann etwas an, dich nicht. Vielleicht hat das gar nichts hiermit zu tun, vielleicht hat sie wirklich einen Liebhaber, bei einem Ehemann wie ihrem könnte ich das sogar verstehen.

Plötzlich rumpelt es dröhnend vor dem Fenster. Ich fahre erschrocken herum, da sehe ich, wie der riesige Bagger davongefahren wird. Erstaunt sehe ich dem Schauspiel zu.

»Wieso fahren sie den denn weg?«, frage ich verblüfft.

»Sie sind fertig, Frau Friese, der Bunker ist abgerissen. Ab sofort wird aufgebaut«, erklärt Frau Groote. »Das ist dann nur der ganz normale Wahnsinn.«

»Wirklich? Darauf müssen wir anstoßen«, entscheide ich und hole eine Flasche Grappa aus der Küche, die habe ich für Rita gekauft, aber jetzt ist sie für alle da.

ENDE

Die Autorin

Martha Bull, geb. 1949 in Bonn, studierte in Bonn und Marburg. Ihr Lehramtsreferendariat schloss sie 1979 in Berlin ab und lebt seitdem in Bremen. Sie war viele Jahre in der Erwachsenenbildung tätig und ist seit 1997 in der Kinderbibliothek Horner Straße beschäftigt. 2013 erschien in der Edition Temmen ihr erster Bremen-Krimi »Frau Friese und der Fenstersturz«.

Titelabbildung: © yurephoto – Fotolia.com

Die Deutsche Bibliothek verzeichnet diese Publikation in der Deutschen Nationalbibliografie; detaillierte bibliografische Daten sind im Internet unter http://dnb.ddb.de abrufbar.

Hohenlohestraße 21
28209 Bremen
Tel. 0421-34843-0
Fax 0421-348094
info@edition-temmen.de
www.edition-temmen.de

Printed in Hong Kong
ISBN 978-3-8378-7027-5